KB243170

녹채
鹿柴

인적 없는 빈 산

들리는 건 사람의 말소리 울림뿐

석양빛은 깊은 숲 속까지 들어와

다시 푸른 이끼 위를 비추네

空山不見人
但聞人語響
返景入深林
復照青苔上

그림자호

影湖

그림자 호수 4

이정현 新무협 판타지 소설

초판 1쇄 찍은 날 § 2005년 1월 5일
초판 1쇄 펴낸 날 § 2005년 1월 15일

지은이 § 이정현
펴낸이 § 서경석

편집장 § 문혜영
편집책임 § 김희정
편집 § 장상수 · 김민정 · 최하나
마케팅 § 정필 · 강양원 · 이선구 · 홍현경

펴낸곳 § 도서출판 청어람
등록번호 § 제1081-1-89호
등록일자 § 1999. 5. 31
어람번호 § 제2-0499호

주소 § 경기도 부천시 원미구 심곡1동 350-1 남성B/D 3F (우) 420-011
전화 § 032-656-4452 팩스 § 032-656-4453
http://www.chungeoram.com
E-mail § eoram99@chollian.net

ISBN 89-5831-363-3 04810
ISBN 89-5831-309-9 (세트)

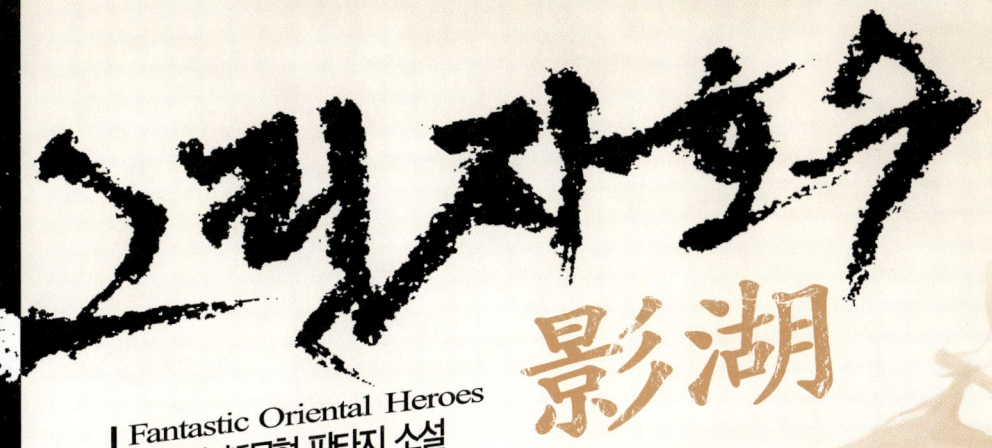

그림자호수 影湖

Fantastic Oriental Heroes

이정현 新무협 판타지 소설

4

◆ 초월경의 고수들

도서출판
청어람

목
차

◆제1장 ◆ 생사초월의 주인

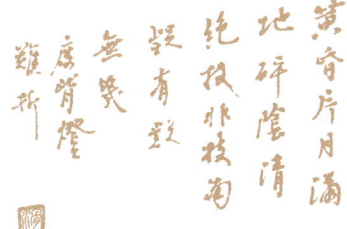

거대한 탑과 같았다. 반경이 십 장은 족히 넘었고, 그 높이 또한 대략 십 장은 되는 탑이었다. 탑의 표면에 새겨져 있는 수많은 음양각들은 가히 하늘의 작품이라고 해도 좋을 만큼 살아 움직이고 있었다. 웅장함, 섬세함, 미려함, 그리고 거친 느낌마저 모두 탑의 표면에 스며들어 있어 과연 인간이 하나의 작품에 이렇게 많은 느낌을 줄 수 있는지 의문이 들 정도였다. 이 느낌은 어디까지나 탑의 겉모습에 대한 대략적인 첫 느낌으로 받을 수 있는 것들이었다.

하지만 그 탑에 새겨진 것들을 자세히 본다면 그 느낌은 이내 사라져 버리고 의문점만이 머리 속에 가득 차게 됨이 분명했다. 탑에 새겨져 있는 그림들의 내용은 도무지 이해할 수 없는 것들 일색이라 과연 이것이 어떻게 그렇게 놀라운 느낌을 줄 수 있는지에 대해 회의가 들 것이다.

우선 가장 눈에 띄는 것은 동그라미가 많이 있다는 것이다. 정확히 말하면 손가락보다 작은 환(丸)이었는데 단순히 땅에 놓여진 것들도 있고, 누군가가 그것을 집는 그림도 있으며, 그것을 먹는 모습도 있고, 심지어는 그것을 밟아버리려는 모습도 있었다. 그것을 보고 기뻐하는 자들도 있었고 그것을 보며 고뇌하는 자들도 들어 있었다. 마치 그 환에 인간의 모든 감정, 본능이 드러나 있는 그림 같았다.

그러나 너무나 원시적이었기에 자세히 본 사람은 어떻게 이런 것이 대단한 느낌을 줄 수 있을까 하는 의문을 가지면서도 그것에서 멀어진 후 다시 본다면 또다시 감탄을 자아내게 되고 마는 신기한 탑의 문양이었다.

탑이 있는 곳은 그리 넓지 않지만 나무들로 우거진 숲이었다. 숲의 옆에는 거대한 궁전들이 위용을 자랑하며 끝없이 펼쳐져 있었는데, 이국적이면서도 중원의 양식이 스며든 특색있는 양식이었다.

그 엄청난 위용의 건물들 옆에 눈에 띄게 오연히 세워져 있는 거대한 탑. 정녕 특이한 곳이라 할 수 있었다.

탑 주위의 공터는 매우 고요했다. 너무나 고요했기에 공기의 흐름도 멈추어 버린 듯한 느낌마저 주고 있었다.

그르릉!

탑의 어딘가에 문이 있다는 것을 보여주기라도 하듯 정적을 깨며 문이 열리는 소리가 나며 탑 내부에서 한 여인이 걸어나왔다.

"마가령무(摩加靈巫)님, 그럼 내일 뵙겠습니다."

그녀가 고개를 들고 크게 소리치자 그녀의 귀로 한 사람의 목소리가 뚜렷이 들려왔다.

"네. 내일이 오기를 기다리겠습니다."

매우 편안한 목소리였다. 하지만 그녀에게 그 목소리는 편안함뿐만 아니라 두근거림마저 안겨주고 있어 파루나호는 얼굴을 살풋 붉히더니 이내 총총히 뛰어가 숲 안으로 사라져 버렸다.

"후후……."

바람 따라 희미하게 흘러나오는 그의 웃음소리는 탑의 꼭대기에서 들려오는 것이었다.

반경 십 장은 족히 되는 탑 꼭대기의 넓은 공간에는 특이한 물건이 많이 있었다. 가장 많이 쓰일 듯한 천문 관측 기구도 있었고, 큼직한 항아리도 이십여 개나 있었다. 그리고 구석에는 용도를 알 수 없는 사람 크기만한 철제 원반도 벽에 기대어져 있었다.

"사랑이라……. 큭큭!"

그의 분위기와는 전혀 어울리지 않는 웃음이 갑자기 그의 입에서 튀어나왔지만 그는 전혀 그것을 의식하지 않았다.

침상 위에 누워 하늘을 보고 있는 그의 주위는 마치 시간마저 정지한 듯 고요했고, 그의 표정과 몸짓 하나하나가 여유로운 느낌을 주고 있었다.

하지만 그런 분위기와 달리 또렷이 떠 있는 두 눈은 다른 사람들처럼 너무나 평범했다. 신비한 능력을 지니고 있는 사람치고는 평범한 눈이었고, 초점도 명확하여 관영호에게 모습을 나타냈을 때 보였던 장님의 모습은 전혀 생각할 수 없었다.

"불멸성(不滅星) 하나가 증오를 품고 움직이는구나."

그 말을 끝으로 한동안 말없이 팔베개를 하고 하늘을 보던 그의 입가에 어느 순간 짙은 미소가 맺혔다.

"이제 반 시진이면 볼 수 있겠군."

그러다 갑자기 그의 미소가 일그러졌다.

"웃기는군. 내가 왜 이런 걸 알아야 하지? 큭큭큭, 세상은 너무 많은 것을 알 필요가 없으니~ 그리고 보면 노자(老子) 그 자식은 제법 대단한 머리를 가지고 있단 말이야? 그 조그마한 머리에서 그런 대단한 철학이 나오다니. 지(知)는 무지(無知)만 못하느니~ 큭큭큭!"

그의 돌변한 말에 주위의 공기마저 놀란 듯 울렁였다. 마가령무는 왼팔을 팔베개에서 풀어 하늘을 향해 강하게 뻗었는데, 마치 무언가를 잡으려는 듯한 행동 같았다.

"그때는 잡지 못했지만… 지금은 잡지 않지. 큭큭, 잡을 필요가 없지. 세상은 세상일 뿐이야. 오호, 마의 하늘이 사그라지고 또 하나의 마성(魔星)이 떠오르는구나. 완벽한 마성이군. 역사상 단 두 번 나올 극마성(極魔星)이 이제야 떠오르는군."

그는 알 수 없는 말을 지껄이며 스스로 즐거워했다. 그의 말은 마치 시조를 읊는 것처럼 묘한 운율이 섞여 있었는데, 그 운율이 스스로를 즐겁게 하고 있는 것이었다.

"음, 상쾌한 바람이군. 참, 그때 그 사람, 매우 특이했지. 큭큭, 그 녀석이 수많은 세월 동안 유일하게 친구로 여기는 사람이니 특이한 건 당연할지도. 뭘 하고 있으려나……."

그는 실눈으로 하늘의 어딘가를 유심히 바라보다 무언가를 보고는 깜짝 놀라 상체를 살짝 들썩였다.

"저런, 저 녀석 왜 저렇게 빨리 오는 거지? 벌써 여기까지 왔……."

"이미 와 있다."

사내의 굵은 목소리가 마가령무의 뒤쪽에서 들려왔다. 마가령무의 입가에 짙은 미소가 맺히더니 이내 그는 고개를 들어 자신의 머리 위에 떠 있는 사내의 발을 보았다.

"이런, 냄새가 지독하군. 꽤 오래 여행했나 보지?"

그는 손으로 부채질을 하며 얼굴을 찌푸렸다.

"옆으로 내려와."

"……."

사내는 아무 말 없이 천천히 몸을 이동시켜 그의 침상 옆으로 내려왔다. 건장한 체구를 보면 보통 사내다운 각진 얼굴을 상상하겠지만 이자는 매끄러운 얼굴 선을 지닌 사내였다. 귀에는 나뭇가지가 걸려 있었고, 옷에는 오랜 여행을 증명하듯 여기저기 묵은 때가 있었다.

"여어~ 유유객 나리! 오랜만이군!"

"……."

마가령무는 환하게 웃으며 그를 반기는 척했지만 유유객의 표정은 그와는 정반대였다. 얼굴에는 처절한 살기가 배어 있었으며 그의 두 눈은 세상마저 녹일 듯 증오의 불길로 가득 차 있었다.

"뿌드득!"

이 갈리는 소리마저 들리고 있었으니 이유야 어떻든 그 증오심이 얼마나 강한지 충분히 알 수 있었다.

"큭큭, 너무 그런 눈으로 보지 마. 그리고 이 상하니까 너무 갈지 말고."

"죽여 버리고 싶다."

조용한 말이었지만 그 속에는 형용하지 못할 살기와 증오가 내포되어 있었다. 그것을 느낀 것인지, 아니면 느낀 척하는 것인지 마가령무는 과장된 행동으로 몸을 부르르 떨며 말했다.

"이런, 그런 식으로 말하면 마치 내가 너의 부모를 죽인 것 같잖아.

왜 그런 것이야? 하하! 진정하게, 진정하게."

그는 너무나 순진하고 맑은 웃음을 지으며 그의 어깨를 가볍게 툭툭 쳤다. 유유객은 자신의 어깨를 치는 손을 강하게 뿌리치기 위해 손을 올려 그의 손목을 쳤지만, 그의 손은 마치 아무것도 없는 허공을 치듯이 마가령무의 손을 뚫고 지나가 버렸다.

"후후, 너무 거칠게 하지 마라. 섭섭하군. 하하하!"

"흐흐흐……."

유유객은 이를 꼭 깨물며 쥐어짜듯이 웃음을 뱉어냈다.

"개자식!"

"저런, 쩝. 내가 참지. 후후후……."

"참지 마라, 제발."

"왜?"

마가령무가 짓궂은 아이 같은 표정을 지으며 반문하자 유유객은 죽일 듯이 그를 노려보며 대답했다.

"참지 말고 분노해서 날 죽여라. 제발! 제발!!"

"하하하, 이거 너무하는군. 난 아무 이유 없이 살인자가 되긴 싫어. 자네 말이 섬뜩하긴 하지만 너무 황당해서 웃음이 나는걸? 하하하하!!"

"으으……!"

유유객은 온몸을 부들부들 떨다 더 이상 참지 못하겠는지 그의 이마를 향해 번개같이 한 손을 내밀었다.

파파팟!

뿌연 기운이 폭발하듯이 두 사람을 감싸더니 유유객의 손에서 희면서도 투명한 무언가가 마가령무의 머리 속으로 들어갔다.

"뭘 한 건가? 큭큭큭, 새로 나온 뇌 안마법인가? 으하하하하!"

생각해 보니 그는 자신이 한 말이 웃겼는지 허리를 숙이며 크게 웃었다. 그런 그를 보는 유유객의 몸은 뭐라 설명할 수 없는 복잡한 기분으로 아까보다 더욱 떨리고 있었다. 그러다 이내 묘한 웃음을 지으며 금방 안정을 되찾았다.

"네가 생사초월의 주인이라고 해서… 우리를 제어할 수 있다고는 생각하지 마라."

"뭐, 제어할 생각도 없지만 못할 것도 없지. 내가 왜 못할까."

"흥, 나조차도 감당하지 못하는 녀석이……."

"흠."

마가령무의 입에는 상큼한 미소가 서려 있었지만, 그의 눈에는 그와는 다르게 은근한 살기가 서려 있었다.

"전지전능하여 신에 가까운 내가? 크크!"

그의 눈이 번쩍이는 순간 유유객의 몸은 급격히 앞으로 무너졌다.

"크윽!!"

머리를 부여잡은 그는 고통스러운지 몸을 부들부들 떨기 시작했다. 칠공에서 피가 뭉클뭉클 흘러내리며 바닥을 흥건히 적시고 있었지만 주위의 적막은 너무도 무심히 그 처참함을 지켜보고 있을 뿐이었다. 무심한 적막 속의 고통에 찬 외침만큼 서글픈 것이 있을까?

"으으… 으아아아!!"

"크크, 그따위 격장지계로 나로 하여금 널 죽이게 만들려고 하는 것인가? 유치하군. 하하하! 가끔 이런 고통도 괜찮지? 내가 아니면… 누가 너희에게 이런 고통을 주겠나?"

"크크! 어서 죽여라! 죽여다오, 제발……!"

"허허, 말했지 않나. 난 살인마가 아니라고. 왜 날보고 자꾸 죽여달라는 것이야?"

그는 두 손을 들어 보이며 당혹스럽다는 몸짓을 해 보였다. 어느새 고통은 사라지고 내상마저 치유된 유유객은 그를 원통하다는 듯한 눈빛으로 바라보다가 천천히 몸을 일으켰다.

"……."

"그런데 왜 이곳에 왔는가? 평생 오지 않을 것 같더니."

"흐흐… 흐흐흐! 흐흐흐흐흐……!"

유유객의 음산하면서도 울분이 맺힌 듯한 웃음이 주위를 울리자 계속되는 웃음에 조금씩 탑이 흔들리는가 싶더니 결국 탑 주위의 거대한 궁전들도 흔들리기 시작했다. 멀리서 사람들의 비명 소리가 울렸고 뛰쳐나오는 사람들도 보였다.

"……."

마가령무는 그의 치명적인 웃음에도 말릴 생각은 않고 여전히 같이 미소 지어 보이고 있었다. 따뜻하게 바라보던 그는 하늘로 고개를 들더니 몸을 좌우로 실룩이며 노래를 부르듯 말하기 시작했다.

"오랜 옛날~ 절대의 존재가~ 유희를 시작했네~ 그 유희는~ 억겁을 흐르리~"

"…그만 해라."

"절대의 존재는~ 몇 명의 불멸성을~ 만들었지~ 그들을 죽일 수~ 있는 자는~ 오직 그자뿐이리~"

"그만 해라."

유유객의 목소리는 조금씩 떨리고 있었다. 언뜻 들으면 마치 울음을 참고 있는 것 같기도 했다. 그러나 유유객의 조용한 경고에도 마가령무는 계속 노래를 불렀다.

"그런데 그들은~ 죽지 못해 우는구나~ 영생을 주었더니~ 나를 증오하는구나~"

"……."

"나는 말하네~ 날 존경하라고~ 영생을 주었거늘~"

"그만!!"

유유객의 입에서 결국 참지 못하고 비명에 가까운 소리가 터져 나왔다.

우르르릉!!

멀리서 건물이 무너지는 소리와 함께 사람들의 비명과 혼란이 주위를 지배하기 시작했지만 마가령무는 여전히 태연자약하게 마지막 노래를 불러 자신의 노래를 끝마쳤다.

"방법이 하나 있는 것을 알면서~ 왜 기다리지 못하나~ 신비 중의 신비가~ 너희를 죽일 것을~"

"……."

"왜 기다리지 못하지?"

"네가 아니니까."

"이런, 세월을 헛살았군. 큭큭, 지금껏 실컷 살아왔으면서 왜 못 견딘다는 것이지?

"흐흐, 이제 날 죽여줄 수 있는 가능성이 있는 사람을 발견했거든."

"호오, 무한의 힘을 가진 네 친구?"

"난 너의 그 태평스러움이 너무 싫다."

"하하하, 왜 말을 돌리지? 괜히 친구한테 자신을 죽여달라는 일을 시키기에는 찔리는가 보지?"

유유객의 입가에는 다시 싸늘한 미소가 서려 있었다. 약간의 여유로

움을 찾은 듯한 미소였다.

"나타나지도 않는 비중비(秘中秘) 녀석에게는 네놈 따위나 죽어라, 난 친구에게 죽을 것이니까."

"하하하하! 넌 내 말을 너무 믿지 않는군. 다시 한 번 말하지만… 생사초월의 힘을 지닌 자를 죽일 수 있는 것은 너희 주인인 나와… 비중비, 오직 둘뿐이다."

"하지만 난 가능성을 발견했으니까."

"큭큭, 절망하여 미치지나 말았으면 하는군."

"……."

유유객은 잠시 말을 멈추었다. 누군가가 이곳으로 오는 것을 느낄 수 있었기 때문이다.

숲 속에서 수풀이 바스락거리는 소리가 들리더니 이내 두 사람이 튀어나왔다. 파루나호와 여인 한 명이었는데, 그들의 표정에는 두려움과 다급함이 서려 있었다.

"마가령무님, 괜찮으신가요? 엄청난 일이 일어났습니다!"

파루나호의 입에서 어지간해선 들을 수 없는 매우 큰 고함이 터져 나왔다. 탑 꼭대기에 있던 마가령무는 싱긋 웃으며 유유객을 바라본 채로 그녀에게 대답했다.

"걱정 마세요. 갑자기 일어난 일이지만 이제 일어나지 않을 것입니다. 어서 부상자들을 치료하고 무너진 건물을 다시 세울 계획을 세우라 하세요. 그리고 이번 것은 아주 돌발적이며 우연하게 일어난 천재(天災)였으니 어쩔 수 없지만 다음부터는 이런 일이 없을 겁니다. 걱정 마세요, 공주님."

"네, 알겠어요."

파루나호의 입가에는 안심의 미소가 서려 있었다. 방금 전에 보였던 두려움과 다급함의 모습은 거짓말같이 사라져 있었다. 그것은 옆에 있는 그녀의 시녀 또한 마찬가지였다. 그만큼 그의 말이 그들에게는 절대적인 것이었으리라. 두 여인은 조금은 가벼운 발걸음으로 다시 돌아갔지만 탑 위에 있는 두 사람의 묘한 대치는 여전했다.

"역겹군, 그런 모습을 보는 것이."

"하하, 어쩔 수 없지. 사람은 살다 보면 하기 싫은 일도 해야 하는 법이야. 너처럼 하고 싶은 일만 하고 살 수는 없는 노릇이지."

"내가 하고 싶은 일만 한다고? 후후… 후후후… 하하하하!!"

마가령무의 말이 너무나 기가 막혔는지 유유객은 고개를 든 채 하늘이 떠나가라 크게 웃었다.

"정작 하고 싶은 일만 하고 사는 놈은 누군데. 큭큭!"

유유객의 눈에 서린 경멸의 빛을 본 마가령무는 고개를 살짝 저으며 당황한 듯한 표정을 지었다.

"내가 여기에 왜 왔냐고?"

"뭐… 별로 알고 싶진 않군. 유치한 말임이 뻔하니까."

"큭큭, 과연 유치할까?"

"후후, 나의 힘을 전해준 여러 사람들 중에서도 난 너를 제일 잘 알고 있다. 그런 만큼 네가 하는 말이 내게는 유치한 것들 뿐일 거라는 건 듣지 않아도 알 수 있지."

"……."

"말하고 싶으면… 말해 봐."

"그래, 내가 이번에는 넘어가 주지. 미리 말하려고 왔다. 이미 시작은 하고 있지만. 큭큭!"

"뭘 말야?"

"네놈의 유희를 방해하려고."

"음? 방해? 어떻게?"

마가령무는 자신의 유희를 방해한다는 자신있는 그의 말에 조금은 흥미가 보이는지 시선을 다른 곳에 두고 있다가 유유객에게로 돌렸다.

"모두 죽이겠다."

"……."

"네놈의 유희라는 것을… 나도 완벽히 이해는 못했지만 분명한 것 하나는 비중비를 기다리고 있는 것이지. 비중비의 힘을 가진 자만이 너를 죽일 수 있으니까."

"정확한 지적이다."

"과연 이 넓은 세계에서 누가 비중비로 태어날지 몰랐는데… 생각해 보니 간단하더군. 네가 중원에 관심을 쏟는 것을 보면 그 대답은 쉽게 나오지."

"…혹시 그 말은?"

마가령무는 유유객의 의도를 일부 파악했는지 황당하다는 듯한 미소를 지었다.

"큭큭큭, 중원인 모두를 죽이겠다."

"뭐?"

"하나도 남김없이 죽이면… 비중비는 나타나지 않고 너의 유희는 끝이 나겠지. 아니면 너의 유희가 사라질 것을 염려하여 네가 나를 죽일지도 모르는 일이고. 어느 쪽이든지 나로서는 환영이다. 하하하하!"

"큭… 큭… 큭큭큭큭!"

각기 다른 의미를 품은 두 사람의 웃음은 매우 이질적인 조화를 이루며 하늘로 퍼져 나갔다.

"…그렇게 웃고 있을 수만은 없을걸? 거의 완성 단계이니. 그리고 알고 있을지 모르지만 그자도 이미 나의 수중에 있다."

"음? 그 미친 녀석을?"

"그래, 단 한 번만 자극을 준다면 수많은 사람들이 죽어 나갈 거야."

"흠, 제법인데……?"

"크큭, 그리고 가장 중요한 것은……."

"아, 말하지 않아도 알아."

"……."

마가령무는 유유객의 말을 끊고 그에게 손가락을 들어 좌우로 흔들며 모든 것을 알고 있다는 듯한 미소를 지어 보였다. 그 미소는 언제나 유유객을 분노케 하던 것으로 지금도 마찬가지였다.

"아, 너무 놀라지 말라구. 나라도 네가 하는 일 모두를 알 수 있는 건 아니니까. 아까도 말했지만… 넌 정말 유치하다고. 나만큼 너에 대해 아는 사람은 없다고 했지. 난 너의 옛날을 알거든."

"……!!"

"후후, 왜 그리 놀라나?"

"네가… 나의 과거를 안다고? 나의 태생을?"

"그럼. 난 너의 서른 살까지의 인생을 모두 알고 있지. 지금 네가 몇 살인지 알려면 물론 조금 계산을 해야겠지만."

"으……."

"서른 살 정도면 한 사람의 성격을 전부 파악하기에는 충분한 나이라 할 수 있지. 해서 난 너를 잘 알아."

"……."

"너처럼 유약하고 낭만적인 것을 좋아하던 녀석이 중원인을 말살시키겠다고? 큭큭, 아무리 네 손을 쓰지 않는다고는 하지만 네가 정말 그럴 수 있을까?"

"가능하다!"

"보지 않아도 알 수 있다. 넌 예전부터 약을 만드는 것에는 천재적인 재능을 지녔었지. 그것이 지금의 너를 이룬 것이고 말이야. 넌 초월경의 내단을 만들어서 아마 중원인 말살 계획에 포함시킬 초월경의 고수들을 따로 만들고 있겠지?"

"……."

"어이구, 이거 무서워서 어떡하나? 자칫하다간 정말로 중원인이 말살되겠는걸?"

"……."

마가령무의 표정은 너무나 희극적이었다. 하지만 그 과장된 표현 속에 숨겨진 조롱의 빛을 유유객은 충분히 느낄 수 있었다.

마가령무는 고개를 저으며 손바닥을 강하게 치고는 말했다.

"이런이런, 그럼 난 정말 네 녀석을 죽여야 하는 일이 생길지도……."

"…대체 무슨 말이 하고 싶은 것이냐?!"

"너는 그것이 가능하다고 믿고 있는 것인가?"

"가능하다. 완벽하다."

"큭큭큭, 네가 사람의 마음을 알기나 할까? 특히 너같이 물러 터진 녀석의 마음을. 아마 넌 네 자신의 마음도 제대로 모를걸? 하하하!"

"무, 무슨 말이냐?"

"두고 보면 알겠지. 과연 네가 계획한 것들이 모두 이루어질지는 말이야."

"……."

"한 가지만 말해 줄까?"

"필요없다."

"아냐. 말해 주고 싶은걸? 하늘도 가끔은 역천을 원하고, 난 그 역천을 순천처럼 따르고 있지만… 역시 문제는 하늘은 결국 역천을 원하지 않는다는 것이야."

"……."

"흠, 못 알아들었나? 너라면 꽤 머리가 좋아서 알아들을 텐데?"

"알아들었다. 하지만 네놈의 역천은 계속되겠지?"

"후후, 잘 알고 있군."

"하지만 난 가만두지 않겠다. 네놈의 유희가 끝까지 가지 못하도록 말이야."

"큭큭, 넌 모르지? 네놈은… 봄날 바람에 흩날려 떨어지는 벚꽃을 보며 눈물까지 짓던 놈이다. 그리고 구슬프게 시를 읊었지. 그러면서 술도 한 잔 하는 정말 낭만적인 놈이었지. 큭큭큭, 지금 생각하면 유치해서 배꼽이 빠질 정도지만."

"…그때는 그랬을지 몰라도 지금은 그렇지 않다는 것을 말해 주고 싶군."

"그 미친 녀석은… 그 먼 옛날 그 작은 도로 자신의 아내를 죽였다."

"무슨 말을 하려는 것이지?"

"그 도에 맹세하는 것은… 죄책감이지. 큭큭큭!"

"죄책감?"

"옛 기억과 행동들은 마음 깊숙이 가라앉아 있으나 언젠가는 떠오르기 마련이지."

"…그래서 어떻다는 말이냐?"

유유객은 발작적으로 그에게 소리쳤다. 그의 말을 이해하지 못해 그런 것이 아니라 너무나 잘 이해했기에 그런 것이었다.

"됐다. 오늘의 면담은 이것으로 끝이야. 할 이야기가 있으면 다음엔 내가 직접 찾아가지. 후후후, 오늘 오랜만에 잘 웃었어. 고맙군."

마가령무는 할 말이 끝났는지 냉정하게 몸을 돌려 침상에 누워버리더니 유유객은 신경 쓰지 않고 하늘만 보기 시작했다.

"…큭큭, 네놈조차도 하늘의 뜻을 알지 못하면서… 모든 것이 네놈 뜻대로 될 것 같으냐?"

"…네 계획, 나도 조금 도와주지."

"……."

"중원인을 말살시키겠다는 계획 말이야. 직접 죽이는 것에는 흥미가 없으니 간접적으로 도와주마. 물론 언제인지는 모르지만. 하하하!"

"웃기지 마라!"

유유객의 싸늘한 미소는 아지랑이같이 흐늘거리며 그의 신형과 함께 사라져 버렸고, 탑 꼭대기에는 이제 마가령무만이 남아 있었다. 예전에도 그랬고 지금도 그런 것처럼.

"재미있는걸? 모두 죽인다고? 네가? 후후후……."

마뇌귀령사 제갈강은 회골림 내에서도 금지에 속하는 '금마림(禁魔林)'의 음침한 숲 속으로 들어가고 있었다. 그의 옆에는 거대한 체구의 인물과 제갈강과 비슷한 체구의 문사 한 명이 나란히 걸어가고 있었다. 둘은 바로 통천금마 이혁신과 간군학이었다.

그 둘을 힐금 쳐다본 제갈강은 비릿한 미소를 지으며 생각했다.

"곰과 토끼가 어울리는 듯하군."

별다른 사심은 없는 생각이었지만, 그렇다고 이들에게 호의를 가지고 있는 것은 아니었다. 자신보다 훨씬 낮은 배분을 지닌 두 사람이 자신과 같은 직위를 가지고 있었기 때문이다.

회골림의 림주 다음의 직위는 그들 셋이었다. 요즘이야 덜하긴 하지만 처음에 제갈강은 이를 인정하지 못해 불만이 이만저만이 아니었다. 간군학이 가장 만만하게 보여 노골적으로 무시하면서 압박까지 했지만 그가 태양선인의 무공을 지니고 있다는 사실을 알고 난 뒤로는 그를 함부로 할 수가 없었다.

"씨발……."

제갈강은 그의 입에서 갑자기 튀어나온 욕에 가슴에서 무언가가 꿈틀거렸지만 간신히 참을 수 있었다. 그가 천성적인 독설가라는 것을 알기 때문이었고, 간간이 혼자 욕하면서 중얼거리는 것도 들을 수 있었기 때문에 이미 적응했던 것이다. 그렇지만 자신의 성격으로는 아직까지 그다지 듣기 좋은 소리는 아니었다.

"개 씨발……."

"거참, 조용히 좀 해주게. 지금 가는 곳은 꽤나 위험하단 말이야. 자네 심정은 모르는 바 아니지만 지금 상황이 중요하지 않나."

"알아, 씨발! 그래도 어떡하나! 그 계집애… 완전 맛이 가가지곤, 정말!!"

그는 정말 열이 받는지 걸음을 멈추고 발로 땅을 강하게 쳤다. 하지만 내공이 실리진 않은 듯 그저 약간의 먼지만 일으킨 채 끝나고 말았다.

"진정하게. 그렇게 한다고 방법이 있는 게 아니잖나. 현명한 딸이니 금방 헤어 나올지도……."

제갈강은 그를 보며 진지하게 이야기해 준 뒤 다시 걸음을 재촉하며 길을 걸었다. 생각보다 깊은 곳이어서 일각은 더 걸어서야 꽤 넓은 공터가 나타났다. 공터 한가운데에는 작은 건물이 한 채 있었는데 그 전체가 구하기 힘든 것이지만 그만큼 단단하기로 소문난 흑철(黑鐵)로 만들어져 있었다. 흑철은 매우 희귀한 철로 강도 면에서는 천하제일이라 할 수 있는 광석이었다.

빛을 받아도 아무런 광택도 내지 않는 칙칙한 건물은 음산함마저 풍기고 있었지만, 문 앞에 누워서 코를 파고 있는 한 인물이 그 분위기를 어느 정도 중화시켜 주고 있었다. 우중충한 분위기에서도 상당히 여유로운 분위기를 토해내고 있는 자였다.

"쯧, 또 뭘 하러 왔나? 그렇게 당해놓고도 또 오다니, 쯧쯧……."

누워 있는 노인의 얼굴은 어디서나 볼 수 있는 할아버지처럼 평범했다. 가벼운 말투에 비해서 얼굴은 해학적이지 않았으며, 옷도 흙 바닥에 누워 있는 것을 생각해 보면 그다지 더럽지도 않았다. 전체적으로 청수하다고 할 수 있는 풍모를 지닌 수염 없는 노인이었다. 하지만 외모와는 달리 두 눈에서 현기가 반짝이고 있는 것이 상대방에게 범상치 않은 느낌을 충분히 주고 있었다.

"씨발, 저 코 파는 모습 정말 보기 싫군. 어디 호미 없나? 코딱지가 없어질 때까지 내가 파주게. 씹쌔!"

"쯧쯧… 저것도 터진 입이라고 튀어나오는 말 하고는. 어디 교양이라곤 밥 말아 먹었나?"

"개새끼, 자기는 코 파면서 남보고 교양없대네?! 정말!"

"허, 저놈이 오늘 심기가 엉망이군. 상대하질 말아야지. 에잉, 싸가지하고는. 퉤!"

노인은 기분이 심히 불편했는지 누운 채로 침을 옆으로 뱉었다. 그 침은 간군학의 키만큼 솟아오르며 포물선을 그리더니 기가 막히게도 그의 발 바로 앞에 떨어졌다.

"씹… 쌔……!"

간군학의 눈에서 불똥이 튀더니 앞에 있는 노인을 향해 뛰쳐나가려 했다. 그런 그를 이혁신이 두 손으로 잡으며 막았다.

"이보게, 참으라니깐! 비록 우리 사람이 아니라고는 하나 우리의 일을 방해하는 사람은 아니지 않은가?"

"씨발, 안 그래도 열받는데! 에잇, 퉤!"

간군학은 분통한 표정으로 역시 침을 뱉어 노인의 팔 옆으로 떨어뜨렸다.

"이크! 이 예의범절도 모르는 놈!"

노인은 질린 눈으로 간군학을 힐끔 쳐다보고는 몸을 돌려 버렸다.

"…현천(玄天) 노인, 그는 어떻소?"

"여전해. 만약 힘을 봉인하지 않았다면 누가 감당했을까? 으… 하늘도 무심하지 저런 놈을 만들다니……."

"림주의 명령을 받들어 그를 제어할 수 있는 물건을 찾았소. 이걸 찾는 데 엄청난 인력과 비용이 들었지."

"과연 제어가 될까? 흥! 내가 대량으로 가지고 있는 흑철(黑鐵)이 아니었으면 어떻게 감당할 뻔했나! 그리고 제어가 되지 않으면 난 결코 그가 여기서 나가는 것을 허락하지 않을 것이니 그렇게 알게."

"림주가 왜 이 사람이 필요한지는 모르지만 아마 필요할 일은 없을 것이야. 쳇, 그리고 정말 필요하면 네놈을 죽여서라도 꺼내갈 테다."

"흥, 맘대로 하시지."

그들을 뒤로한 채 누워 있던 현천이란 노인은 냉소를 날리고는 무언가를 뒤로 던졌다. 이혁신은 빠르게 날아오는 그것을 받아 쥐었는데, 열쇠였다.

"열게나."

제갈강의 말에 이혁신은 약간 긴장한 표정으로 다가가 사람의 머리보다 큰 거대한 자물쇠를 잡았다. 그것은 일 갑자의 내공을 지니고 있지 않으면 들지조차 못하는 엄청난 무게의 자물쇠였다. 그가 자물쇠의 구멍으로 열쇠를 집어넣으려는 순간이었다.

쿵!!

"……"

쿵!!

"또 시작인가?"

제갈강은 곤란하다는 표정으로 간군학을 바라보았다. 간군학은 본 적은 없지만, 그에 대한 이야기는 들었으므로 역시 표정이 굳을 수밖에 없었다. 아무리 자신이라도 흑철을 쳐서 손이 멀쩡할 수는 없었다. 그런데 안에 있는 그자는 엄청난 비명을 지르며 가공할 힘으로 계속하여 벽을 치고 있었던 것이다.

"흠… 소리 차단, 확실하군. 이 정도 비명이면 회골림 안을 울릴 텐데 말야."

현천 노인은 만족스러운 웃음을 지으며 자리에서 일어났다. 오 척 오 자를 넘는 키에 꼿꼿한 허리라 그의 얼굴을 보지 않는다면 영락없는 젊은 사람의 신체였다.

"일각 정도면 멈출 테니 기다려 봐."

그의 말에 이혁신은 자물쇠를 놓고 뒤로 물러났다. 흑철로 만든 건물이 조금씩 흔들리는 것을 보니 안에 있는 사람의 발광이 갈수록 강도가 더해가고 있는 듯했다. 벽을 두드리는 소리는 차단 효과로 작게 들렸지만, 흑철 건물이 흔들리고 있는 것을 보고 있는 네 명의 가슴에 서늘함이 지나가는 것은 어쩔 수 없는 일이었다.

쿵!!

"으아아아!"

절규 그 자체였다. 처절한 한이 맺힌 것 같기도 했고, 자신을 끝없이 학대하는 비명 같기도 했다.

"씨발, 완전 미친놈 아냐!"

"미쳤지만 대단한 힘을 지녔지."

"허참, 저런 놈을 과연 림주의 말대로 그 보잘것없는 도로 제어할 수 있을까?"

"모르지. 하지만 림주의 말대로 해서 되지 않은 적은 한 번도 없다."

"……."

간군학은 제갈강의 림주에 대한 절대적인 신념을 보여주는 표정에 약간은 뒤틀린 마음도 있었지만 수긍할 수밖에 없었다. 제갈강이 저런 표정을 지을 만큼 림주는 대단한 사람이라는 것을 자신도 뼈저리게 알고 있기 때문이다. 마음 한쪽에 있는 뒤틀림은 자신이 넘을 수 없는 벽에 대한 어쩔 수 없는 감정이기도 했다. 설령 자신이 태양인을 십성 다 익힌다 해도 넘을 수 없을지도 모른다는 생각도 들었다.

간군학은 내심 고개를 저으며 약간은 반항적인 눈으로 건물을 쳐다보았다. 아까보다 건물의 흔들림이 줄어든 것을 볼 때 안에 있는 미친

놈의 발작이 수그러들고 있다는 것을 말하는 것이었다. 그는 자신도 모르게 이혁신을 바라보았다. 이혁신은 약간 긴장하고 있었는데, 그 모습이 영락없이 겁먹은 아이 같아 보였다.

"큭……."

자신이 보기에도 이혁신은 옛날에 지니고 있던 엄청난 기도와 패기를 잃어버린 것 같았다. 무공은 늘었지만 마음이 조금 약해진 것이라 보면 적당한 표현이리라. 자신도 저런 적이 있었기 때문에 충분히 이해가 갔다. 모든 것이 무너진 후 설령 다시 되찾았다 하더라도 예전의 마음을 되찾기란 결코 쉽지 않은 것임을 그는 알고 있었다.

철그렁!

생각하고 있는 사이 발작은 그쳤는지 이혁신이 자물쇠를 푸는 소리가 그의 상념을 깨웠다.

"들어가지."

이혁신은 세 사람에게 그렇게 말하고는 안으로 먼저 들어갔다. 뒤이어 나머지 세 사람도 안으로 들어갔다.

"맙소사……."

현천 노인은 방 안의 벽들이 조금씩이나마 움푹 파여 있는 것을 보고는 경악할 수밖에 없었다. 아무리 초극강고수라도 어찌할 수 없을 정도로 흑철은 무시무시한 강도를 자랑하는 광석이었는데, 방구석에 쪼그리고 있는 저 광인은 흑철을 구부러뜨린 것이다. 그것도 힘을 봉인당한 상태인데도 말이다.

"헤헤……."

봉두난발에 지저분한 옷을 입고 있는 그자는 두 눈이 완전히 돌아가 있어 누가 봐도 완전히 미친 사람처럼 보였다. 입에서 흐르는 침은 상의를 적시고 있었지만, 그자는 그것도 모르는지 바보 같은 웃음을 지으며 허공을 바라보고 있었다.

"우헤헤! 보, 보이지 않아. 헤헤헤!"

"……."

간군학의 표정은 떨떠름해져 있었다. 이런 사람이 무슨 소용이 있을까 하는 회의가 들었지만, 그래도 림주의 특명은 이 사람을 제어하라는 것이었다.

"도를 꺼내보시오, 제갈 참모."

이혁신이 그렇게 말하는 순간 이미 제갈강은 도를 꺼내고 있었다. 그가 도를 꺼내어 앞에 있는 광인에게 내밀자 그는 신경을 다른 곳에 쓰다가 우연히 그가 내민 도를 보았다.

"……."

그것을 본 순간 그는 마치 귀신이라도 쓰인 듯이 발작적으로 몸을 부르르 떨기 시작했다.

"으… 으으!"

"……."

"반응을?"

"으으, 으흐흐흐! 미, 미안하오. 큭큭큭큭……."

"으으! 으아아아……!!"

광인은 머리를 움켜잡고 천장을 보며 힘없는 절규를 터뜨렸다. 그의 검은 눈동자는 위로 올라가 보이지 않고 흰자위만 덩그러니 남겨져 있어 이를 보는 세 사람의 가슴은 또다시 서늘해지고 있었다.

"죽엇!!"

너무나 의외였다. 머리를 움켜쥐고 있던 그가 갑자기 비명을 지르며 한 손가락을 제갈강을 향해, 아니, 정확히는 도를 향해 내민 것이다.

"앗!"

그의 손가락에서 희미한 무언가가 나왔다고 느낀 순간 제갈강은 자신의 생명이 위험하다는 것을 본능적으로 느꼈다. 하지만 너무나 갑작스런 상황이었기에 제갈강은 어떠한 대비도 하지 못했다. 그때 그의 앞에 누군가 나타나더니 보이지 않는 무언가와 부딪쳤다.

파파팍!!

"으윽!!"

"앗!"

쿠당탕!

간군학은 지공(指功)이라 생각되는 공격을 강기로 간신히 막아냈지만 그 충격에 뒤로 밀려나며 그만 제갈강과 얽혀 넘어지고 말았다.

"크으으……."

공격을 한 그 남자는 다시 머리를 움켜잡고 고통스러워했다. 다음 공격이 있을 것을 우려하여 벌떡 일어난 간군학은 그가 다시 예전처럼 고통스러워하자 표정이 일그러졌다.

"씨발 새끼, 제어할 수 있는 거 맞아?! 그냥 죽여 버리겠어!"

그가 다시 내공을 끌어올리자 뒤에 있던 제갈강은 그의 앞으로 나가서 다시 도를 내밀었다.

"안 되네. 림주의 명령을 어기면 죽음이라는 것 모르나?"

"…에잇!"

그는 내공이 실린 발로 바닥을 쳤지만 흑철이었기에 자신의 발만 아플 뿐이었다.

"아야! 으으윽! 아, 씨발! 정말 되는 일 없네!"

"큭큭큭!"

현천 노인은 그의 행동이 웃긴지 장난스러운 표정으로 그를 보며 비웃기 시작했다.

"으으… 제발… 날 용서… 크으윽!!"

"앗!!"

사람들은 그의 몸에서 아지랑이 같은 기운이 폭발적으로 솟아나자 제각기 내공을 급히 끌어올려 그 기운에 대항해 갔다. 하지만 그들이 만들어낸 호신강기는 아지랑이 같은 기운에 부딪치자 흔적도 없이 사라져 버렸고 이내 빠른 속도로 튕겨 날아가고 말았다.

쿠당탕!!

네 사람은 강한 반발력에 요란한 소리를 내며 무참히 나뒹굴었다.

"으악! 미쳐!"

간군학은 정말 화가 나는지 넘어지자마자 오뚜기처럼 벌떡 일어나서는 내공을 있는 힘껏 끌어올렸다. 이어 태양선심공의 구결을 읊자 그의 몸에서 붉은 화기가 주위를 감싸기 시작했다. 붉은 화기는 태양선심공이 팔성에 이르렀다는 표시이기도 했다. 구성에서는 백광(白光)이 전신을 감싸게 되고 십성은 아무도 알지 못한다고 한다. 십성을 이룬 자가 없기 때문이었다.

간군학은 이미 보이는 것이 없는지 그를 죽일 심산으로 천존십이해(天尊十二解)의 역초식인 파천십이해(破天十二解)로 그를 조여들어 갔다.

"……."

광인의 눈은 방금 전과는 다르게 너무나 또렷했다. 아니, 정지되어 있는 눈이었기에 오히려 정상으로 보이지 않았다. 잔흔들림마저 없는 그의 눈동자가 자신을 향해 강력한 불길을 뿜으며 쳐들어오는 간군학을 향해 돌려지는 순간 그의 손가락이 방금 전과 같이 앞으로 내밀어졌다. 붉은 화기를 띤 손이 갈고리처럼 그의 목을 죄기 직전 간군학은 자신의 몸에 엄청난 충격이 가해지는 것을 느낌과 동시에 입에서 분수처럼 피를 쏟으며 다가올 때보다 더 빨리 뒤로 튕겨져 나갔다.

쿵!

"으으윽!!"

"……."

다른 세 사람은 아무 말도 할 수가 없었다. 자신들 중에서 은밀히 따지자면 간군학이 제일 강한 무공을 지니고 있는데 그런 그가 손가락질 한 번으로 나가떨어진 것이다.

"으으… 씨발! 저렇게 센 놈이었다는 걸 미리 말해 주지. 우욱!"

심각한 내상을 입은 간군학은 거친 말로 자신의 고통을 대변했다. 피를 다시 한 번 게워낸 그는 어느 정도 안정을 되찾았는지 가부좌를 틀고 운기조식에 들어갔다.

"난……."

그의 입에서 말이 나오자 다른 세 사람은 숨조차 쉬지 못할 정도로 엄청난 압박감이 자신들을 감싸는 것을 느꼈다. 천부적으로 타고난 지배력있는 그 목소리는 세 사람을 부지불식간에 압도하고 있었던 것이다.

"스스로의 의지는 있으나… 의지는 가지고 있지 않다."

"……."

알아들을 수 없는 말에 의아해한 제갈강은 그에게 조심스럽게 물었다.

"당신은… 누구시오?"

"네가 나를 깨웠구나. 날 깨운 것을 후회하리라……."

그의 감정없는 눈빛은 제갈강이 굳게 쥐고 있는 도를 향해 있었다. 그걸 안 제갈강은 도를 앞으로 내밀며 말했다.

"그대를 제어하라는 림주의 명이 있었소. 상황을 보니 이 도가 있으면 그대는 우리의 말을 들을 것 같소만……."

"그렇다. 하나 누가 나의 힘을 제어했느냐?"

"림주께서 하셨소."

"림주? 생사초월의 힘을 지닌 자인가?"

"생사초월?"

제갈강을 비롯한 다른 두 사람은 그가 무슨 말을 하는 것인지 이해하지 못했다. 그들로서는 처음 듣는 단어이기 때문이었다.

"모르는군. 하지만 저 멀리 두 사람이 존재하는 것이 느껴진다."

"뭔가가 느껴져? 인간이 아니군."

현천 노인은 질렸다는 표정으로 그를 바라보았다.

"한 사람은 이런 짓을 할 성격이 아니니 다른 한 사람이겠군. 나에게서 원하는 것이 무엇이냐?"

"그것은 우리도 모르오. 오직 림주께서 그대를 제어하라고 하셨소. 그래서 이 도의 행방을 찾기도 했지만……."

"나를 필요로 해서? 두고 보면 알겠지."

"……."

"나가라."

갑작스런 그의 축객령에 막 운기조식을 마치고 일어난 간군학의 입에서 욕이 쏟아져 나왔다.

"씨발 놈! 네가 뭔데 나가라 마라야. 우리 말을 들으려면 같이 나와야지?"

"입이 거칠군. 어느 누구도 내게 함부로 하지 못했거늘. 다시 말하지만 난 스스로의 의지를 가지고 있으나 의지를 지니고 있지는 않다."

"……."

'원래는 스스로의 의지로 행동하지만 이 도로 인해 그 의지를 접어준다는 의미인가? 아무래도 림주가 계셔야겠군.'

그 말을 상황에 맞춰 곰곰이 생각해 본 제갈강은 대충 그 의미를 눈치 채고는 간군학에게 진정하라는 눈짓을 주고는 말했다.

"알겠소. 림주가 오시는 날 다시 오겠소. 괜찮소?"

평소 신중한 성격답게 제갈강은 맞은편의 남자에게 조심스럽게 물어보았다.

"좋다. 어서 나가라. 난 정신을 찾았을 때가 제일 싫다. 어서 그 도를 치워라."

"……."

넷은 서로 눈빛을 주고받더니 밖으로 나갔다. 밖으론 나온 간군학은 조금은 불만 섞인 눈으로 제갈강에게 항변 아닌 항변을 했다.

"왜 날 말렸소? 그 새끼, 강하긴 했지만 태양인을 먹여주려고 했는데!"

하지만 자의든 타의든 태양인을 쓰면 안 된다는 것을 아는 이혁신은 그의 말이 그저 빈말일 뿐임을 알고 말했다.

"미안하지만 우리가 다 덤벼도 이기지 못하네. 단 일 격으로 느꼈겠지, 자네도?"

"제길……."

간군학은 그의 말에 뭐라 말하지도 못하고 투덜거리기만 했다. 그 투덜거림이 욕투성이라는 것을 들을 수 있었던 제갈강은 쓰게 웃으면서 말했다.

"일단 이 도가 그를 제어할 수 있다는 것을 알았으니 림주의 명은 완수한 것이나 마찬가지지. 림주께서 돌아오실 때가 얼마 남지 않았는데, 그나마 뵐 면목이 서는군."

"체면 구겨지는군."

"…네놈들은 정말 저 괴물을 데리고 나갈 참이냐?

"제어가 가능하니 림주가 오면 당연히 그럴 것이오. 그리고 그때부터 우리의 대업은 시작되는 것이오."

"으음……."

현천 노인의 표정은 제갈강의 말에 그다지 좋지 않아 보였다. 뭐라 반박도 할 수 없는 것이 자신도 분명 제어가 되면 간섭하지 않겠다고 말했기 때문이다. 하지만 정신을 차린 그자는 더욱 세상에 나가서는 안 될 존재였다.

고뇌하는 그를 뒤로한 채 떠나고 있는 세 사람의 뒷모습을 복잡한 시선으로 바라보던 현천은 결국 한숨을 내쉬고는 고개를 저을 수밖에 없었다. 도무지 방법이 보이질 않았다. 아까의 가볍던 표정과 말은 거짓말처럼 사라지고 없는 것이, 얼마나 심각하게 고민하고 있는지를 보여주었다.

"어째서 하늘은 저런 존재해서는 안 될 자를 창조하셨단 말인가? 그리고 림주라는 자도……. 내 비록 어느 한곳의 우위를 원하지는 않으나 회골림의 힘은 이제 사라성을 능가해 버렸구나."

그의 안타까운 음성은 주위의 적막에 묻혀 더욱 밑으로 가라앉았다.

방 안에는 무거운 공기만이 가득 차 있었다. 탁자에 앉아 있는 세 사람의 표정은 분위기에 동조해서인지, 아니면 그들이 분위기를 만들었는지 역시 무거운 표정이었다.

임사우와 그의 아내 호사란, 그리고 그녀의 사매인 백리경은 무거운 분위기에 부담감을 느끼고 있는지 서로 시선을 마주치는 것을 꺼려하고 있었다. 그저 고개를 살짝 숙인 채 각자의 생각만 하고 있었는데, 그 분위기를 참지 못하고 먼저 입을 연 사람은 백리경이었다.

"왜… 말하기를 꺼려하죠?"

"……."

임사우 부부는 그녀의 말에 아무 말도 할 수가 없었다. 특히 호사란의 표정은 더욱 그랬다. 한마디로 표현하자면 복잡함 그 자체였다.

"사저(師姐), 사저의 마음은 이해하지만 확실한 것도 아니잖아요. 그러니까 일단은 말하는 것이 좋을 것 같아요."

오늘만큼 그녀의 이지적이면서도 냉정한 눈빛과 입술이 그렇게 원망스러울 수 없는 호사란이었다. 철사접(鐵邪蝶)이라고 불리는 여장부인 호사란도 이번만큼은 도저히 함부로 말하기가 힘들었던 것이다. 그녀의 이러지도 저러지도 못하는 마음을 충분히 알고 있는 임사우는 자신이 대신 말할 수밖에 없음을 느끼고는 결국 말을 꺼냈다.

"내가 말하지. 아무래도 백리 사매의 말처럼 달라지셨어."

"여보……."

"미안하오. 내가 느낀 대로 이야기해야 함을 알지 않소. 그것이 모두를 위해 좋은 일이고……."

"당신……."

호사란은 임사우의 말이 원망스럽다는 듯 그를 쳐다보았지만, 임사우는 그녀의 시선을 피하지 않고 똑바로 쳐다보았다. 자신에게 어떠한 사심도 담겨 있지 않다는 것을 보여주기 위한 행동이었다.

"……."

시선을 피한 것은 오히려 호사란이었다. 복잡한 표정은 그대로였지만 조금씩 흔들리고 있는 것 같았다.

"형부의 말씀처럼 분명 성주님은 변하셨어요. 가끔 눈에서 섬뜩한 기운도 보이고요. 그리고 더욱 이상한 것은 같이 폐관 수련에 들어가셨던 세 분 장로님이 없다는 거예요. 성주님 말로는 특정 의무 때문에 모종의 장소로 떠났다고 하셨지만……."

"그것이 이상하오. 폐관하느라 무림의 정세에 대해 아무것도 모르시는 성주님이 어떻게 무엇을 알고 두 분을 떠나보내셨는지……."

"사저, 사저도 말씀해 보세요. 사저의 의견이 중요해요."

"……."

"여보."

임사우는 무릎 위에 놓여 있는 그녀의 손을 꼭 붙잡았다. 그녀의 손은 미약하게나마 떨리고 있었다. 만약 이 의견들이 일치한다면 은밀하게 조사를 해야 할 것이고, 그 결과에 따라 자신의 아버지를 성주 직에서 박탈시켜야 하는 일까지 생길지도 몰랐다.

"…난 동의하지 못하겠군요."

"……!!"

"……."

"전 제 아버지를 믿습니다. 그분이 이상하게 보인다는 것은 너무나 오랜만에 보는 것이라 생소하게 느껴지는 이질감일지도 몰라요. 그런 것을 심성이 변했을지도 모른다고 생각하는 것은 너무 심한 억측이라고 볼 수밖에 없네요."

"음……."

두 사람은 그녀의 반박에 아무런 말도 할 수가 없었다. 그녀의 마음을 이해해서 그런 것인지, 아니면 그녀의 말도 타당해서 그런 것인지는 그들만이 알 것이다.

백리경은 자신의 생각을 그저 느낌으로만 치부할 수는 없었다. 그러기 위해선 확실한 증거가 필요했다. 그중 가장 문제가 되는 것은 세 장로의 행방으로, 이에 대한 그녀의 심증이 맞다면 지금의 이 상황을 확실히 풀 수 있을 것이 분명했다.

한동안의 침묵 후에 그녀가 입을 열었다.

"난 이사부와 삼사부에게 말해 볼 거예요. 그리고 전 그분들과 함께 삼장로의 행방을 알아볼 겁니다."

그녀의 눈빛은 확고했다. 옛날부터 그녀가 어떤 결정을 내리면 아무도 말리지 못했다.

"사매, 이상해. 사매는 확실한 물증이 있어야만 결정 내리는데, 이번 것은 너무 느낌에만 치중하는 거 아냐?"

호사란의 지적은 꽤나 정확한 것이라고 할 수 있었지만 백리경의 눈빛은 추호도 흔들리지 않았다.

"성주님의 모습이 증거예요. 예전에 천풍 공자의 일도 그렇고 지금 성주님의 일도 그래요. 평상시와는 다른 모습을 통해서 그 의심을 품었어요. 천풍 공자의 일은 그것을 증명할 길이 없었지만 성주님의 일은 그나마 길이 보여요. 내 입장을 이해해 주길 바라요, 사자."

"……."

호사란은 그녀의 말에 아무런 대답도 하지 않고 그저 탁자의 한 부분을 뚫어지게 쳐다볼 뿐이었다.

"맘대로 해. 하지만 사매가 생각한 일이 잘못된 것이란 것을 금방 깨닫게 될 거야."

"……."

약간은 싸늘한 그녀의 대답에 옆에서 지켜보던 임사우는 안타까운 표정을 지었다. 그때 친구가 생각난 것은 그저 우연이었을까?

'그가 있었다면 어떤 해결책을 내놓았을 것이라는 생각은 왜 드는 것일까?

그는 처음으로 자신이 너무 약하다는 생각을 하며 착잡한 마음을 지우지 못하고 있었다. 자신의 아버지가 의심받는다는 것에 대해 속으로 고뇌하고 있을 자신의 아내에게 어떤 말도 할 수가 없다는 것이 그 마음을 더욱 강하게 했다.

'친구가 한 말이… 도움이 될려나? 모든 것은 정해진 대로 흐를 것이라는 말. 생각해 보면 나이에 맞지 않게 대단한 무공과 늙은이 같은 사고를 지니고 있단 말이야? 후후.'

◆제2장◆ 재회

[모월 모일. 맑음.

 대충 거리를 잡아보면 이제 이틀이 남았다. 오는 도중에 약재도 샀고 아빈에게 줄 노리개도 샀다. 이걸 사면서 쑥스러움이랄지 어색함이랄지 그런 것을 느꼈지만 산 후에는 사길 잘했다는 생각이 든다.

 짧다면 짧다 할 수 있는 아홉 달의 바깥 생활이 흘렀는데, 그것은 매우 오랜 세월이 흐른 것 같은 느낌을 주었다. 홀로 있을 아빈은 과연 잘 지내고 있는지 걱정이다. 하지만 워낙 낙천적인 성격과 사고방식을 지니고 있어 잘 지내고 있을 것이라 믿는다.

 돌아가는 이 시점에서 지난 몇 달은 마치 꿈 같다. 내 인생에 있어서 그렇게 많은 사람들을 만나고 이런 저런 관계를 맺고 나름대로의 슬픔과 회한, 분노를 느낀 것은 처음이었다. 단언코 처음이었다. 아마 예전에 나는 스스로 그런 것들을 원하지 않았던 것일지도 모른다. 그때의 심정이 어땄는지는 오래되어 잘 기억이 나지 않지만 그랬을 것이란 생각이 든다.

그리고 이제 그런 것들을 느끼는 것이 더 이상 싫다는 것이 솔직한 현재의 심정이다. 그것이 인간으로서 과연 옳은 것인지는 모르겠지만 굳이 이런 것에서까지 옳고 그름을 따지고 싶지는 않다. 그저 내 마음이 이렇다는 것을 느끼고 받아들이면 그만 아닌가?

지금 생각난 건데 대장간 늙은 친구를 보고 오지 않았다. 아차 싶었지만 이미 지나쳐 버렸으니 다음으로 미룰 수밖에 없겠다.

그동안 오면서 쭉 생각해 보니 이제 점이나 천문 같은 것을 맹신할 필요는 없다. 처음이 무서운 것이라고, 그때는 과연 그런 것들이 항상 맞는 것인가라는 회의를 품은 것도 사실이다.

하지만 계속 생각해 본 결과 결국 그것도 인간이 보는 것으로 하늘의 움직임과 하늘이 보여주는 단편적인 것들을 해석하는 것은 인간이고, 완벽할 수 없다는 것을 깨달았다. 오히려 내 점괘가 완벽한 적중률을 가졌다면 좋겠건만, 아니, 아예 그런 것을 보지 못했다면 좋겠건만……. 그러나 이런 후회는 어리석다는 것을 나는 안다.

점괘에 대한 생각을 하니 도용연에 대한 생각도 절로 연이어 났다. 도용연의 상태는 회복 불가능이라 해도 좋다. 평생 그렇게 살다가 천명이 다하면 죽을 운명이랄까? 고치려면 천태양과(天太陽果)라는 전설의 영약이 있어야 한다. 그것은 영약들 중에서도 최상급에 속하는 것이며 그 효능은 말 그대로 죽은 사람도 살려낼 수 있다고 하지만 솔직히 나도 본 적은 없기에, 그리고 사용한 적도 없기에 정말 맞는지는 모른다.

그녀의 생명을 지속시키기 위해 일종의 냉동 가사 상태로 만들어놓은 몸을 녹이면서 엄청난 생명력을 불어넣기 위해서는 극양에 속하면서도 뛰어난 약효를 지닌 천태양과를 복용시키는 수밖에 없다.

하지만 문제는 그런 것은 어디까지나 전설일 뿐이라는 것이다. 구하기란 불가능하다. 그래서 그녀를 살리는 방법은 불가능하다. 그랬기에 나의 말을 들은 임사우도 그녀를 살릴 방법을 포기한 것이다. 하지만 내가 본 그녀의 점괘는 분명 꽤 장수할 상이었다. 그것을 또 다르게 해석하면 그 상태로 장수한단 말인가? 큭, 그것을 생각하니 괜히 속이 꿈틀거린다.

많은 번민이 무슨 소용이 있으랴. 모든 것은 정해진 대로 흐를 것을…… 밤하늘을 흐르는 구름이 보인다.]

[모월 모일. 맑음.

서문설과 나는 여유있게 천천히 오는 편이었는데 이제 옥문관까지는 북서쪽으로 대충 이백 리가 남았다. 서문설은 오랜 여행으로 꽤 지쳐 있는지라 적당한 때에 도착하는 것이라 할 수 있었다. 사실 이백 리는 지금까지 오던 속도로 간다면 며칠 걸리는 거리지만 옥문관까지는 사막이었기 때문에 걷지 않고 경공술로 빠르게 도착할 것이다.

같이 다니면서 그렇게 많은 이야기는 하지 않았지만 그녀는 외양과는 다르게 의외로 결단력있는 성격임을 확신할 수 있게 되었다. 어디까지나 지켜본 것에 따른 결과일 뿐이지만 아주 틀리지는 않을 것이다.

그리고 아빈과는 다르게 무공을 상당히 좋아하는 편이었다. 꽤나 무공광(武功狂)인 듯했는데, 가지고 있는 무공 실력도 제법 되어 굳이 비교하자면 죽은 우영의 무공에 버금갈 정도다. 무림 활동을 거의 하지 않아 그 무공과 미모만큼의 명성을 가지고 있진 않다는 것이 특징이라면 특징이랄까?

감숙성의 여름은 매우 더웠기에, 특히 오늘은 더욱 그랬기에 서문설은 정신이 없었다. 객잔에 자리잡자마자 저녁도 먹지 않고 바로 목욕을 하더니 잠에 취해 버린 것이다. 서문설이 투덜거리던 말이 기억났다. 옥문관이면 사막인데 그렇게 더운 곳에서 어떻게 살아갈 수 있는지 이상하다는 말을. 하지만 나의 집은 사막에 비해서는 매우 시원하다. 집을 지은 절묘한 위치도 그렇고 제법 시원한 냉기를 뿜어내는 귀한 돌로 바닥을 지었기 때문이다.

돈황(敦煌)의 무더운 밤은 바람 한 점 불지 않지만 나에게는 너무나 익숙한 느낌이다. 이런 환경에서 나는 수백 년간 살아왔기 때문이다. 내일이면 내가 원하는 곳에 도착하게 된다. 내일은 최대한 빨리 경공으로 날아가야겠다.]

아침부터 햇살이 눈부시게 빛나고 있었다. 관영호는 이제 옥문관에 도착할 때라는 생각에 약간의 설레임으로 일찍 일어나 씻은 뒤 아침 공기를 마시기 위해 객잔의 뒤뜰을 잠시 거닐었다. 그러면서 서문설이 일어나기를 기다렸다.

"어제 상당히 일찍 잤으니 오늘은 일찍 일어나겠지."

새벽의 날씨가 더위의 텁텁함을 지운 뒤에 온 아침이었기 때문에 후텁지근한 공기는 전혀 느껴지지 않고 있었지만 몇 시진 후에는 다시 그렇게 변할 것이 당연했다.

'세계는 이렇게 순환한다.'

그는 잠시 하늘을 바라보다가 시간이 됐음을 느끼고 식당으로 걸음을 옮겼다. 서문설의 방문 앞을 지나는 순간 그는 그녀가 혹시 일어났을지도 모른다고 생각하며 잠시 멈칫했다. 일어났다면 같이 식사를 하면 되는 것이고, 그 후 바로 출발하면 그로서는 그녀를 계속 기다릴 필요가 없었으므로 조용히 그녀를 불렀다.

"서문 소저."

"……."

얼마간의 침묵뿐 대답이 없었다. 그는 자신의 목소리가 방 안으로 확실히 전해졌음을 알기 때문에 서문설이 아무런 반응이 없자 아직 잠에서 깨어나지 않은 것으로 생각하고 식당 쪽으로 걸음을 다시 옮겼다. 그의 입에는 쓴 미소가 걸려 있었다. 그녀가 일어나지 않은 것에 대한 약간의 안타까움도 있었지만, 새삼 자신이 너무 서두르고 있다는 것을 느꼈기 때문이다.

"아직도 안 일어났는가? 음?"

그는 중얼거리다가 그의 귓가에 희미하게 들려오는 소리에 몸을 멈추었다.

"……."

그의 표정이 약간 굳었다. 그 같은 초고수의 귀에도 간신히 들릴 정도로 미약한 목소리이기 때문이었다. 분명 소리는 서문설의 방이었고, 그렇게 미약하게 들리려면 거의 입으로 방긋거리며 바람 소리만 내는 수준이다. 그는 몸을 돌려 서문설의 방문 앞으로 걸어갔다.

"서문 소저!"

그의 목소리가 아까보다 커져 있었다.

"…공자……."

그는 아주 희미하게나마 자신을 부르는 그녀의 목소리를 들을 수 있었다. 그는 그녀의 목소리가 너무 힘이 없다는 것을 느끼고는 망설이지 않고 방문을 열었다.

"……."

관영호는 침상 위에 누워 있는 서문설을 보고는 말문이 막히고 말았다. 뭔가 큰일이 났는가 했는데 그런 것이 아니었기 때문이다. 힘없이 자신을 바라보고 있는 그녀의 모습은 몸에 이상이 있는 것이 분명했고, 그의 의학 수준으로 한눈에 그녀가 어떤 상태인지 알아냈다.

"감모(感冒:감기)……."

그녀의 몸은 땀으로 축축이 젖어 있었고 입술은 바싹 말라 있었다. 굳이 이런 것을 따지지 않아도 여름에 걸린 협서형(挾暑形) 감모라는 것은 의원이 아니라도 충분히 알 수 있었다.

"관 공자… 힘이……."

그녀의 눈은 그렇지 않아도 백치 같았는데, 지금은 힘이 더욱 빠져서 그런지 아예 넋이 나간 것처럼 보였다. 관영호는 그녀의 얼빠진 표정에 하마터면 웃음이 터질 뻔했지만 여름 감모는 그 증상이 그렇게 가벼운 것이 아니기에 웃음을 억누르고 말했다.

"말을 하지 말고 몸에 너무 힘을 주지 마시오. 날 보려고 눈에 힘을 주지 마시오."

그는 그녀의 몸을 침상 위에 똑바로 뉘였다. 그녀의 몸에 손을 대자 옷이 땀으로 매우 축축하게 젖어 있었다. 그는 혀를 가볍게 차며 자신이 직접 옷을 벗겨야 하나 어째야 하나 고민하다 이내 객잔에서 일하는 하녀에게 부탁하기로 마음먹었다.

"기다리시오. 옷이 너무 젖어 있어 신경이 불쾌해지면 편히 쉴 수가 없으니 갈아입어야겠소."

그는 그렇게 말하고 그녀의 방을 나갔다.

"무리한 여행 탓인가? 이곳까지 오는데 넉 달이 넘어갔을 정도로 천천히 온 편이라 그렇게 무리한 여행도 아니었을 텐데……."

갑작스런 환경 변화에 몸이 적응하지 못했다고 생각한 그는 서둘러 식당으로 들어갔다. 좀 이른 시간이었지만 식당에는 사람들이 제법 많이 있었다. 그는 계산대에 앉아 있는 주인에게 다가가 말을 걸었다.

"주인장."

"아이구, 예."

그는 자신이 보아온 손님들 중에 관영호가 매우 예의있는 손님이었기에 호감을 가지고 있어 그에 대한 태도는 정중했다.

"내 일행이 감모에 걸렸구려. 의술은 있지만 가까운 관계가 아니라 땀으로 젖은 옷을 벗기기가 난처하오."

눈칫밥 인생이 평생이라고 해도 좋을 주인은 바로 그의 말을 알아듣고는 정중히 대답했다.

"네, 알겠습니다. 지금 바로 하녀를 부르겠습니다."

"고맙소. 미음도 갖다 주었으면 하오. 그리고 사람을 시켜 옷을 새로 하나 사오도록 시켰으면 하오."

그는 그렇게 말을 하며 은자 한 냥을 꺼내 그에게 주었다. 꽤나 큰돈이었기에 주인은 고마워하며 계산대를 점소이에게 맡기고는 어디론가 달려갔다. 관영호는 다시 서문설의 몸을 살펴보기 위해 객방으로 가려 했다.

"공자, 잠시만요."

누군가 부르는 소리에 시선을 돌린 관영호는 자신을 바라보고 있는 한 남녀를 볼 수 있었다. 아침 식사를 하고 있었는데 그중 남자는 칠칠맞게 입으로 볶은 야채를 후루룩 빨아 당기면서 그를 보고 있었다.

그의 표정이 매우 멍청하게 보였다면 그에 반해 옆에 있는 여인에게선 상당히 또렷한 눈빛에 꽉 다문 입술로 인해 누구도 함부로 그녀를 어떻게 하지 못할 무언가가 느껴졌다. 얼굴의 이목구비가 매우 뚜렷한 미인으로 큰 눈이 가장 두드러진 특징이었다. 약간 그을린 피부의 그녀는 뚫어질 듯이 관영호를 쳐다보고 있었다.

"나를 불렀소?"

"그래요."

"고매(高妹), 생사람 잡고 트집 잡으려는 거 아냐? 너무 그러지 마라, 좀."

옆의 사내는 나무라는 듯한 표정으로 그녀를 바라보며 말했지만 고 씨 성의 여인은 그의 말을 완전히 무시하고는 관영호에게 말했다.

"일행이 감모에 걸리셨나 봐요?"

"그렇소."

"제가 환약을 가지고 있는데 하나 드리죠. 특히 여름 감모에 효과가 좋은 것이라 금방 나을 것이에요."

"…소저의 호의에 감사하오."

관영호는 희미하게 웃으며 그녀에게 고개를 살짝 숙이고는 감사의 뜻을 표했다. 탕을 짓는 것보다는 미리 만들어놓은 약을 먹이는 것이 더 빠르니 그도 마다할 이유가 없었다.

"아니, 고매……."

사내는 무척이나 놀란 듯 눈을 동그랗게 뜬 채 그녀의 옆모습을 쳐다보았다. 사내는 동안인지라 눈을 동그랗게 뜨고 놀라고 있는 모습이 같은 남자가 봐도 매우 귀여워 보였다.

"왜요, 단(段) 가가?"

"어디 아픈 거 아냐? 하지 않던 일을……?"

그녀의 표정은 궁금함에서 역시나 하는 표정으로 바뀌었고, 이내 그에게서 시선을 돌리더니 품에서 소낭(小囊)을 꺼내어 회색 빛 환약을 꺼내 관영호에게 건네주었다.

"약효가 세니까 한 알만 먹여도 웬만한 감모는 나을 거예요."

"생면부지의 사람에게 이런 호의를 베풀다니, 감사하오."

관영호는 정중하게 포권을 하여 감사를 표시했다.

"미약하나마 도움이 되었으면 하는데 혹 제가 도울 일이라도 있으시오?"

"네."

그녀의 딱부러진 대답에 관영호는 잠시 당황했지만 속으로 쓴웃음을 지은 후 말했다.

"무엇이오?"

"한 사람을 찾고 있는데… 어디로 갔는지 모르겠군요. 이 근처일 것이라는 생각은 드는데 말이죠."

"음……."

"아, 그래도 꽤 눈에 띄는 사람이니 걱정 마세요. 서역인의 피를 이어받아 붉은 머리칼에 붉은 눈을 가지고 있고 매우 뛰어난 미모를 지니고 있죠."

"아, 아무렴 고매보다 이쁠까."

사내의 말에 그녀의 얼굴에서 약간은 허탈한 표정이 나타났지만 그녀는 계속 말을 이었다.

"한 남자를 따라갔는데 이십대 중반이나 후반 정도… 아, 그러니까 공자 정도의 나이 대를 지닌 사람과 함께 있을 거예요."

관영호는 그녀가 이야기하고 있는 사람이 묘하게 자신과 유아빈을 지칭하고 있는 것 같다는 느낌을 받았지만, 너무 앞서 결정하는 것이라 생각했다. 더구나 이곳은 서역과 통하는 통로였기 때문에 붉은 머리에 붉은 눈의 미인이라면 제법 많이 있었다.

"죄송하오. 본인은 옥문관 근처에 사는 사람으로 자세한 인상착의가 아닌 한 도움을 주기가 힘들 것 같구려."

"네, 부담드려서 오히려 죄송하군요. 이런 질문은 사실 너무 막연해서 함부로 묻다간 비웃음을 받거나 무시당하기 쉽거든요. 그래서 공자께 도움을 줄 겸 물어도 볼 겸 그랬던 것입니다."

"……."

관영호는 가볍게 고개를 숙이고는 몸을 돌려 객방으로 걸어갔다.

"거 봐, 고매. 아빈을 찾는 건 포기하라니깐. 새 천주를 찾겠다는 것은 포기하는 것이 좋아."

"……!"

관영호는 그의 등 뒤에서 들리는 사내의 말에 '이런 우연이……' 라는 생각이 절로 나면서 쓴웃음을 지을 수밖에 없었다. 사내의 말에 관영호는 그들이 어디서 온 사람들인지 바로 파악한 것이다. 그들은 접황천에서 온 것이며 새 천주를 찾는다는 말은 바로 그를 찾는다는 말이었다.

"흥! 갑자기 난입해서 천주님을 죽인 사람을 천주님이라니요. 살인자일 뿐. 그리고 접황천의 대계를 다시 수백 년이나 미뤄 버렸는데……."

"쩝, 그건 그렇지만 접황의 인이 있다고 했잖아. 그것은 돌아가신 전 천주님이 그분을 새로운 천주로 인정했다는 것이야. 그만큼 강했고 자질도 있다고 생각하신 것이겠지."

"흥!"

걸음을 멈추고 어떻게 해야 하나 고민하던 그는 그만 둘에게 들켜(?)

버렸고 이내 질문이 시작되었다.

"공자, 왜 가만히 서 있는 것인가요?"

"흠."

그는 어서 결정해야 한다고 계속 마음속으로 생각하다 이내 말을 꺼냈다.

"가만히 생각해 보니… 찾기가 그다지 어려운 것도 아닌 것 같소."

"정말인가요?"

"나와 비슷한 나이 대의 남자와 그리고 같이 살고 있는 붉은 눈, 붉은 머리의 서역 여인이라……. 옥문관에 대단한 미인이 있다고 들은 적이 있소. 그럼 이만."

그는 뒤도 돌아보지 않은 채 냉정하다 할 정도로 휑하니 걸어가 버렸다.

"음? 왜 저렇지, 저 공자는? 아무튼 다행이군, 고매. 실마리를 찾았잖아."

"네……."

뭔가를 곰곰이 생각하는 듯 그녀의 시선은 방금 전 관영호가 서 있던 그 자리에 고정되어 있었다.

"무슨 생각을 하는 거야? 밥 식잖아."

그는 그렇게 그녀를 나무라고는 다시 수저를 들어 식사를 하기 시작했다.

"단 가가, 그때 몇몇이 봤다는 새로운 천주의 얼굴이 어떻다고 했죠?"

"웅… 그게… 우물우물… 평범하… 꿀꺽! 컥!!"

그는 음식을 씹으며 말을 하다가 잘못 삼키는 바람에 목에 걸렸는지 사레질을 했다. 급히 물을 마신 그는 가슴을 가볍게 두드리며 한숨을 쉬었다.

"후우, 고수도 물에 체하거나 음식이 사레 걸리면 죽을 수도 있대."

그런 그를 한심스럽다는 듯이 쳐다본 그녀는 고개를 살짝 저으며 수저를 들었다.

"평범……. 그게 다란 말야? 아무튼 아빈을 찾는 것이 급선무겠군."

하녀가 서문설의 옷을 갈아입히자 그는 즉시 들어가 그녀의 상태를 살펴보았다. 여전히 힘은 없어 보였고, 입술은 갈라질 정도로 터 있었다. 이제 땀은 흘리지 않지만 심한 오한을 느끼고 있을 것이다.

"춥소?"

"네……."

그는 손에 쥐고 있던 회색 빛 환약을 가만히 살펴본 뒤 냄새를 맡아보았다. 몇 가지 약초 냄새를 맡은 그는 먹여도 괜찮겠다는 생각에 내심 고개를 끄덕였다.

"먹을 수 있겠소?"

"……."

입을 열 힘조차 없어 보였기에 그의 표정은 약간 어두워졌다. 하루나 이틀은 운신을 못할 것 같아 보였다. 몸에 함부로 충격을 줬다간 회복이 더욱 더디어질 수 있기 때문에 그녀를 업고 옥문관까지 경신술을 펼칠 수도 없는 노릇이었다.

"일단 그녀가 나을 때까지는 이곳에 있어야겠군."

그는 이렇게 결정하고는 약을 먹이기 위해 하녀가 가져온 물이 담긴 잔에 환약을 담그었다. 숟가락으로 저어봤지만 잘 녹지 않자 일단 숟가락으로 물 안에 있는 환약을 으깨어 놓은 다음 그는 내공을 일으켰다.

금세 물잔은 그의 순양지력(純陽之力)에 의해 뜨겁게 끓기 시작했다. 잔에서 많은 김이 솟아올라 물이 다 말라 버리지 않나 걱정될 정도였지만 그의 고절한 내공 조절로 물은 마르지 않았고 으깨놓은 약은 물에 알맞게 녹아들었다.

약물이 식을 때까지 기다려야 하는 그는 가만히 그녀를 바라보았다. 감모는 심한 병은 아니었지만 당사자에게는 꽤나 고통스러운 병이었고, 몸조리를 잘하지 못하면 후유증이 올 수 있기에 조심하는 것이 좋았다. 특히 말할 힘조차 없는 정도라면 더욱 그랬다.

이런 저런 생각을 하던 그는 방금 전에 만났던 남녀가 떠올랐다.

"무슨 일로 우리를 찾는 것이지? 단순히 아빈을 만나러 온 것인가?"

겹황천에 친분이 있는 사람들에게 제대로 기별도 하지 않고 부랴부랴 그를 따라갔기 때문에 그녀와 친하다면 한 번쯤은 찾아올 만도 했다.

자신이 그 사람이라고 사실대로 말하지 못한 것은 어찌 보면 피하는 것이라 해도 좋았다. 고씨 성의 여인이 관영호에 대한 감정이 그렇지만 않았어도 사실대로 말했을 것이지만, 그녀의 말을 듣고 그만 거짓말을 해버린 것이다.

"그냥 말해 버릴 걸 그랬나? 만약 집을 찾는다면 문제가 더 귀찮게 될지도 모르는데……."

하지만 이미 지나간 일이니 그만 생각하기로 했다. 그 문제는 그때가 되었을 때 해결해 버리면 되는 것이다.

"너무 무책임한 것인가? 모르겠군."

그는 일단 생각을 그만두고 약이 녹아 있는 잔을 만져 보았다. 대충 식은 것 같아 그는 숟가락을 들고 그녀의 곁으로 갔다.

"소저, 한 숟가락씩 먹일 테니 한번 넘겨보시오. 정 되지 않는다면 혈을 눌러 넘어가게 하겠소."

"네……."

그녀의 바보 같은 표정에 속으로 쓴웃음을 지은 그는 신중한 표정으로 그녀에게 약을 먹이기 시작했다. 한 숟가락씩 먹이니 다행히 혼자 힘으로 넘길 수 있었다.

거의 다 먹였을 때쯤 그에게 두 사람의 기척이 느껴졌다. 그는 직감적으로 두 사람이 겁황천의 남녀일 것이라 생각했다.

"실례하오."

제법 진지한 목소리로 단(段)씨 성의 남자가 기별을 하자 관영호는 별로 놀랄 것도 없다는 듯 담담히 대답했다.

"들어와도 좋소."

그의 말이 끝나고 잠시 후 방문이 열리며 두 사람이 조심스럽게 들어왔다. 막 약을 다 먹인 그는 몸을 일으켜 그들을 바라보다 사공을 익힌 흔적이 전혀 없음에 의아해할 수밖에 없었다. 관영호가 그들의 대화를 잠깐 들은 바로는 분명 겁황천의 인물이 분명했는데도 사공을 익힌 흔적이 없다는 것은 그들이 겁황무형사공을 익히지 않았거나 사공을 극으로 익혔거나 둘 중 하나일 것이다.

'아, 그렇군.'

그는 잠시 자신의 생각이 짧았음을 시인할 수밖에 없었다. 겁황무형사공의 특성상 익히면 사기가 밖으로 노출되지 않음을 잊고 있었던 것이다. 자신도 겁황무형사공을 겨우 이성 정도만 익혔지만 사기가 밖으로 노출되지 않았다는 것을 상기해 냈다. 만약 이들이 겁황무형사공을 익히고 있다면 꽤나 높은 직위에 있다는 말도 되었다.

'그의 제자 정도……?'

하지만 생각은 거기까지였고 그들이 이곳에 온 목적을 물어봐야 했다.

"무슨 일로 오셨소?"

"특별히 일이 있는 건 아니에요. 그저 약만 주고 환자도 보지 않고 가는 것이 찜찜해서 와본 거예요. 좀 더 물어볼 것도 있고요."

"아, 공자. 죄송합니다. 나는 단소변(段笑便)이라 하오. 하하, 똥 변(便)이 아니라 편할 변(便:원래 음은 편할 편이지만 여기서는 설정상 변이라 하겠음)이니 오해하면 안 되오."

그의 해학적인 이름에 내심 고소를 지은 그는 이어서 여인을 바라보았다.

"전 고안주(高眼珠)라고 해요. 눈이 예쁘다고 해서 돌아가신 부모님이 지어주셨죠."

둘 모두 꽤나 재미있는 이름을 가지고 있다 생각하면서 그는 같이 예를 취한 후 자신을 소개했다.

"난 옥문관에 살고 있는 관영이라고 하오. 몇 달간 중원에 나갔다가 이제 집으로 가는 것이오. 여기 이 여인은 동행인데 서문설이라 하오."

"그렇군요. 그런데 그 여인을 본 적이 있나 봐요?"

"…상당히 아름다운 여인인데 옥문관에 살 것이오."

그는 이미 그들을 어느 정도 속였기 때문에 봤다고도 보지 않았다고도 하지 못하는 처지라 애매하게 말했다. 하지만 그의 말을 봤다고 받아들인 두 사람은 고개를 끄덕이며 계속 질문했다.

"그녀와 함께 있는 남자를 아나요?"

"……."

어떻게 대답해야 하나 내심 고민하던 그를 도와준 것은 뒤에 누워 있던 서문설이었다.

"공자……."

"……."

관영호는 그녀가 부르자 매우 자연스럽게 대답을 회피하며 그녀를 돌아보았다.

"저분?"

그녀의 눈은 저 두 사람은 누구냐는 빛을 강하게 띠고 있었다.

"소저를 위해 약을 준 분들이오."

"아……."

그녀가 몸을 일으키려는 것 같아 보이자 그는 그 의도를 눈치 채고는 그녀를 진정시켰다.

"감사의 인사는 낫고 나서 해도 좋으니 지금은 무리하지 마시오."

"죄송해서… 어쩌죠? 옥문관까지……."

그녀의 간간이 끊기는 말들이 무슨 뜻인지 이해한 그는 가볍게 웃으며 말했다.

"아니오. 괜찮소. 소저가 어서 낫는 것이 중요하오. 그러니 부디 힘을 낭비하지 마시오."

"네……."

그녀도 그의 웃음에 가볍게 미소 지어 보이고는 이내 누웠다.

"흠, 관 공자도 옥문관으로 가는 것 같은데 우리와 같이 가는 것이 어떻겠습니까? 우리도 저 소저가 나을 때까지 기다렸다가 갈 테니 말

입니다. 그러면 지루한 사막 여행에 하나의 활력소가 되지 않겠소? 하 하하!'

그는 실없이 웃으며 애꿎은 고안주의 어깨를 가볍게 두들겼다. 그의 한심스런 행태에 어이없는 눈으로 바라보던 고안주였지만, 표정은 그 래도 그와 의견이 같은 듯 관영호에게로 시선을 돌렸다. 대답을 원하 는 눈빛이었다.

"좋소."

그는 그들을 떼어놓을 변명거리도 딱히 없었기에 어쩔 수 없이 그들 과 동행하는 것을 허락하고 말았다. 내심 고개를 젓던 그는 일이 안 되 어도 너무 안 된다 생각하며 밖으로 몸을 옮겼다.

어느새 높이 뜬 해는 서서히 땅을 데우고 있었고, 텁텁한 공기가 객 잔을 덮고 있었다. 그래도 구름 한 점 없는 하늘을 보며 참 깨끗하다 생각한 그는 다시 쓰게 웃었다.

"정말… 거짓말 한 번 한 것이 이렇게 되다니… 나중에 다 드러나면 어찌 될지 볼 만하군."

"평범? 가라앉은 눈……. 그렇지! 잊을 뻔했어! 호수같이 깊이를 알 수 없는 심연의 눈! 그 외에는 그다지 특색없는 외모와 조용한 말 투……."

고안주는 자신의 뇌리에 불완전하고 막연하던 무언가들이 조금씩 자리잡아 가고 있음을 알 수 있었다.

"여인의 직감은 무섭다니깐."

이 말은 단소변이 자주 하던 말이었다. 정작 당사자인 자신은 잘 이해하지 못했는데 지금에서야 어느 정도 알 것 같았다. 자신의 직감이었지만 조금씩 그것이 맞을 것이라는 생각이 굳혀지고 있었던 것이다.

"평범한 사람은 많지만, 그리고 닮은 사람도 많지만… 눈이 닮기는 힘들어."

그리고 그의 약간은 냉정하다고 느낄 수 있는 태도는 왠지 자신들을 피하며 이야기하는 것을 꺼리고 있는 것이 분명했다.

관영호가 아침 일찍 서문설의 방으로 들어가는 것을 보고 식당으로 와 식사를 시킨 두 사람이었다. 단소변은 세수를 했음에도 여전히 잠에서 완전히 깨지 못했는지 식탁 위로 머리가 거의 부딪치기 직전이었다. 유난히 잠이 많은 그를 이제는 포기한 그녀는 한심하다는 듯 한숨을 쉬고는 옆구리를 살짝 찔렀다. 졸고 있는 모습이 영 보기 좋지 않았던 듯 식사를 하던 사람 몇몇은 웃거나 얼굴을 찌푸리고 있었다.

"냠……."

그는 잠에서 깨기 위해서인지 눈을 비볐다.

"나이가 스물넷인 사람이……."

"하하, 돈황의 밤은 도무지 적응이 되지 않아서 말야."

그는 궁색한 변명을 대고는 하품을 노골적으로 해댔다.

"정말……."

그녀는 단소변을 흘겨보다가 점소이가 음식을 가져오는 것이 보이자 얼굴을 다시 평온한 신색으로 고쳤다.

한참 식사하던 그녀는 말하긴 싫었지만 그래도 자신의 사형인지라 어쩔 수 없이 자신의 생각을 말했다.

"단 가가."

둘은 사형매지간이긴 했지만 연인 간이기도 했다. 호칭에 있어 애매했지만 단소변의 적극적인 주장으로 애칭으로 가가라 부르기로 했던 것이다.

"응? 우물우물……."

그는 그녀에게 시선도 돌리지 않은 채 계속 음식을 입속으로 집어넣으면서 그녀의 부름에 답했다. 상당히 불성실한 태도였지만, 원래 그런 사람임을 아는 그녀는 개의치 않고 말했다.

"나, 아무래도 그 사람이 의심 가네요."

"…누가?"

그는 그녀의 말에 아무 반응 없이 음식만 잘근잘근 씹다가 내뱉듯이 물었지만 그녀는 그의 반응에 별 신경을 쓰지 않고 대답했다.

"관영이란 사람 말예요."

"뭐가?"

"글쎄요……. 우리가 찾는 사람이 그 사람인 것 같아요."

"……."

그는 그녀의 마지막 말과 동시에 접시를 들어 남은 음식을 입 안에 게걸스럽게 털어 넣고는 아직 식지 않은 차를 단숨에 들이켰다.

"하!"

"단 가가……."

고안주는 약간 질린 표정으로 그를 쳐다보았다.

"끄윽!"

그의 소리는 자연적인 것이 아니라 의도적인 것이었기에 그 소리가 매우 컸고 당연히 식당 내 사람들의 시선이 고울 리가 없었다. 고안주는 일단 눈으로 일일이 사과를 한 후 그의 옆구리를 강하게 눌렀다.

"단 가가."

"하하, 미안해. 음, 너무 과민 반응 아냐?"

"그렇지만……."

"뭐, 고매의 의견도 존중해 주어야 하니까… 일단 의심해 보자."

"……."

고안주는 그의 너무나 안일하면서도 일차적인 발상에 괜히 자신의 생각을 말했다는 생각이 들었다. 그런 그이라도 진지할 때는 누구보다 냉철하고 결단력있다는 것을 아는 그녀였다.

"그런데 말야, 만약 그 사람이 맞다면 우리가 어떻게든 아빈을 찾아 냈을 때 그 남자가 얼마나 황당하겠어? 물론 우리도 그렇지만."

맞는 말이었다. 자신들이 영원히 아빈을 찾지 못한다면 모를까 만약 찾으면, 그리고 그 사람이 정말 천주라면 그것은 자신들에게 아주 유치한 거짓말을 한 것이 되고 마는 것이다. 아니, 어쩌면 자신들을 농락한 것이라 볼 수도 있었다.

"만약 그렇다면… 철저하게 따져야겠죠?"

"뭐? 만약 찾는 사람이 관 공자 그 사람이라면 그는 우리의 윗사람 이야. 절대권력을 지닌… 라고."

단소변은 접황천주라는 말은 주위의 귀도 있고 해서 차마 말하지 못하고 그 부분을 얼버무렸다.

"흥! 하지만 난 지금도 인정하지 않아요. 어디서 나타나서는 암습을 했는지……."

"사매."

고안주는 약간 굳어버린 그의 눈을 보고는 자신이 실수했다는 것을 알아채고는 급히 살짝 고개 숙여 자신의 실책에 사과했다.

"죄송해요, 가가."

단소변은 다른 것은 몰라도 암습당했을 것이라는 말을 매우 싫어했다. 암습을 당했다는 것은 전 겁황천주의 실력을 깎아내리는 것이나 마찬가지였고 그것은 그의 제자인 자신들의 존재마저 부정하는 것이라 생각하는 그였기 때문이다.

그럼에도 불구하고 전 천주와 새로이 임명되었지만 사라진 천주와의 싸움은 너무나 갑작스러웠고 질풍 같았다. 요직에 있는 사람들 대부분은 그를 보지 못했고 단지 그와 상대했거나 부상당했던 사십사겁황대원만이 그를 보았던 것이다. 그들의 말을 신용할 수 없던 요직 인물들 사이에서는 당연히 암습을 당했을 것이라는 말이 나올 수밖에 없었다.

"극에 이르신 사부님은 어느 순간부터 진전이 없으셨지. 그러다 어느 날 갑자기 추측하지도 못할 경지에 이른 걸 알잖아. 갑작스러운 변화였어. 사부님께서도 스스로 자신조차 알 수 없는 경지에 오른 것 같다고 하셨어. 그런 사부를 이긴 자이고, 사부가 직접 그에게 천주지인(天主之印)을 찍은 사람이야. 그리고 반이나 무너져 버린 대사궁(大邪宮)을 보았잖아."

"네……."

그녀는 다시 나온 그의 장황한 연설 아닌 연설에 자신이 잘못 말했음을 후회하며 다음부터는 절대 실수하지 않으리라 맹세하고 또 맹세함과 동시에 새삼 자신들이 찾아야 할 새로운 천주가 미워지고 있었다.

관영호의 거짓말 때문인지는 몰라도 우연찮게 일행이 되어버린 네 명은 서문설이 완쾌된 삼 일 후에서야 돈황을 빠져 나와 옥문관으로 향할 수가 있었다. 뜨거운 타클라마칸 사막의 태양은 그들 위에서 작열하고 있었다.

"후우… 따뜻한데……."

한 시진쯤 걷자 땀으로 흠뻑 젖은 단소변은 얼굴에 한껏 미소를 지으며 한마디 했다. 그를 한심하게 쳐다보던 고안주는 뭐라 쏘아줄 힘도 없는지 살짝 한숨을 쉬고는 다시 끝이 없어 보이는 사막의 전면을 바라보았다.

관영호는 희미하게 웃으며 단소변을 살짝 보고는 자신의 옆에서 힘들게 걷고 있는 서문설을 보았다. 그녀 역시 땀에 흠뻑 젖어 있었는데 아무런 불평도 하지 않고 묵묵히 걷고 있었다. 감모에서 회복된 지 얼마 되지 않아 몸이 많이 허할 텐데도 불구하고 잘 따라와 주고 있었다.

"힘들지 않소?"

"힘든데… 괜찮아요. 나 때문에 공자의 귀향이 늦어버렸잖아요."

"후후, 그런 것은 신경 쓰지 않아도 되오."

"하지만 난 그렇지 않아요. 후우……."

그녀는 이마로 흐르는 땀을 소매로 훔치고는 크게 숨을 들이마셨다. 뜨거운 태양에 비춰진 그녀의 약간은 그을린 이마가 매우 아름다워 보였다. 이 순간만큼은 그녀의 백치미가 건강미로 바뀌는 순간이었다.

"관 공자가… 그렇게 그리워하는 또 다른 고향인데… 그곳에 갈 시간을 제가 지체한 것이 내심 미안했는걸요. 하아, 다시 지체할 순 없어요. 아파도 거기서 아플게요. 호호!"

"……."

그는 물론 옆에서 걷던 단소변과 고안주도 밝은 미소를 짓고 있었다. 사정을 잘 모르는 둘에게도 그녀의 말이 꽤나 가슴을 따뜻하게 적셨기 때문이리라.

관영호는 가볍게 미소 지으며 고개를 들어 하늘을 바라보았다. 그는 내리쬐는 태양 빛과 자신의 발에 밟히는 모래의 느낌이 너무나 좋아 자신의 고향이 사막인지 자신의 집인지 알 수가 없다는 생각이 머리를 훑고 지나갔다. 그리고 자신의 무공을 숨기기 위해, 걷느라 본의 아니게 서문설을 괴롭히게 된 지금의 상황이 덧없이 여겨졌다.

"고향은 마음속에 있다오."

"네……?"

"힘들게 걸을 필요 어디 있겠소?"

그는 이렇게 말하고 자신의 옆에서 조금 떨어져 걷고 있는 두 사람에게 말했다.

"경공을 써서 갑시다."

"네?"

두 사람은 놀랄 수밖에 없었다. 그는 무공을 모르는 사람으로 보고 있었는데 그것이 아니었기 때문이다.

고안주는 급히 단소변에게 전음으로 말했다.

"아무래도 내 생각이 맞지 않을까요? 내가……."

"앗!"

경악성은 고안주에게서 터져 나왔다. 관영호가 서문설을 한 팔로 안고는 유연한 신법으로 몸을 날렸기 때문이다.

"오, 멋지고 빼어난 신법인데? 물이 흐르는 것 같아."

단소변은 휘파람을 부는 입술 모양을 하고는 감탄사를 내뱉었다.

'내 직감이 맞을 거야.'

"보기만 할 거예요?"

고안주가 그렇게 소리치며 몸을 날리자 그녀의 뒤를 이어 단소변도 살짝 웃으며 신형을 움직였다. 얼마 지나지 않아 넓은 사막에 세 개의 점이 바람에 가려 지워지고 있었다.

타클라마칸 사막의 태양은 어디나 공평했다. 유아빈이 앉아 있는 흔들의자에도, 그리고 그녀의 몸에도 태양의 축복은 내리고 있었다. 약간 찡그린 눈으로 하늘을 바라보는 그녀의 작아진 눈동자는 아주 진지했다.

붉은 머리에 붉은 눈동자, 중원인보다 더욱 새하얀 피부. 사막의 분위기와 너무나 잘 어울리는, 특히 지금같이 뜨겁게 타오르는 낮의 분위기와는 그야말로 최고였다. 사막의 타오르는 요정 같은 미모의 그녀는 누구라도 넋을 잃을 정도였다.

진지한 표정으로 하늘을 바라보는 유아빈은 어느 순간 입술을 꼭 깨물었다. 콧등에서는 땀 한 방울이 흘러내리고 있었고, 차양한 손 아래의 눈썹은 조금씩 흔들리고 있었다.

"으음……."

그녀의 입술에서 희미한 신음 소리가 흘러나왔다.

"정말… 하늘에 뭐가 보인다고! 흥! 음, 하늘의 흐름을 보아하니 오늘 오빠가 오겠군."

그녀는 마지막 말에 목에 힘을 줘 남자 목소리 비슷하게 냈는데, 그것이 너무나 우스꽝스러워 보였다.

"오호호호……!"

그녀는 자신이 한 것이지만 웃겼는지 흔들의자가 심하게 흔들리는 것도 모르고 마구 웃어댔다.

"아이참, 호호호! 나도 미쳤지. 매일 이렇게 천기를 보지만 틀렸잖아."

그녀의 마지막 말은 왠지 모르게 힘이 없었다.

"흐음… 아홉 달인가? '긴 헤어짐은 만남의 순간을 위해서란다, 아빈아' 라고 말하겠지! 흥, 씨도 안 먹혀! 그리고 이렇게 웃겠지? 후후, 이렇게 말야."

그녀는 팔짱을 끼고 의자를 흔들면서 근엄한 목소리로 말했다. 제 딴에는 관영호를 따라 한다고 했지만 전혀 똑같지 않았다.

"휴우."

그녀는 나지막이 한숨을 쉬고는 멍한 눈으로 사구(沙丘)를 바라보았다.

"오빠……."

생각보다 너무나 힘든 기다림이었다. 일상을 지켜주겠다는 처음의 자신감은 어디로 가버리고 중원으로 뛰쳐나가 그를 찾겠다는 생각을 한 것이 한두 번이 아니었다. 그리고 요즘은 자주 이렇게 의자에 앉아 하염없이 사구를 쳐다보고 있는 것이 일과가 되어버렸다.

"그 무정한 사람이 이제는 나를 잊고 있을지도 몰라."

그녀는 은연중 피어오르는 불안감에 표정이 어두워졌다.

"하지만 그 사람이 갈 곳이 어디 있다고. 사막을 얼마나 사랑하는데……. 흥! 그만큼 나도 좀 사랑해 달라고요!"

그녀는 약간 얼굴을 붉히며 허공으로 손을 마구 휘저었다.

"……."

하지만 이내 그녀는 다시 넋이 나가 버린 듯 하염없이 사구를 쳐다보기 시작했다.

"음……."

그러다 잠든 것이 한두 번이 아니었다. 지금도 마찬가지로 태양의 뜨거움이 그녀가 앉아 있는 의자에는 따뜻하게 와닿는지 서서히 잠으로 빠져들고 있었다. 그녀의 붉고 긴 머리가 사방으로 흩어져 버렸지만 그 아름다움을 지울 수는 없었다.

얼마나 흘렀을까. 아빈은 꿈결 같은 느낌 속에서 꽤나 시간이 흘렀다고 느꼈다. 하지만 실제로는 일각도 채 흐르지 않은 시간이었고, 태양은 중천에 있었다. 희미하게 떠진 그녀의 눈은 몽롱하게 되어 초점이 풀려 있었는데 버릇처럼 사구를 향하고 있었다. 그런 그녀의 눈에 태양을 비스듬히 등지고 사구 위로 나타난 한 사람이 보였다. 정신이 멍한 상태라 그녀는 이것이 꿈이라 생각할 수밖에 없었다. 누군지 확실히 보이지는 않았지만 꿈이라 생각한 이상 그 사람은 관영호였다.

"오빠!"

그녀의 입가에 슬며시 미소가 맺혔다. 이것이 꿈이라면 꽤나 흡족한 꿈이었기 때문이다.

"엥……?"

그녀는 뒤이어 나타난 사람을 보고는 입가가 조금 일그러졌다. 그의 뒤로 한 여인이 긴 머리를 흩날리며 나타난 것이다. 꿈속이라지만 역시 마음에 들지 않는 전개였기 때문에 기분이 그다지 좋을 리가 없었다. 그리고 이어 드는 생각.

"비사교적인 오빠가 여자를……?"

웃기지도 않는 일이라 생각하며 그녀는 계속 그 꿈을 지켜보았다. 멀리 보이던 관영호의 신형이 점점 가까이 다가오자 그녀의 몽롱한 눈에도 그의 모습이 뚜렷이 보이기 시작했다.

"오빠!"

그는 자신을 보며 미소 짓고 있었다. 마음에 들지 않는 여인이 눈을 동그랗게 뜬 채 자신을 보고 있는 것 같았다. 어느 새 거의 십오 장 앞까지 다가온 꿈속의 그들은 이제 그녀의 머리 속에서만 존재하는 꿈이 아니었다.

"아빈아."

그의 목소리가 분명했다. 몇 달이 지났건만 변함없이 그녀를 편안하게 해주는 목소리였다. 그녀는 그 목소리에 더 깊이 잠들고 싶었지만 그의 확실해지는 실체를 보고는 무언가 가슴속에서 확 하고 솟아오르는 것을 느끼고는 자신도 놀랄 정도로 갑작스럽게 의자에서 몸을 일으켰다. 그 모습에 관영호는 물론 서문설도 깜짝 놀라 눈을 크게 떴다. 분명 그녀는 의자에서 자고 있다고 여겼기 때문이다.

"오빠!"

정신은 차렸지만 몽롱한 눈이었다. 그는 그녀의 눈빛이 매우 아름답다고 생각하면서 몇 달간 보지 못한 그녀가 상당히 성숙해졌다는 느낌이 들었다. 하는 행동은 전과 같았지만. 그는 그런 변하지 않는 것들이 너무 좋았다.

"…공자를 기다린다던 사람이 저 여인?"

서문설은 미소 짓고 있으면서도 조금은 놀란 표정으로 말했다. 그 순간에 아빈은 이미 몸을 날려 그의 품을 파고들고 있었다.

"오빠!"

"왔구나, 드디어……."

그는 그녀의 몸을 피하지 않고 그대로 받아주었다.

"뭐예요? 왜 이렇게 늦게 온 거죠?"

"긴 헤어짐은 만남의 순간을 위해서가 아니겠니? 후후……."

"엥?"

그녀의 표정이 기묘해지면서 순간 자신이 사실은 꿈을 꾸고 있는 게 아닌가 하는 생각이 강하게 들었다. 그녀의 표정을 본 그는 의아해질 수밖에 없었다.

"왜 그러느냐?"

"호호! 아, 아니에요. 그냥……."

그녀는 말을 얼버무리고는 관영호의 뒤에 있는 여인에게로 시선을 돌렸다. 여인이 같이 들어왔다는 것이 그다지 기분 좋지는 않았지만 지금은 만남의 기쁨이 훨씬 컸다.

"누구예요, 저분은?"

"안녕하세요? 서문설이에요."

"안녕하세요? 유아빈이라고 해요."

둘은 서로 가볍게 예를 취하며 인사했다. 서문설의 눈에는 호기심의 빛이 가득했고 유아빈의 눈에는 의문의 빛이 가득했다.

"친구와의 인연이 있어서 이렇게 같이 왔단다. 친구의 유언으로 저 여인을 지켜주기로 했거든."

"유언? 음… 괜찮나요, 오빠?"

"그래."

그는 미소 지으면서 그녀의 머리를 살짝 쓰다듬었다. 붉은 머리칼이 흩날리자 마치 아름다운 불꽃이 사방으로 흩어지는 것 같았다.

"친구들은 만났어요? 그리고 고독빈랑의 유언도 들어줬고요?"

"그래, 모든 것이 끝났단다."

그의 말끝에 힘이 없음을 느낀 그녀였지만 별 내색은 하지 않고 한껏 미소 짓고는 그의 팔짱을 끼며 말했다.

"오빠, 어서 들어가요. 그동안 못한 이야기 다 하면서 나랑 놀아줘야죠. 서문 소저도 어서 들어오세요."

"그래."

그는 자신이 이곳으로 돌아온 것이 낯설지가 않음에 기분이 좋아졌다. 잠시 며칠 나갔다가 들어온 것 같은 익숙함이 이곳을 지배하고 있는 것이다. 이 느낌이 모두 자신의 일상을 잘 지켜준 아빈 덕분이라 생각한 그는 그녀가 그렇게 고마울 수가 없었다. 자신의 얼굴을 스치는 그녀의 붉은 머리칼을 기분 좋게 맞으며 그는 오랜만에 마음 편한 미소를 지을 수 있었다.

'일상이란 자연스러운 거니까······.'

[모월 모일. 맑음.

일상의 첫날. 마음은 그지없이 편안하다.

황량하다고도 할 수 있는 이곳 사막의 밤은 나에게만은 언제나 운치가 있다. 의자에 앉아서 보는 사막과 하늘은 변함없다. 저기 있는 다섯 개의 무덤도 여전하다.

아빈은 좀처럼 잠을 자려 하지 않는다. 이곳에 도착했을 때부터 줄곧 이야기만 한 그녀였고, 지금도 서문설이랑 계속 이야기하고 있는 중이다. 서문설이 병에서 회복된 지 얼마 되지 않았다 해도 모른 척하지만 이해해 줄 수밖에 없다. 젊은 나이에 닫혀진 세계라고 할 수 있는 이곳에서 그렇게 오래 홀로 있었기 때문에 굳이 내가 아니더라도 사람이 그리웠을 것이다.

닫혀진 세계……. 보통 사람이 이곳을 본다면 그렇겠지만 난 결코 이곳이 닫혀진 세계가 아니라고 본다. 사람의 왕래가 없다고 닫혀진 세계라 할 수 있겠는가? 이곳에는 자연의 섭리가 항상 순환하는 세계로 그 어느 곳보다 열려진 세계라고 말하고 싶다. 그래도 아빈의 입장에서는 상당히 힘들었을 것이다.

매일 보이지도 않는 천기를 읽는다는 말을 들었을 때는 웃음도 나왔지만 날 기다리는 그녀의 마음을 이해할 수 있었기 때문에 미안한 마음도 들었다. 여행을 갔다 온 지금, 난 약간은 어색하지만 전과는 달리 그녀의 나에 대한 사랑을 받아들일 수 있을 것 같다. 누가 왜냐고 물으면 답해 줄 말은 없다. 그저 그렇게 마음이 바뀐 것뿐이다. 어쩌면 두려워하고 있다가 이제야 마음을 연 것일지도 모른다. 아니면 상관이 있을지는 모르지만 무의(無意)의 끝 자락을 잡은 나에게 나 자신도 모르게 심적인 변화가 있었을지도.]

[모월 모일. 맑음.

겁황천에서 왔을지도 모르는 그들을 잠시 잊고 있었다. 낮에 아빈에게 말할까 말까 고민하다가 말하지 않았다. 어차피 옥문관에 왔으니 근처에 있는 이곳을 곧 찾을 것이고 그럼 자연히 알게 될 것이다.

낮에 아빈은 서문설에게 이곳에 왜 왔느냐는 질문을 했다. 나도 내심 그것이 궁금했기에 가만히 귀를 기울였는데 대답은 싱겁게도 잘 모른다였다. 한동안 아빈과의 실랑이가 있었지만 결국 알아낸 것은 그저 오고 싶었다는 것뿐. 사마진영이 생각난 것은 바로 그때였다.

사마진영은 뇌운성과 함께 길을 떠났을 것이다. 어쩌면 영원히 보지 못할 수도 있고 빠른 시간 내에 다시 볼지도 모른다. 그녀의 선택은 천궁단에서부터였을 것이라 생각한다. 천궁단을 버리고 나에게 온 것도 그녀가 원해서 한 선택이었고, 뇌운성을 따라간 것 또한 같은 맥락이다. 그 이유는? 내가 사마진영이 아닌 이상 모두는 알지 못하지만 희미하게나마 알 것 같다.

그것은 바로 자신의 인생을 만들어 나가고 있다는 것이다. 그것은 쌓이고 쌓여서 확실한 형태로 그녀 앞에 나타날 것이며, 그때 만약 그녀를 볼 수 있다면 난 그녀에게 웃어줄 수 있어야 한다. 그녀의 선택에 영향을 끼친 나이므로 잘했다며 인정해 주어야 하는 것이다.

전에도 아빈은 간혹 내 옆에서 자기도 했는데 어제도 그렇고 오늘도 그렇게 하려고 한다. 서문설의 눈을 전혀 신경 쓰지 않는 듯한 행동이다. 서문설은 그녀에 대해 약간은 파악한 듯 크게 놀라는 것 같지는 않았지만, 얼굴을 붉히는 것이 그래도 부끄러운 것은 어쩔 수 없나 보다.

별로 신경 쓰고 싶지는 않지만 불길한 기운의 별빛이 멈추지 않고 계속하여 하늘을 비추고 있는 것이 어떤 문제가 있는 듯하다. 무슨 일이 일어나려는 조짐인가? 모든 것은 흐르는 대로……

난 잠시 눈을 감고 주위 안으로 나를 맡겨보았다. 하나가 되는 그 느낌……. 세계는 흐르고 있다. 하나에서 열까지 모든 것은 흐르고 있다. 그 무엇이든 간에 말이다. 그 흐름을 막는 것도 흐름의 하나이며 막은 것을 뚫는 것도 또한 흐름의 하나이다. 이 세상에 흐름이 아닌 것은 없다. 만약 있다면 그것은 하늘의 장난이겠지. 난 흐르는 이 세계에 나 자신을 맡길 것이고 앞으로도 그럴 것이다. 모든 것은 흐르는 대로…….]

[모월 모일. 맑음.

삼 일이 흘렀지만 당연히 변한 것은 없다. 있다면 나의 일상에 서문설이라는 여인이 들어와 있는 것뿐이다.

요즘 아빈이 아주 자주 웃기에 전보다 잘 웃어서 보기 좋다고 그러니까 매일 이렇게 웃어줄 테니 항상 행복하란다.

서문설은 이상하다 할 정도로 무리없이 이곳의 생활에 적응하고 있는 것 같다. 아빈조차도 서문설은 원래 이곳에 있었던 사람 같다고 말할 정도다. 이곳으로 오겠다고 결정했을 때 한 말이 기억난다. 그때의 경험은 자신이 어떤 사람인지를 알게 해준 계기였다고. 솔직한 마음으로 부럽다. 난 내가 어떤 사람인지 오랫동안 몰랐기 때문이다. 그래서 그녀가 대견스럽기도 하다.

열아홉 살로 아빈과 서문설은 동갑이라 그런지 둘은 꽤 빠르게 친해지고 있었다. 아빈의 성격이 워낙 좋아서인 것도 있지만, 서문설의 성격도 나름대로 붙임성이 있기 때문에 둘이 친해지는 것에는 별다른 어려움이 없어 보인다. 자연스럽게 가까워지고 있는 것 같다. 나보다 서문설이 더 재미있다고 놀리기까지 하는 아빈이다.

변함없는 일상이 너무나 좋다. 일기를 쓰는데 이렇게 마음이 편한 것은 오랜만이다. 모든 번뇌가 사라지고 충만감만이 차오르는 듯한 그런 느낌이다. 미소가 절로 나오는 것이 나도 어지간히 기분이 좋은 것 같다. 부담없는 바람이 분다.]

"헉헉! 사형, 너무 힘들어요. 고비사막이 이렇게 더운 줄은 몰랐는걸요."

"허허, 이놈아. 고비사막은 그나마 괜찮은 날씨란 말이다. 타클라마칸 사막쯤 가면 넌 죽겠구나."

"무슨 그런 섭한 말씀을……. 사제는 창창하다구요. 젊단 말입니다. 사형처럼 늙지 않았어요."

"이놈이? 난 이래 봬도 젊어 보인단 말이다!"

"겉과 속이 다른 사람을 위선자라고 했습니다."

"허, 내가 위선자라고?"

"언제 내가 그렇게 말했나요? 괜히 찔려서 그런 것 아닙니까?"

"흠… 저기 오아시스泉地:천지라고 하며 여기서는 편의상 오아시스라 하겠음가 보이는구나."

두 사람의 행렬이 고비사막에 발자국을 남기고 있었지만 신기하게도 사형이라 불리는 사람이 지나가는 곳에는 발자국이 남지 않았다.

두 사람 모두 중원은 물론 이곳 관외 지역의 복식과는 많이 다른 옷을 입고 있었고, 그들이 하는 말도 중원의 말이 아니었다.

"사형, 저건 신기루 아닌가요?"

"이놈아, 날 못 믿는 것이야?"

사형이라 불린 자는 자신의 사제를 쏘아보았다. 그는 삼십대 중반의 나이로 보이는데 말끔한 얼굴에 난 세모꼴 턱수염은 그 자체는 매우 멋졌지만, 얼굴과는 어울리지 않아 보였다. 세모꼴 수염이 그의 말끔한 얼굴에 붙으니 간사해 보인달까?

"말을 돌려서 그냥 말해 본 겁니다. 나잇살 좀 먹으셨다는 분이 그게 뭡니까? 반로환동했다지만 나이답게 행동하시고 말씀하셔야죠."

그의 신랄한 말에 사형이란 자는 당황한 표정으로 어쩔 줄을 몰라 했다.

"이, 이놈이… 위아래가 없는 말을……."

"내 성격이 그런 것을 어떡합니까? 그리고 저번엔 고구려인 처자를 감언이설로 넘겨서 같이 합방하기 직전까지 가질 않나……."

"어허, 그만 하래두."

"생각해도 너무한 것 같군요, 사형! 아무리 제 사형이라고 하지만 너무합니다! 제발 정신 좀 차리세요."

"…이놈아, 너도 이 나이 되어봐라. 후후, 할 말 없을 거야."

"……."

"그리고 네놈이 감히 사형에게 소리를 쳐?! 사문의 엄격한 규율을 모른단 말이냐?!"

그의 소리는 제법 매정했지만 사제란 자의 표정은 완전 철판인지 전혀 두려운 표정이 아니었다.

"흥! 사형이 그런 행동을 한 것은 사문의 엄격한 규율을 어긴 것입니다! 존장들이 이 사실을 아신다면 어떻게 될까요? 사형이 문 내 역사상 최고의 실력자라고 인정받았지만……. 후후후… 과연… 후후후… 그 규율을 중시 여기시는 집법장로님께서 가만히 있으실런지. 후후후후……."

그의 웃음은 느끼하다 못해 음산함마저 띠고 있었고, 그것은 명백히 서로가 공범임을 확인하는 무언의 발언이었다. 사형이란 사람은 질렸다는 듯한 표정으로 그를 바라보았다.

사제는 이십대 중반의 나이로 제법 미끈한 외모를 지니고 있었다. 특히 송충이눈썹이 돋보여 여인의 마음을 꽤나 훔치기도 했지만 정작 당사자는 전혀 여인에게 관심이 없었다.

그의 특기는 마음에 있는 말 다 하고 다니기. 그것도 항상 옳은 말만 하기 때문에 문 내 사람들이 은근히 피하는 사람인데 말로 그를 이길 수 있는 사람은 없다 해도 과언이 아니었다. 옳은 말만 툭툭 내뱉고 다니니 집법장로가 차기 집법장로라며 엄청난 총애를 하고 있었다.

'이놈을 그냥 여기서 쓱……?'

그는 매우 위험한 생각을 했지만 이내 지웠다. 자꾸 쓸데없는 생각을 하는 것은 자신의 건전한 사고에 그다지 좋지 않기 때문이다. 하지만 천성이 워낙 엉뚱했기에 아무리 건전한 사고를 하려 해도 천성은 쉽게 버릴 수 있는 것이 아니었다.

'이런 생각은 옳진 않지만 한두 번 하는 것이 아니란 말이야? 정말 쓱……?'

그가 위험한 생각에 빠져 있는 중 그의 사제는 자신을 빤히 쳐다보며 걷고 있었다. 뒤늦게 자신의 실책을 깨달은 그는 어색한 기침을 하며 고개를 돌렸다.

"허험, 저기 오아시스가 보이니까 한숨 돌릴 수 있겠구나."

"사형, 무슨 생각 하신 겁니까?"

"무, 무슨 말이냐?"

"흠, 난 가끔 그런 표정 지으며 절 바라보는 사형을 볼 때면 대체 무슨 생각을 하고 있는지 심히 궁금합니다."

"험험, 쓸데없는. 별 생각 안 했다."

"불문의 고승들은 심안(心眼)을 가지고 있어 사람의 마음을 꿰뚫는다 했는데 제가 그 능력을 가지고 있었으면 하는군요."

사제의 섬뜩한 말에 그는 멀뚱한 표정으로 앞에 보이는 가슴 시원한 오아시스의 풍경을 바라보았다. 하지만 생각은 결코 오아시스처럼 시원하지 않았다.

'그랬다면 넌 정말 쓱이다.'

오아시스의 향취에 가슴이 시원해짐을 느낀 그는 이내 생각을 지우고 입가에 미소를 띠었다. 사문의 오랜 숙원이 풀릴 날이 얼마 남지 않았다 생각하자 그의 미소는 더욱 짙어지고 있었다.

'마궁자(魔弓子)······.'

둘은 일각 정도 걸어서야 오아시스에 도달할 수 있었다. 사제란 자는 옆에서 이유없이 기분 나쁘게 웃고 있는 자신의 사형이 도무지 이상해 걷는 동안 찜찜함을 떨쳐 버릴 수가 없었다. 징그럽기도 했고 섬뜩하기도 했다.

'이 사람이… 대체 왜 저렇게 웃는 거야?'

이 생각을 지우지 못하고 걸은 일각이었다. 오아시스에 도착할 때쯤 그는 사형을 따라가라고 자신을 보낸 문주가 너무 원망스러워 가볍게 한숨을 내쉬었다. 그의 뒤치다꺼리가 너무 힘들었던 것이다.

'저 인간을… 쓱······?'

사형제지간이 맞는지 의심스러울 정도로 두 사람의 생각은 기묘하게 일치하고 있었다. 하지만 자신의 생각은 백 년이 지나도 불가능하다는 것을 알기에 고개를 저을 수밖에 없었다. 일단 오아시스에서 지친 몸을 추스르는 것에 최선을 다하기로 생각했다.

둘은 오아시스 주변에서 머물고 있는 유목 민족들의 도움으로 쉴 곳을 마련할 수 있었다. 선자불래라 하지만 처세술의 대가인지, 아니면 웃는 얼굴에 침을 뱉지 못해서인지 두 사람의 자세는 공손하기 그지없어 외지인에게 배타적인 유목민들은 선선히 둘에게 쉴 곳을 마련해 주었다.

천막 같기도 했지만 허술한 천막보다는 매우 견고하며 하나의 방 같은 느낌을 주는 이곳은 둘에게는 처음 보는 것들이었다.

"이게 뭐지, 대체? 고비사막을 오면서 유목 민족들 대부분이 이런 것을 쓰던데 말야. 넌 정말 모르는 것이냐?"

"네, 모릅니다. 알기도 싫고요."

"이놈이? 그 좋은 머리 놔두고! 응? 그리고 그 폭넓은 타국 언어 실력 놔두고 뭐 하는 거야?"

"귀찮아요. 나 좀 잘게요."

그는 정말 피곤했는지 푹신한 바닥 위에 눕자마자 그대로 잠이 들어 버렸다. 자신의 사제를 허탈한 표정으로 바라보던 그는 또 이상한 생각을 하며 눈빛을 발했다.

'이놈을 여기서 쏙……?'

어지간히 쌓인 게 많은 듯 그 생각은 시도 때도 없이 찾아오고 있었다. 한참 어린 사제가 나이 꽉 찬 사형에게 함부로 말하는 것도 그렇고, 자신을 애 취급하는 것도 그렇고 도무지 마음에 드는 짓이라고는 하나도 없었기 때문이다.

그렇다고 그런 극단적인 생각을 하는 것은 역시 그의 엉뚱한 성격 탓이라 할 수 있었다. 근묵자흑이라 했던가? 그와 함께 지내면서 그의 사제도 비슷하게 변하고 있다는 것을 그는 알아차릴 수 있을런지.

'중원 말이야 그렇다 쳐도 잘 통하지도 않는 이런 곳의 의사 소통을 가능하게 해주는 것은 이놈이지 않은가? 말이 잘 통해야 이번 일도 잘 해결할 수 있지. 암. 정 안 된다면 힘으로 해결하면 되겠지만 마궁자(魔弓子)를 이긴 자가 있을 수도 있으니……. 죽었다가 살아났고… 다시 죽었다?'

도무지 알 수 없는 이번 여행의 가장 큰 문제였다. 천문장로의 뛰어난 천문 능력을 인정했기에 그 말을 믿을 수는 있었지만 보지 않는 이상 불확실했기에 확인이 필요했고 무엇보다 그 물건을 회수해야 했다.

지금에 이르러서는 그 의미가 많이 퇴색해 버렸지만 문보(門寶)의 가치와 그것이 지닌 의미를 아주 무시할 수는 없었다.

"쯧쯧, 말년에 이런 일이……. 세상도 이제 어느 정도 안정되었건만……."

그는 복잡하고 지금 당장은 풀리지 않을 일을 미리 생각하는 것이 자신에게는 잘 맞지 않다고 새삼 느끼며 몸을 뉘었다. 이대로 잠을 자고 사제의 피곤이 풀리면 다시 행보를 시작해야 했다. 이제 얼마 있지 않으면 자신들이 원하는 곳에 도착할 수 있었기 때문에 약간은 더 서두를 예정이었다.

"……."

그는 자신들이 거주하는 천막 쪽으로 오는 한 사람의 기척이 느껴져 상체를 일으켰다. 그도 명색이 문 내 최강의 고수이고 눈치도 남 못지않게 빨랐기에 이곳 사람들의 얼굴에 상당한 근심이 서려 있는 것을 알 수 있었다.

"말이 안 통하는데……."

이런 생각이 들었지만 그는 별 걱정을 하지 않았다. 다 같은 인간인데 의사 소통이 아주 안 될 것이라고는 생각지 않은 것이다.

"에휴!"

"음?"

그는 뒤쪽에서 들리는 사제의 목소리에 놀라 고개를 돌렸다. 자신의 사제가 피곤한 기색을 잔뜩 띠면서 상체를 일으키고 있었다.

"왜 일어났느냐?"

"통역해야죠."

"뭐?"

"나도 한눈치 하지 않습니까. 이곳 유민들에게 무슨 일이 있는 것 같다는 것쯤이야 딱 하면 척이죠."

"그래?"

그는 새삼 이제야 알았다는 듯이 능청을 떨었지만 그의 사제는 만만치 않았다.

"능청은……. 아무래도 우리에게 피하라고 말하러 오는 것 같은데요?"

"아마도."

그가 말을 끝맺는 순간 늙수그레한 목소리의 노인이 알 수 없는 언어로 말했다. 아까 그들을 안내해 준 노인이었는데 그때보다 더욱 불안한 표정이었다.

"족장께서 두 분을 부르십니다."

"음……?"

"뭐라 그러는 것이냐? 우리보고 어서 이곳을 나가래?"

"아니요. 족장이 우리를 부른다고 하는데요?"

"그래? 그럼 가봐야지."

그는 지체없이 자리에서 일어났다. 그의 사제도 얼떨결에 덩달아 일어나자 이에 노인은 따라오라는 듯 몸을 돌려 천막을 나갔다.

족장이 거주하는 천막은 그들이 쉬던 곳뿐만 아니라 다른 사람들의 천막보다도 훨씬 크고 내부 장식도 매우 화려했다.

매우 화려하고 큰 태사의에 앉아 있던 족장은 사십대 정도 되는 인물로 기골이 매우 장대했고 검은 수염이 거칠게 자라 외양으로도 그의 성격을 대충 눈치 챌 수 있을 정도였다. 하지만 생각보다는 선한 표정으로 자신들을 보고 있었는데, 둘이 그를 처음 보고 표정으로 느낄 수 있는 것은 미안함이란 감정이었다.

뭔가 이상함을 느끼는 순간 아니나 다를까, 주위에 다섯 명씩 서 있던 장대한 거구의 반대머리 장정들이 그들이 들고 있던 일 장 길이는 됨 직한 창을 일제히 두 사람에게 겨누는 것이었다. 열 개의 창에 의해 사방이 막혀 버린 그들은 조금만 움직여도 창에 꿰뚫리게 될 판이었다.

"이런, 이게 무슨 일인지 어서 물어봐."

"족장님, 어찌 된 일입니까? 저희가 무슨 잘못을 했다고……."

"음, 자네의 이름이?"

"이문수(李文秀)라 합니다."

"음… 저 사람은?"

"도운영(途雲嶺)이라 합니다."

"음, 이곳 사람은 아닌 것 같은데… 어디 사람인가?"

"지금은 통일된 신라가 우리 나라입니다."

"오, 들어본 적이 있네. 매우 용맹하고 재주가 비상하며 성정은 순한 사람들이 사는 곳이라 들었지."

"감사합니다. 근데……?"

"음, 우리도 엄연한 하나의 부족이네만… 사막을 떠도는 도적 떼들을 감당하긴 힘들지. 특히 이번에 생긴 지 얼마 되지 않는 녀석들이 있는데 그 이름이 혈혈단(血血團)이라 하여 이름처럼 하는 짓 또한 잔인하기 그지없네."

"네……."

이문수는 설마 하는 생각에 조금씩 표정이 어두워지고 있었다.

"그들에게 피해를 받지 않으려면 석 달마다 항상 젊은 남자와 여자.

들을 이십 명씩 바쳐야 하네. 그런데 그런 일이 다섯 번 정도 있으니까 우리 부족에 남아도는 젊은이들이 없어. 그래서 말인데, 미안하지만 우리도 젊은이들이 너무나 필요하고 소중하니까… 자네들이 희생을 해줘야겠네."

"……."

이문수의 표정은 이내 흑빛이 되고 말았다. 이렇게 얌전하게 협박 아닌 협박을 하니 잠시 어떻게 해야 할지 모르고 당황한 것이다. 뭔가 이상함을 이미 느끼고 있었던 도운영은 급히 사제에게 물었다.

"이봐, 사제. 대체 무슨 일이야?"

"우리를 도적들에게 노예로 넘긴답니다."

"뭐야?"

"엇!"

그들이 뭐라 하기도 전에 천막 입구 쪽에서 자신들에게 창을 겨눈 사람들과 같은 장정 네 명이 다가와 둘을 포박했다.

"일이 뭐 이렇게 되는 거냐!"

"아이구! 살살 햇! 저도 모르겠어요! 아아야!"

그들이 거칠게 다루자 이문수는 엄살 섞인 비명을 마구 질러댔다. 미안한 표정을 아까보다 더 드러내며 족장은 안쓰럽다는 듯 둘을 바라보았다. 둘은 이내 어디론가 끌려갔다.

◆제3장 ◆ 변신

箕嶺片月滿
地碎陰淸
絕投作枝陶
無㷱
廣腎㼶
顏斤

일은 일사천리로 진행되었다. 그들은 어느 큰 천막 안으로 들여보내졌는데, 그 안에는 스무 명은 됨 직한 남녀들이 밧줄에 묶인 채 앉아 있었다. 그중에는 묶이지 않은 사람들도 있었지만 그들은 이곳 부족의 젊은이들이었고, 그렇지 않은 자들은 도운영과 이문수처럼 이곳에 우연히 왔다 잡힌 사람들이었다.

황당한 일에 정신을 차리지 못한 이문수와는 달리 도운영은 여유가 있어 보였다.

"이놈아, 정신 차려라. 극궁문(極弓門)의 문도답지 않은 경망한 행동을 보이다니 사문을 욕보일 셈이냐?"

"에구… 예, 사형. 제가 실수했군요."

이문수는 사형의 조용하면서도 강한 충고를 듣자 자신의 잘못을 순순히 인정하며 멍한 표정에서 원래의 표정으로 돌아왔다.

"아무래도 잘못 걸려들었구나. 왜 우리를 노예로 도적들에게 보내려고 하는 거지?"

"혈혈단이란 도적 떼들이 흉포하기 그지없어 석 달에 한 번씩 스무 명의 젊은 남녀 노예를 바친다고 합니다. 그런데 자꾸 보내면 이 부족에 젊은이들 씨가 마르니까 궁여지책으로 여행자들을 잡아 이렇게 하는 것 같아요."

"흠… 누구에게 죄를 물어야 한다?"

"그야 물론 그 혈혈단이란 놈들이죠."

이곳에는 신라인들은 없는지 그들의 말을 알아듣는 자는 없는 듯 그들의 대화에 아무도 귀 기울이지 않았다. 그런데 이문수의 바로 뒤에 앉아 있던 한 사내가 눈에 빛을 내면서 둘이 대화하는 것을 보고 있었다. 중원인이었는데 나이는 삼십대인 것 같았고 제법 귀티가 나는 것이 이곳에 오기 전엔 꽤나 좋은 물을 먹고 산 듯했다.

"여보시오들, 동이(東夷) 사람들인가?"

"흠… 우리 말을 할 줄 알다니… 그래, 맞소. 우리가 중원이들이 말하는 동이인들이오."

"아, 미안하네. 동이라는 말에 버릇이 되어서. 사과하네."

사내의 정중한 사과에 약간은 심사가 꼬였던 두 사람은 그가 생각보다 예의 바르고 괜찮은 자라 여기고 금방 마음을 풀었다.

"이야기를 듣자 하니, 그리고 나의 경험으로 보아하니 그대들은 한 가닥 재주를 지닌 것 같은데… 어떻소?"

마음을 풀었다 싶었는데 그의 말을 듣고 난 도운영은 이 사내가 조금은 막무가내인 듯한 느낌을 받았지만 그와 동시에 중원에서 행사 깨나 하는 사람으로 보였기에 일단은 그의 태도를 이해해 주기로 했다.

하지만 이문수의 표정은 그다지 좋아 보이지 않았다.

"흠, 그대 말대로 이곳을 빠져나갈 무공은 지니고 있소. 그런데 그건 왜?"

"다행이군. 사실은 말일세……."

그 사내의 말을 빌리면 자신은 황제의 비밀 직속 기관인 비원(秘阮)의 인물이라고 한다. 두 사람은 비원이 무엇인지 모르기에 그냥 넘어갔지만 비원은 결코 그냥 넘어갈 곳이 아니었다. 황제 외에는 아무도 모르는 극비 중의 극비 기관인 비원은 황제의 황권을 유지하기 위한 무력 단체로 황제를 시기하거나 조금이라도 반란의 조짐이 보이면 바로 활동에 들어가 그들을 진압하는 곳이었다. 황권 유지가 주 목적이긴 하지만 비원의 말단 인물들은 민심을 바로잡고 민간인들의 생활에 위해가 되는 일에 비밀리에 참여하여 일을 해결하는 일도 맡는 곳이 비원이었다.

일 년 전부터 이곳을 지나는 중원인 여행객들이 계속 행방불명되고 있었는데 큰일로 치지 않다가 어느 날 고위 관리의 친척 한 명이 사라지는 일이 발생했다고 한다. 그래서 비원의 한 일원인 그가 조사를 위해서 이렇게 왔다고 한다.

이야기를 들은 이문수는 괜히 배알이 꼴림을 어쩔 수 없었다. 백성이 사라지면 모른 척하다가 직위 높은 사람의 친척이 사라지니 비밀 기관이 움직였다는 일이 영 마음에 들지 않았던 것이다. 그리고 이 사내의 태도도 영 아니었다. 자신들에게 도움을 청하는 처지인데 어찌 들으면 강제로 시키는 것 같았다.

'이 자식을…….'

그는 내심 이를 갈면서 두고 보자는 생각을 하며 자신의 사형을 처다보았다. 사형도 자신을 힐끔 보고 있었는데, 그는 그것만으로도 충분했다.

'의견 일치!'

함부로 은원을 만들지 않고 자중해야 하는 것이 극궁문의 규율이긴 했지만 두 사람의 성격상 이런 상황에선 규율을 지키기가 쉽지 않았다.

"그럼 알겠소. 한 시진 후면 그들이 올 것인데 끌려가 주는 척하면서 그들의 본진을 무너뜨린다, 이러면 되는 것이오?"

"맞소. 간단하지 않소? 하하!"

도운영은 그의 단순 무지함에 기가 막힐 수밖에 없었다. 상대방의 무공이 어느 정도인지도 모르고 그냥 가서 깨부수라니 할 말이 없었다. 하지만 이미 한번 골탕먹여 주기로 작정한 이상 그런 것은 나중을 생각하면 상관없었다. 자신이라면 혈혈단이 아무리 강해도 소탕하는 것은 식은 죽 먹기였고, 남은 것은 이 사내를 최대한 잘 골탕먹여 주면 되는 것이었다.

'죽어봐라…….'

이문수는 물론 그보다 더 오래 산 가짜 젊은이 도운영도 혈혈단의 단주라는 자만큼 흉악하게 생긴 사람은 처음 보았다. 정말 형용이 불가능할 정도로 끔찍한 얼굴이었다.

일단 전반적으로 보면 태양에 그을린 검은색에 가까운 구릿빛 얼굴을 하고 있었다. 눈썹은 하늘로 치솟아올랐고 눈은 번뜩 떠진 채 감을 줄을 모르니 마치 누군가를 째려보는 것 같았다. 콧구멍은 큼직한 것이 상대방에게 답답함을 주고 있었고, 입은 마귀처럼 째져 있었으며 대체 어떻게 이를 관리한 것인지 두 개의 송곳니가 흉악하게 튀어나와

있었다. 평상시라면 웃을 수밖에 없는 얼굴이었지만 이상하게도 지금
은 아랫도리가 후들거릴 정도로 무섭게 보였다.

'저게 얼굴이냐? 내가 아무리 그런 걸 따지지 않는 사람이라지만 저
건 너무했다.'

이문수는 질린 듯한 표정으로 걸음을 옮기고 있었다. 다른 사람들도
단주의 얼굴을 보고는 두려움에 가득 찬 표정을 했고, 아직도 창백한
얼굴을 하고 있는 여인도 몇 있었다.

"크하하하!!"

앞에서 잡담을 나누고 있었는지 단주란 작자가 나름대로 호탕하게
웃었지만 도무지 인간의 웃음이 아니었다. 옆에서 걷던 여인 한 명이
그 자리에 주저앉아 버리자 옆에서 따르던 혈혈단의 인원 하나가 강제
로 그녀를 채찍으로 후려쳤다. 그러자 옆에 있던 사내가 간신히 그녀
의 몸을 일으켜 끌고 가다시피 부축했다. 하지만 아랫도리에 얼룩이
진 것이 벌써 실례를 한 것 같았다.

"허허……."

도운영의 옆에서 걷던 비밀 기관 비원의 사내도 안타까운지 탄식을
쏟아냈는데, 그의 표정도 그다지 온전한 것은 아니었다. 정말 소름이
끼칠 정도로 무서운 단주의 웃음이었다.

'사람을 외양으로만 판단하지 말라는 극궁문의 규율도 저 단주란 사
람 앞에서는 무용지물이구나. 쯧쯧……'

도운영은 내심 고개를 저으며 혀를 찼다.

'어차피 굳이 외양이 아니더라도 행실이 좋지 않음이 확실하니 징계
해도 되겠군. 극궁문의 규율이 아니더라도 뭐……. 여기에 극궁문의
문도라 해봤자 저 녀석 하나뿐이니 저 녀석도 나의 생각에 동의하지

않았는가.'

함부로 살인하지 말라는 규율은 매우 엄격히 지켜지는 것이었기에 살생유택(殺生有擇)을 해야 했다. 그것도 아주 신중히. 하지만 지금은 자신이 살인을 해도 누가 뭐랄 사람이 없다. 혹시 자신의 사제가 배신하여 그것을 토로할 기미가 보인다면 간단한 방법이 있었다.

'쓱······.'

생각만 해도 괜히 기분이 좋아지니 도운영의 입가에 시원한 미소가 걸렸다.

"기분이 좋소? 왜 그렇게 웃으시오?"

"······."

사내의 말에 갑자기 기분이 나빠지는 그였지만 괜히 기분 좋은 것을 가라앉힐 필요 없다고 생각하고 계속 미소를 유지한 채 나아갔다.

"일이 잘 안 풀리지?"

"네······."

둘은 허탈한 한숨을 쉬었다. 그들의 눈은 검은 천으로 가려져 있었고, 두 손은 밧줄로 강하게 묶여져 있었다. 그런 그들을 소리없이 태워가고 있는 마차가 있었다. 한 마차당 다섯 명씩 태운 채 마차는 어디론가 향하고 있었다.

"어, 어찌 이런 일이······."

사내는 두려움에 몸을 떨고 있었다. 애초에 별 녀석 아니라 생각한 이문수였지만 명색이 이런 일에 종사하는 자가 저렇게 겁이 많다는 것에 살짝 한숨이 나올 수밖에 없었다. 하지만 이문수도 자신들이 가는 곳이 얼마나 엄청난 곳인지를 모르고 있어서 그런 것일지도 몰랐다.

"흠… 태양천으로 팔려가다니 생각지도 못했군. 아니, 팔리는 건 아니군."

"우, 우린 이제 끝이요."

"사형, 태양천이 대체 어떤 곳이죠?"

"그냥 뭐… 대단한 곳이지."

"그렇게 대답해 봤자 전혀 대단해 보이지 않습니다."

"흠… 이 사형과 같은 경지에 이를 수 있는 자가 있을 가능성이 가장 높은 다섯 집단 중 하나다."

"저, 정말입니까?"

"그래. 정말 일이 공교롭군."

"사, 사형과 같은 경지를 이룬 자가 있다면… 흠……."

천에 가려 표정이 잘 보이지는 않았지만 꽤나 고민에 빠진 것 같았다.

"왜, 도망가고 싶냐?"

도운영이 정확하게 꼬집었지만 이문수는 몸을 흠칫거리기만 할 뿐 별다른 말은 하지 않았다.

"음? 왜 말이 없느냐?"

"후후… 후후후… 사형이 사제를 무시하고 있다는 생각에 상대할 가치조차 느껴지지 않는군요."

이문수의 말이 허풍인지 진심인지는 몰랐지만 도운영은 자신의 사제가 결코 이 상황을 피하고 싶어하지 않는다는 것은 알 수 있었다.

"허, 알았다, 알았어. 내가 사과하마."

"당연하죠. 그런 것뿐만 아니라도 호기심이 생기는군요."

"음."

너무나 여유만만한 그들의 자세와 대화 내용에 옆에 있던 사내가 소리쳤다.

"자, 자네들은 이곳을 빠져나갈 수 있단 말인가? 그, 그럼 제발 나와 함께 빠져나가세! 응?! 응?! 그래 준다면 결코 섭섭하지 않게 보답하겠네!"

"흠… 잘못 알고 있는 것 아니오? 우리를 책임져야 할 것은 지휘자인 당신인데 어찌 우리에게 도움을 달라고 그러시오. 제발 우리를 책임져서 살려주시오."

"그, 그런……!"

사내는 허탈함에 어깨가 축 처져 버렸다. 도운영의 조금은 비꼬는 말에도 사내는 정신이 없는지 알아차리질 못했고, 그저 절망감에 한숨을 내쉴 뿐이었다.

"태양천이라……. 만약 있다면 힘의 공명 때문에 골치 아픈데……."

"힘의 공명이라니요?"

"……."

도운영은 이미 생각에 빠진 듯 그의 질문에 대답하지 않았다. 그런 침묵을 뒤로하고 마차는 소리없이 섬뜩하게 어디론가 향하고 있었다.

도무지 끝이 보이질 않았다. 고비사막의 거대한 초원 위에 수풀림이 있다는 것도 믿기지 않는 일이었지만, 그 수풀림의 규모가 끝이 보이지 않을 정도로 좌우로 펼쳐져 있다는 것은 누가 보았다면 더 이상 놀라기도 힘들 정도였다.

네 대의 마차가 광활한 초원 위를 질주하고 있었다. 한 마차당 네 마리의 말이 끌고 있었는데 검은색 마차에 검은색 말은 푸른 초원 위에서 아주 대조적인 조화를 이루고 있어 매우 눈에 띄었다. 마차가 특이한 것인지, 아니면 끌고 가는 말들이 대단한 것인지는 몰라도 바퀴가 구르는 소리는 전혀 들리지 않았다.

끝없이 펼쳐진 수해가 그를 향해 다가가는 마차들을 이윽고 삼켜 버렸다. 마차가 가는 길은 숲이었지만 일정한 길이 닦여 있어 왕래가 있는 곳임을 짐작케 해주었다. 마차는 일각을 빠른 속도로 더 가서야 멈추었다.

마차의 앞에는 누군가가 창을 들어 막고 있었는데 그의 전신은 구릿빛 근육으로 잘 다듬어져 있었으며 육 척의 장신과 더불어 수문장으로서 매우 잘 어울리는 외양이었다. 얼굴은 태양이 타오르는 듯한 모양의 탈을 쓰고 있어 은근한 위압감을 상대방에게 던져 주고 있었다.

"명패를 보여라."

"……."

마부들은 품속에서 동으로 만든 명패를 꺼내 들어 보인 후 차례로 한 대씩 안으로 들어갔다.

"이제 태양천에 도착한 것 같군."

도운영은 밖에서의 간단한 말소리로 태양천으로 들어가고 있음을 알 수 있었다. 그의 말을 완전히 믿지는 않았지만 어차피 태양천으로 갈 것이라 알고 있는 사내는 한숨을 푹 쉬었다. 그래도 아까보다는 덜한 것이 어느 정도 마음을 진정시킨 듯했다.

"아아… 우리는 아마 노예로 실컷 혹사당하다가 비참하게 죽을 것이네. 그전에 내 이름이나 기억해 주게나. 난 전구삼(田口三)이라 하지."

"입이… 세 개?"

이문수의 표정이 기묘하게 일그러졌지만 역시 천 때문에 아무도 보지 못했다.

"흠, 전구삼이라……. 좋은 이름이오. 꼭 기억해 두겠소."

"고맙네."

그 역시 얼굴이 천으로 가려져 있었지만 상당히 슬픈 표정임을 도운영은 충분히 느낄 수 있었다. 일순 그에 대한 마음이 약해지려 했지만 굳센 의지력으로 다시 붙잡아두었다.

'아니지. 약해지면 내가 아니지.'

한동안 마차 안에는 침묵이 감돌았다. 셋을 제외한 나머지 둘은 오는 내내 말 한마디도 꺼내지 않고 그저 무릎을 접고 고개를 숙인 채 음울하게 있기만 하였다.

일각 정도 흐르자 마차가 멈추었다. 마차는 엄청난 크기의 문 앞에서 멈추어 있었는데 문 뒤로 보이는 수많은 건물들은 이곳이 대단한 규모를 지니고 있음을 짐작케 해주었다. 끝없는 수풀림은 경사가 진 낮은 높이의 산으로 이어지고 있었는데, 그 산의 경사를 따라서 웅장한 느낌의 건물들이 줄줄이 세워져 있었다. 빽빽한 수풀림 가운데 세워진 건물이라 높은 곳에서 본다면 수풀림에 이가 곳곳에 빠진 듯이 보일 정도로 주위와 극명한 대조를 이루는 태양천이었다.

정문의 크기는 쓸데없다는 느낌이 들 정도로 거대했다. 폭이 십 장에 높이도 십 장으로 황궁의 정문을 방불케 할 정도였다. 정문의 위쪽에는 붉은색 글씨로 태양천(太陽天)이라 쓰여진 현판이 걸려 있었다. 그 현판조차도 문의 거대한 크기에 맞추기 위해서인지 매우 컸다.

문 앞에는 좌우로 다섯 명씩 총 열 명의 무사들이 어떤 병장기도 소지하지 않은 채 맨손으로 서 있었다. 그들의 몸에서는 심상치 않은 기운이 솟아오르고 있었는데, 일개 문지기가 이 정도이니 정식 무사라면 어느 정도의 실력을 지니고 있을지 짐작할 수 있었다.

　"명패."

　누가 말했는지 모를 정도로 짧고 간단한 한마디가 열 명 가운데서 흘러나오자 제일 앞에 있던 마차의 마부는 품속에서 아까와는 다른 은색의 명패를 꺼내 보였다. 그러자 거대한 문이 안쪽으로 천천히 열리기 시작했다.

　그그그긍!

　거대한 소리와 함께 문이 활짝 열리자 마부는 지체없이 말에게 채찍질을 가했다. 이런 일을 많이 해본 듯 매우 익숙한 행동이었다.

　이히힝!!

　말 울음소리뿐 마차가 바닥과 부딪치며 내는 바퀴 소리는 여전히 나지 않았다. 마차가 소리없이 지나가자 정문은 예의 엄청난 소음을 내며 굳게 닫혔고, 태양천의 정문은 아무 일 없었다는 듯이 정적으로 빠져들고 있었다.

　태양천에 도착한 것 같다고 생각했지만 여전히 마차는 어디론가 움직이고 있음을 도운영은 느낄 수 있었다.

　"태양천이 그렇게 크단 말인가? 상당한 속도로 달리는 것 같은데도 여전히 끝이 나지 않은 것 같군."

　"쓸데없이 땅만 크군요."

　이문수 역시 그와 같은 생각이었는지 지나가는 투로 말을 꺼냈다.

그가 말을 하고 난 후 열 호흡은 됐을까? 그쯤 되어서야 마차가 비로소 멈추는 것을 그들은 느꼈다.

"이제 도착했군."

"아……."

전구삼의 입이 기묘하게 뒤틀리며 침음성을 흘렸다.

"일만 잘하면 죽이진 않을 것이니 우리 열심히 해봅시다."

도운영은 속 편하게 그렇게 말하고 기분 좋게 입을 열어 미소 지어 보였지만 전구삼이 그의 미소를 볼 수 있을 리 없었다. 자신이 웃는 것을 전구삼이 보지 못한다는 것을 알아챈 그가 쓴웃음을 지을 때 마차의 문이 열렸다.

"모두 내려와."

태양천의 인물인 듯 입고 있는 옷의 가슴에는 타오르는 태양 그림이 있었다.

도운영을 비롯한 다섯 사람은 앞이 보이지 않아 비틀비틀거리며 마차에서 간신히 내릴 수 있었다. 이윽고 손을 묶고 있던 밧줄이 풀리자 다들 가슴속으로 시원한 무언가가 훑어가는 것을 느꼈다.

픽!

"누가 천을 벗으라고 했나!"

노예로 잡혀온 사람들 중 한 사내가 풀린 손으로 천을 벗으려 하다 태양천의 인물에게 얻어맞고 바닥에 널브러져 버렸다.

도운영은 이곳에 자신처럼 잡혀온 이십 명과 마부 네 명을 제외하고도 다섯 명의 인물이 있다는 것을 느낄 수 있었다. 하나같이 꽤 괜찮은 무공을 지니고 있음을 알고 내심 고개를 끄덕였다.

'과연… 성격은 지랄 같지만 실력은 태양천의 사람답군.'

"이제부터 너희는 태양천에서 많은 일을 해야 할 것이다! 태양천을 위해 일한다는 것에 무한한 영광을 느껴야 할 것이다!"

한 사람이 말하자 옆에 있는 다른 한 사람이 그의 말을 이어받았다.

"너희가 해야 할 일은 내일이면 모두 알게 될 것이다!"

그의 말을 옆에 있는 사람이 받았다.

"단 몇 가지 알아두어야 할 것이 있는데, 먼저 시키는 일은 어떤 군말도 없이 해야 한다는 것이다!"

"그리고 우리가 시킨 일만 해야지 스스로의 의지로 필요없는 일을 한다면 바로 저 새끼처럼 될 것이란 걸 잊지 마라!"

"남자든 여자든 벌 주는 것에는 차별이 없으니 쓸데없는 생각 하지 말길 바란다! 이제 천을 풀어라!"

마지막 사내의 말이 끝나자 그들의 호통과 같은 외침에 질렸는지 사람들은 허겁지겁 천을 풀어 내렸다. 처음 보는 환경에 사람들은 웅성 거리면서 주위를 둘러보기 시작했다.

"잡담은 그만! 이제 우리를 따라 거처할 곳으로 간다!"

중년의 나이로 보이는 다섯 명의 사내가 그들을 이끌고 어디론가 가기 시작했다.

"흠… 사형, 이제 어떻게 할 건가요?"

"모르겠구나. 일단 시키는 대로 하자."

"아니 그럼 무슨 생각으로 온 겁니까?! 이제 무엇을 해야 할지 정해야 될 때라고 봅니다만……."

"네 말이 맞다. 이제 슬슬 정해야지. 좀 더 상황을 두고 보자."

"……."

자신의 마음에 들지 않는 전음 내용에 이문수의 표정이 조금 일그러졌지만 차마 사형이란 자에게 이런 표정을 보일 수는 없는지 그를 외면해 버렸다.

"아이고……."

자시(子時:밤 11시부터 다음날 새벽 1시까지를 말함)가 되어서야 일은 끝이 났고 바닥에 눕자마자 죽는 소리를 하는 이문수와 전구삼이었다. 노예 생활 삼 일밖에 되지 않았지만 전구삼은 그렇다 쳐도 이문수조차도 죽기 일보 직전의 몸 상태가 되어버린 것이다. 훈련으로 만들어진 이문수의 몸도 단 하루의 노예 생활에 실컷 쌓아온 내공과 체력이 바닥나 버린 듯했다.

"쯧쯧… 정신력 문제라니깐."

"사형, 으으… 사형은 그래도 눈에 잘 들어서 관리 일만 하고 있지 않습니까? 아부하다니… 두고 보십시오."

이문수는 피곤해 죽을 것 같은 표정에 원한에 찬 눈빛으로 자신의 사형을 바라보며 극궁문의 규율인 불의에 타협과 아부는 있어서는 안 된다라는 조항으로 협박했다.

당황스런 환경이 처음인지라 정신이 없던 이문수와 전구삼과는 달리 처음부터 태연했던 도운영은 비굴하게도 처음 이곳에 왔을 때 있었던 그 다섯 사내 중 한 명에게 아부를 떨며 잘 보였고 아주 편한 자리를 맡을 수 있었던 것이다.

그것도 능력이라면 능력이겠지만 이문수의 눈에는 너무나 비굴하게 보였고, 아부임이 명백했던 그 행동을 보고 더 이상 참을 수 없다고 생각한 그였다.

'규율을 어긴 죄는 매우 크다! 두고 봐라, 사형! 크으으!'

그의 성격은 천성적으로 아부를 못했다. 그랬기에 극궁문에서는 더할 나위 없는 성격이었지만, 지금 같은 상황에서는 더할 나위 없이 나쁜 것이었다.

"자자, 잡담은 힘만 뺄 뿐이니 어서 자자꾸나."

도운영은 환한 미소를 지으며 그들의 옆에 누웠다. 이런 상황에서 웃을 수 있는 자신의 사형이 대단해 보이기도 했지만 괜히 배알이 꼬였다.

"흥! 사형은 비굴한 사람입니다."

"허허… 억울하면 너도 아부해라. 이 세상은 아부의 세계다. 난 진작에 깨달았지. 이 세상은 아부로 돌아가고 있으며 아부만이 이 세상의 진리지. 아부하지 않으면 고생한단다. 아부하지 마라는 사문의 규율도 이제 바껴야 할 시대가 온 것이지!"

"허, 헛소리도 지금은 듣기 싫어요, 사형!"

"이놈이… 사형한테 헛소리라니?"

"흥!"

이문수는 몸을 돌려 피곤에 빠져 죽기 직전인 전구삼을 살펴보았다. 나지막이 신음성을 흘리며 온갖 인상을 쓰는 그가 그리 안쓰러워 보일 수 없었다.

"괜찮아요?"

"애구구… 말만이라도 고맙네. 애구야! 자네는 괜찮은가?"

"제가 팔이라도 주물러 드리겠습니다."

"애구, 나도 젊은 편인데……. 미안하네."

"그래도 제가 더 젊지 않습니까."

그는 몸을 일으켜 팔을 꾹꾹 주무르기 시작했다. 둘 사이에 피어나려는 묘한 동질감이 그저 웃길 뿐인 도운영은 황당한 표정을 지을 수밖에 없었다.

'녀석, 그렇게 수련을 해도 여전히 부족하군. 사제도 저리 힘든데 다른 사람은 오죽 힘들까. 어서 결정을 내려야 한다.'

그는 이런 생각을 하며 다시 자신의 사제를 힐끔 쳐다보았다. 여전히 팔을 주무르면서 동질감을 새록새록 다지고 있는 사제와 전구삼이었다. 그는 쓰게 미소 지으면서 괜히 배알이 꼬이는 듯 몸을 돌려 버렸다.

'놈, 사형은 손가락 한번 주물러 주지 않던 놈이……. 넌 정말 쓱…이다. 두고 보자.'

원한과 질투가 점철되는 묘한 밤이었다.

노예라는 표현이 너무 과격하긴 했지만 자는 시간 외에는 도무지 쉴 틈이 제대로 없으니 하인, 하녀보다는 노예라는 표현이 맞을 것이다. 어김없이 하루는 시작했고 편한 직을 받은 도운영은 아무도 없음을 알고는 늘어지게 하품을 했다.

일단 아침에 일꾼들, 그러니까 하인, 하녀들이 모두 왔는지 확인하는 일이 끝난 뒤였기 때문에 점심 시간 이전까지는 그저 집합청(集合廳:일꾼들이 하루 세 번 모이는 장소)에 앉아 있기만 하면 되었다. 다른 사람들은 뼈빠지게 쓸고 닦고 밥하고 온갖 잡일을 하는데 그저 앉아서 무료함을 달래는 그는 확실히 아부 한번 잘하긴 잘한 것이다. 운도 굉장히 좋은 편이었다. 도운영이 하는 일은 원래 하던 사람이 나이가 들어 이주 전에 죽어버려 새로운 사람을 필요로 하고 있었다. 때마침 도운영이 나타나 아부로 다섯 사람의 마음에 들게 되었고 결국 그렇게 된 것이다.

"녀석… 상황에 따라 조금은 너 자신을 바꿔도 탈은 없거늘……."

도운영은 상쾌하게 미소 지으면서 밖으로 잠시 나왔다.

"어이구, 몸이야."

그는 늘어지게 기지개를 켜며 따뜻한 봄 햇살을 마음껏 들이켰다.

"긴 여행이었지. 어서 마궁자가 있던 곳으로 가야 하는데……."

그는 거의 일 년이 다 되어가는 여행을 상기하며 애초의 목표를 생각했다. 그러나 지금은 우연찮게 이상한 일에 끼게 되었다. 그것도 태양천이라는 엄청난 곳에서.

"내가 비록 규율을 잘 지키지 않아 집법장로가 싫어하는 사람이라지만… 결코 극궁문의 문도임을 잊은 적은 없지. 내 어찌 불의와 타협하며 불의에 아부… 흠, 그것은 좀 찔리는군. 하지만 상황에 따라 변경하면 되는 것이니까. 후후후!"

그는 괜히 찔리는 것을 모면하려는 듯 음산한 표정을 지으며 과장된 미소를 흘렸다.

"아무튼 어찌 불의에 타협할 수 있으랴. 반드시 부당하게 잡혀온 사람들을 해방시키겠다."

그러나 생각은 잠깐이었고 이내 그는 고개를 들어 봄 하늘을 바라보면서 춘정(春情)에 빠져들기 시작했다.

"여자가 그립군. 젠장."

그는 멍한 표정으로 있다가 괜히 코를 벌름거렸다. 극궁문을 떠나기 전까지 끈적한 관계를 유지했던 기녀 아월(雅月)이 생각났기 때문이다.

"역시… 여인은 몸이 풍만해야 해!"

늙은이가 되었음에도 여인을 탐하는 그를 주위 사람들은 주책이라며 더 높은 경지에 이르는 것을 막는다고 했지만 그는 절대 그렇게 생각하지 않았다.

"영웅 호색."

그는 그렇게 말하고는 만족스러운 미소를 지었다. 자신하건대 자신이 여인을 탐한다 해도 결코 수련에 방해되지는 않았다.

"당연하지. 항심(恒心)이 있거늘 어찌 나의 경지가 호색 때문에 걸림돌이 될 수 있단 말인가."

그가 하늘을 보며 이상 야릇한 미소를 짓고 있는 것을 누가 본다면 정말 바보가 헤프게 웃으며 하늘을 보고 있다고 생각할 수밖에 없는 그런 표정이었다.

퍽!!

"억?!"

도운영은 갑자기 자신의 얼굴에 강렬한 발차기가 들어오면서 자신의 몸이 옆으로 훨훨 날아가는 것을 느꼈다.

'내공이 실린… 발차기? 어느 새끼가?!'

생각이 끝남과 동시에 그는 얼굴부터 땅에 고꾸라져 버렸다.

"아이쿠!"

아프지는 않지만 전혀 무방비 상태에서 맞아버린 관계로 조금은 놀랄 수밖에 없었다. 그래도 내공으로 실린 발차기를 맞았으니 꿈틀거려 주긴 해야 했다. 어느 놈이 그랬는지 확인하는 것은 그놈을 속이고 난 이후였다.

"끄으으……!"

그의 연기는 만점이었다. 몸을 일으키려는 듯 미는 듯하면서 몸을 꿈틀거렸고 상대방은 그의 모습에 꽤 만족해하는 미소를 지었다.

"너는 감히 본 공자가 질문을 했는데도 무시했단 말이냐!"

냉혹한 목소리였다. 그의 한기에 찬 싸늘한 목소리를 단 한 번 듣는 것만으로도 도운영은 이 빌어먹을 놈의 성격이 어떻다는 것을 대충 알 수 있었다.

'함부로 발이 날아오는 것 하며… 이놈, 넌 죽었어!'

그는 속으로 상대방을 욕하면서 간신히 몸을 일으킨 척하면서 다리를 부들부들 떨었다. 거기에 반 정도는 분노 비슷한 감정이 섞인 떨림이라 해도 좋았다. 그렇다고 그의 현 상태에서 쉽게 분노할 일은 없었기에 정확히는 괘씸하다는 생각을 하고 있는 것이라 보면 옳았다.

"죄, 죄송합니다!"

"흥! 감히 날 무시하고도 무사하리라 믿었느냐!"

"어이구! 살려만 주십시오! 날이 너무 좋은 나머지 춘정에 빠져 공자님의 말을 듣지 못했습니다!"

그는 몸을 비틀거리는 척하면서 허리를 깊게 숙였다. 그의 비굴하고도 애처로운 모습에 상대방의 진노는 그제야 조금씩 풀렸다.

"흠… 넌 온 지 얼마 되지 않나 보지? 내가 누군지 모르는가?"

"네."

"흥! 군이 알 필요도 없지만. 태양천의 인물에게는 딱 그 태도가 좋겠군. 으하하!"

'저, 저게 늙은이의 몇십 년 수양을 망가뜨리려는군.'

그는 내심 울화가 치솟아올랐지만 철저한 연기력으로 다시 한 번 허리를 굽실거리는 수밖에 없었다. 허리를 굽히면서 힐끔 본 그의 얼굴은 성격과는 다르게 매우 준수했다. 흠이라면 표정이 조금 굳어 있었고, 입술이 얇고 창백해 목소리처럼 냉막한 인상을 주고 있다는 것이었다. 나이는 스무 살 정도로 보이는데도 몸에서 강렬한 기도가 풍겨지는 것을 느낀 도운영은 내심 놀랐다.

'아니, 저놈은 누군데 저 나이에 저런 경지에 올랐지?'

제법 뛰어난 자신의 사제도 저만큼 강하지는 못했기에 더욱 놀랄 수밖에 없었다.

"아니, 감리(塪悧) 공자님, 이런 누추한 곳에는 무슨 일로……?"

사내의 뒤에서 경악에 찬 소리가 들리자 둘은 시선을 뒤로했다. 소리를 낸 자는 도운영이 이곳에 왔을 때 처음 보았던 다섯 사람 중 한 사람이었다. 그들 다섯은 지금의 도운영과 같이 하인과 하녀들을 관리하는 위치에 있었다.

"잠시 바람 쐬러 온 것뿐이다."

그는 그렇게 말하면서 도운영을 힐끔 한번 보더니 비릿한 웃음을 지으며 어디론가 걸어가 버렸다. 그의 비웃음에 도운영은 속으로 욕을 퍼부은 다음 자신에게 오고 있는 사내 도구정(途臼貞)에게 아부성 짙은 웃음을 지으며 다가갔다. 그에 대해 알고 있는 누군가가 본다면 정말 연기력 하나는 일품이란 찬사가 절로 나올 정도였다.

"너 이 자식, 무슨 짓을 했기에 소주님이 그러신 거지?!"

도구정의 표정은 한껏 일그러져 도운영을 잡아먹을 듯했다.

"헤헤… 죽다 살아났습니다. 봄 날씨가 너무 좋아 잠시 춘정에 빠져버려 공자님의 부름을 듣지 못하고 그만 발길질을 당했죠."

"허허, 네가 미쳤구나! 넌 방금 죽었다가 살아난 것이다!"

도구정은 약간 질린 표정으로, 조금은 어이없다는 표정으로 그를 보며 소리쳤다.

"운이 좋았죠. 온 지 얼마 되지 않아서 사정을 봐주신 겁니다. 그런데 저분이 태양천의 소천주이신가 봅니다?"

"암. 넌 처음 보는 것이겠구나. 넌 아무래도 이래저래 오늘 운이 좋군. 저분이 태양천의 차기 천주님이시자 현 천주님의 전폭적인 신임을 받고 계시는 감리훈(堪悧暈)님이지. 성격이 차갑고 잔인하지만 그 능력은 충분히 다음 태양천을 이끌어갈 것이라 인정받고 계신 분이다!"

"그렇군요."

도운영은 감탄했다는 듯이 고개를 크게 끄덕였다.

"아무튼 앞으로 조심하거라."

그는 살아난 도운영이 신기하다는 듯 쳐다보고는 감리훈과 마찬가지로 갈 길을 가버렸다. 도구정의 뒷모습을 바라보는 도운영의 입가에는 묘한 미소가 서려 있었다.

"감리훈, 태양천의 소천주, 소천주라……. 후후, 이거 괜찮은데?"

그는 기묘한 눈빛으로 시리게 푸른 하늘을 보고 있었다.

며칠 지나진 않았지만 세 사람은 이곳의 생활에 적응해 나가고 있었다. 도운영은 이곳에서도 중원 말을 쓰고 있다는 것에 약간 의아함을 느꼈지만, 일단은 완전하지 않은 자신의 중원 말 실력을 착실하게 늘려가고 있었다.

두 사람은 여전히 온몸이 쑤신지 죽는 소리를 마구 해대고 있었다. 그래도 며칠 지나자 나름대로 적응되어 첫날보다는 훨씬 덜하다는 것을 느낀 도운영은 내심 쓴웃음을 지었다.

"이거야 원, 이 녀석들은 조금 더 지난다면 자기들이 정말 하인인 것으로 생각하며 살아가겠군."

하지만 간간이 자신을 향하는 사제의 눈빛은 뭔가를 요구하는 듯한 눈빛이었다. 결코 이런 생활에 흡수될 자신의 사제가 아님을 알고 있었기에 그 눈빛이 무엇을 뜻하는지 이해할 수 있었다.

전구삼은 피곤한지 금세 잠들어 버렸고 이문수도 별다른 신음성을 내지 않자 방 안은 두 사내의 고통에 찬 신음 소리 대신 편안한 적막감이 감돌기 시작했다.

'오랜만이군, 이런 조용함이.'

누워 있는 도운영의 두 눈은 어둠 속에서 반짝거리며 빛나고 있었다. 무한한 혜지를 담은 듯한 그 눈은 평소의 아부성 짙은 말만 하며 철저한 연기를 하던 도운영과는 전혀 다른 모습이었다. 그런 모습을 살짝 훔쳐본 이문수는 입가에 지을 듯 말 듯한 미소 짓고는 그에게 전음을 보냈다.

"사형, 뭔가 생각해 낸 것이 있나요? 아무래도 요 며칠간 뭔가를 생각하고 계신 것 같던데요."

"음… 우리는 원래 할 일이 있지 않느냐."

"그렇죠. 다시 살아났다 죽은 마궁자에 대한 일을 알아보고 본 문의 세 번째 문보인 멸각궁(滅角弓)을 회수해야 하는 임무가 있잖아요."

"그렇지. 그런데 이곳에서 이렇게 시간 낭비할 필요가 있을까? 자칫 하다 멸각궁이 어디론가 멀리 사라져 버리면 어떡하느냐. 멸각궁이 없는 한 우리는 조상들의 염원을 이룰 수가 없다."

"사형의 말은?"

"음, 이곳을 떠나자."

그의 말에 이문수는 눈썹을 꿈틀거리며 상체를 일으켰지만 차마 소리는 치지 못하고 계속 전음을 보냈다.

"사형, 어떻게……?"

"너는 이곳에 있는 노예들이 얼마나 학대받고 힘들게 살아가고 있는지 직접 경험했다. 물론 나도 그렇고. 만약 이들이 정당한 대가를 받고 일하는 사람들이었다면 그냥 지나쳤겠지만 부당하게 잡혀왔기 때문에 우리가 이렇게 일부러 들어온 것이야. 넌 이들 모두를 구할 수 있는 자신이 있느냐?"

그의 현실적이며 예리한 지적에 이문수는 머뭇거렸다. 하지만 그의 표정은 이내 확고히 변하면서 직접 말했다.

"불의에 타협하지 말 것이며 아부하지 말라!"

"……."

"설령 죽는 한이 있더라도 불의는 보고 참지 않을 겁니다, 사형."

"……."

"그것이 어릴 적부터 생각해 오고 실천해 오던 내 삶이었으니까요. 비록 지금은 힘이 부족해 사형의 힘을 빌려야 하지만 꼭 내 힘으로 헤쳐 나갈 겁니다. 날 이끌어주세요, 사형."

그는 그렇게 말한 후 몸을 일으켜 도운영을 향해 무릎을 꿇고 고개를 숙였다.

"겉으로는 함부로 행동하는 듯해도 사형 역시 우리 극궁문의 규율을 자랑스럽게 여기며 실천하시는 분임을 잘 알고 있습니다."

"…후후, 그래야지."

도운영은 기분 좋게 웃으면서 누운 채로 그의 어깨를 툭툭 쳤다. 자신의 사제는 이래서 미워할 수 없었다. 장차 앞으로 극궁문을 이끌어 갈 훌륭한 동량이 되기에 부족함이 없는 성정이라 생각하며 그는 입을 열었다.

"방법을 하나 찾아냈다. 실현 가능성이 있을지는 모르지만… 안 되면 도망가는 거지 뭐."

그는 될 대로 되라는 식으로 편히 말했지만 이문수는 그의 말에 귀가 솔깃했다.

"뭐죠?"

"변신."

"변신?"

"며칠 내로 나는 이곳에서 아주 높은 신분을 가진 사람으로 변신할거다. 후후……."

"무슨 말이죠?"

"흠……."

그의 입이 살짝 열리면서 이문수에게 전음을 보내기 시작했고, 그들의 전음은 밤이 깊어갈수록 더욱 깊어가고 있었다.

감리훈은 지난 이 주일 동안 약간의 이상함을 느끼고 있었다. 하지만 처음에 그것은 일상을 지내다 간혹 들곤 하는 이상함일 뿐 그에게 별다른 심각함을 주는 것은 아니었다. 그가 정말 이상하다고 느낀 것은 바로 어제였다. 그것은 특별한 이유가 있어서가 아니라 단지 본능이었다. 평소에는 본능이란 것을 믿지 않았지만 요 근래 줄곧 있어왔던 이상한 느낌과 함께 어제의 심상치 않은 느낌은 그에게 제법 심각하게 다가왔다.

"뭐지?"

자연 기분이 좋을 리가 없었다. 자신의 몸을 씻겨주고 닦아주던 시녀를 거칠게 내팽개친 다음 직접 몸을 닦는 그의 얼굴은 유난히 불안해 보였다.

'이상함을 넘어서서… 불안한 감정도 생긴다.'

하지만 자신이 불안해할 이유가 없었다. 인생의 걱정도, 생명의 위험도 그 어떤 걱정도 없는 자신이었다. 그는 완벽한 가정에서 태어났으며 완벽한 자질을 지니고 있는 사람이었다. 그리고 쓸데없는 것에 불안해하는 사람도 아니었다.

"……."

그의 표정은 더 더욱 냉막해지고 있었다. 그것은 그가 화났을 때 짓는 표정이었다. 알 수 없는 이유로 불안해하는 것 때문에 당연히 울화가 치밀었다.

"훙!"

그는 거칠게 수건을 바닥에 던져 버리고는 옷을 입었다.

"마치 누가 날 감시하는 듯한 기분이군."

하지만 절대 그럴 일은 없었기 때문에 단순한 느낌일 것이라 그는 생각했다. 어느 누가 감히 태양천의 소청주를 감시할 수 있단 말인가?

"흐흐… 이럴 땐 여인을 안든지 하찮은 것들을 가지고 놀면 괜찮아지겠지?"

확실히 자신이 생각해도 괜찮은 방법이었다. 옛날부터 그래 왔고 그 효과는 믿어 의심치 않았다. 그러다 갑자기 누군가가 그의 머리 속에 떠올랐다.

"음……."

시간이 좀 지난 것 같았지만 예전에 멍청하게 하늘을 바라보다가 부름에 답하지 않아 자신의 발길질에 나가떨어진 녀석이 생각났다. 자중하라는 아버지의 충고로 최근에 누군가를 때린 적이 없었기에 사람을 때린 것은 그 덜떨어진 녀석이 오랜만이었다. 그래서 오히려 그렇게 특별히 그를 기억하고 있는 것이었다.

"곧 불안함도 사라지겠군."

"소주님."

그의 상념을 깨는 시녀의 소리가 들려오자 약간 기분이 나빴지만 가볍게 누르고는 대답했다.

"무슨 일이냐?"

"천주님께서 부르십니다."

"알겠다. 곧 가마."

그의 몸에서는 방금 불속을 들어갔다 나온 듯한 열기와 지독한 약초 내음이 풍기고 있었다. 감리화천(堪悧火闡). 그는 아버지가 왜 그렇게 지독한 열기와 약초 내음이 풍기는지를 너무나 잘 알고 있었다. 그 이유로 인해 그는 아버지의 그 끈질긴 열의와 열정을 존경했다.

"아버님."

몸을 돌려 창문 사이로 흘러 들어오는 바람을 잠시 쐬고 있던 평범한 체구의 중년인은 몸을 돌려 감리훈을 바라보았다.

그의 얼굴은 어디서나 볼 수 있는 평범한 얼굴이었다. 친근감마저 드는 얼굴이었지만 평범한 사람으로 느끼지 못하게 하는 것은 다른 사람과 확연히 다른 그의 눈빛과 입매였다. 그의 눈빛은 누가 보더라도 강인하다라는 생각이 들 정도로 강철처럼 단단하면서도 빛나고 있었고 입매는 꼭 다물어져 있어 그가 얼마나 강한 의지를 지니고 있는지 짐작케 했다.

"음."

의미없이 흘러나온 소리였지만 그 묵직한 소리에 감리훈은 자신의 몸을 강하게 짓누르는 압박감을 느꼈다.

"두 달 후면 오패천(五覇天)의 회합이 있게 된다."

"네, 알고 있습니다."

"중원의 초인천에서 열리게 됨은 알고 있겠지?"

"그래, 이번 오패천의 회합이 얼마나 중요한지도 알고 있느냐?"

"네."

"좋다, 이제 한 달 후면 태양천단이 만들어질 것이다."

"아… 드디어……!"

"나의 조부 때부터 만들기 시작해서 드디어 나의 대에서 이루어졌다."

감리화천은 다시 몸을 돌려 멀리 창문 밖으로 보이는 수풀림을 바라보았다. 가슴이 상쾌해지는 것은 단지 수풀림 때문은 아니었으리라.

"여태껏… 태양천은 구성(九成)의 태양인(太陽印)만으로도 다른 사패천들의 수뇌들과 충분히 호각지세를 이루어왔다."

"……."

그것은 오패천들 사이에서도 공공연한 비밀로 알려진 사실이었지만 다른 사패천은 그 사실을 쉬이 인정하려 하지 않았다.

십성을 익힌다면 분명 우위를 차지할 수 있을 것이라 생각할 수 있지만 그것은 결코 쉽지 않았다. 역대 태양천주들 중 누구도 태양인을 십성 익힌 자는 없었기 때문이다. 그것이 인간으로선 불가능의 영역임은 이미 증명된 것이기도 했다.

"많은 추측과 논쟁이 있는 가운데 결국은 나의 조부 대에서 모험을 감행하기로 하고 태양천단을 만들기 시작했지."

"네……."

익히 알고 있는 사실이었지만 들을 때마다 새삼 가슴에서 뭔가 차오름을 느끼는 감리훈이었다. 그 역시 태양천의 소천주로서 가져야 할 마음 자세를 충분히 지니고 있었던 것이다.

"이제 나의 대에서 태양천의 배신자인 태양선인 다음으로… 아니, 태양천 사상 처음으로 태양인을 대성할 것이며 그로써 우리 태양천은 오패천주천룡비무(五霸天主天龍比武)에서 승리할 수 있을 것이다."

"아!"

"난 자신할 수 있다. 그리고… 나 다음 대에는 너라는 것을 잊지 마라. 내가 물러나면 나의 모든 힘은 네게로 이어질 것이며 태양천의 영화는 계속된다는 것을……."

"네, 아버님."

"요즘 너의 행동이 상당히 진중해졌음에 나는 매우 흡족해하고 있다."

"……."

감리훈은 얼마 전에 했던 생각 때문에 조금 뜨끔하긴 했지만 생각뿐이었다고 스스로 위로하며 고개를 조금 더 숙였다.

"생각이 곁으로 흐르면 결코 대성할 수 없다는 것을 잊지 말거라."

"네, 아버님."

감리화천의 말은 옛날부터 감리훈의 영혼에 각인되는 것들이었다. 그것이 타의든 자의든 간에.

"두 달 뒤 오패천의 회합에 갈 준비는 네가 주도해야 한다. 난 그때까지 폐관할 것이다."

"네."

그는 자신에게 전권을 넘긴 것에 내심 놀랐지만 어느 정도 짐작한 일이었기에 어렵지 않게 놀람을 가라앉힐 수 있었다.

"태양삼로(太陽三老)의 도움을 받거라."

"네."

"음… 이만 가보거라."

감리훈은 아버지의 뒷모습을 향해 깊게 허리를 숙이고는 방을 나왔다. 조금은 답답했던 느낌이 시원한 바람으로 풀리는 그였다.

'후후… 아버님이 이제 날 믿기 시작하셨구나.'

자신이 후대의 태양천주가 될 것이라는 것을 그다지 실감하지 못한 그였지만 이제야 느끼며 우쭐해지는 그였다.

"불안감이 사라졌군. 후후……."

그는 자신의 방으로 걸어가며 아까 있었던 불안감들이 씻은 듯이 사라졌음을 알고 흡족한 미소를 지었다.

─변신……!

이문수는 사형의 대담하고도 놀라운 생각에 심금의 떨림을 멈출 수가 없었다. 예전부터 그랬지만 자신의 사형은 기발한 생각을 너무나 잘하는 사람이었다. 그리고 그 실천력과 임기응변 또한 타의 추종을 불허했다.

사실 그의 자유분방한 행동과 생각은 문 내에서 큰 논쟁 거리이기도 했지만 결코 극궁문의 규율에 크게 어긋난 적이 없었기에 아무도 어찌하지 못했다. 그리고 미우나 고우나 그는 현 극궁문의 최강고수였고 자존심이었다.

'아무리 그래도 변신이라니… 그것도 이 태양천의 소천주로?'

그는 태양천의 동급 무사들이 기거하는 건물 밖을 쓸면서 고개를 내저었다. 그런 말을 한 지 어언 이 주째였고, 도운영은 무엇을 하는지 밤이 되면 항상 밖으로 나갔다.

'그자의 행동을 살피는 것이겠지.'

'그러고 난 뒤 다 됐다 싶으면 흔적도 없이 쓱……'

그의 상상은 한껏 나래를 펼치기 시작했다.

'그 다음은 어떻게 하겠다는 것이지? 노예들을 자신의 권한으로 풀어버릴 건가? 흠, 이것은 어렵군.'

그는 어느새 비질을 멈추고 자리에 서서 곰곰이 생각하기 시작했다.

'그럼 내가 사형에게 방도를 제시해야지. 조금은 도움이 되어야 하지 않는가?'

그는 그 생각만 해도 괜히 기분이 좋아짐을 느끼며 미소를 지으며 어깨를 으쓱거렸다.

'후후, 불의와 타협하지 않는다!'

픽!

"억!"

미소 지은 표정 그대로 뭔가에 얻어맞았음을 느낀 그는 의지와는 다르게 몸이 멀리 날아가 버렸다.

"어, 어느 놈이?"

"아이쿠!!"

그는 자신의 얼굴이 재차 땅에 부딪침을 느끼고는 자신도 모르게 비명을 내질렀다. 그는 자리에서 벌떡 일어나 누가 자신을 때렸는지 눈을 부라리고 보다 순간 깜짝 놀라 허리를 급히 숙일 수밖에 없었다.

"도, 동천단주(銅天團主)님……."

그가 동천단주라 부른 자는 여인이었다. 훤칠하게 큰 키와 날카로운 눈빛이 아주 인상적인 그녀는 이곳 동급 무사들이 있는 동천단의 단주를 알고 있는 여인이었다. 두 눈빛에서 자신에게 잘못 걸리면 가만두지 않겠다는 듯한 독기가 뿜어져 나오고 있었는데, 웬만한 남자는 말도 제대로 하지 못하고 주눅들 정도로 강력했다.

"야… 동천청 입구에서 떡하니 버티고 서서 넋 잃고 있으면… 누가 귀엽게 봐줄 것 같냐?!"

그녀의 말은 느린 편이었는데, 그것이 상대에게는 더욱 위압감을 주었다. 실제로도 그녀는 태양천 내에서 독접미인(毒蝶美人)이라 불리웠다. 뛰어난 무공에 상대하기 힘든 성질로 그 명성이 자자했던 것이다.

이문수가 처음 이곳 청소를 담당받고 나서 그녀에게 엄청난 기합을 받은 것은 노예들 사이에서 유명한 이야깃거리였고, 그 이후부터 그는 그녀에게 꼼짝도 하지 못하고 있었다.

철수련(鐵水蓮)이라는, 도무지 상상하기 힘든 말도 안 되는 여성스러운 이름을 지닌 그녀는 그를 날카롭게 째려보면서 소리쳤다.

"또 그날처럼 한번 당하고 싶은가 보지?"

"아, 아닙니다!"

그는 허리를 꼿꼿이 펴고는 크게 소리쳤다. 마치 훈련을 잘 받은 동급 무사 같다는 생각을 하며 그녀는 만족의 미소를 지었다.

"흥… 좋아. 귀여운 것."

그녀는 그의 곁을 스쳐 지나가며 그렇게 말하더니 엉덩이를 툭툭 두들기며 묘한 미소를 짓고는 어디론가 가버렸다.

"……."

그는 도무지 받아들이기 힘든 이 상황에 어떤 반응을 보여야 할지

갈피를 잡을 수가 없었다. 수치스럽다면 수치스럽다 할 수 있는 이 상황에 이문수는 방금 전만 해도 노예들을 풀어줄 방법을 생각하던 것을 전혀 기억해 내지 못하고 있었다.

"난 병신인가? 한낱 여인네에게 이런 희롱을 당하다니……."

내심 울음이 나오려는 이문수였다. 태양이 강렬했는지 그의 태양혈을 타고 땀 한 방울이 흘러내리고 있었다.

일단 생각한 것은 실행에 옮기는 것이 그를 대단한 사람으로 만들게 한 습관 중의 하나였다.

감리훈은 자신이 점찍어둔 이 주 전의 그 녀석을 기억해 내며 내일부터 자신의 몸종으로 쓰면서 실컷 괴롭혀 준 뒤 쥐도 새도 모르게 죽여 버릴 것이라 생각하며 회심의 미소를 지었다.

생각에 잠겨 있느라 자신에게 인사하던 시녀도 알아차리지 못한 채 계속 입가에 미소를 지으며 그는 자신의 방으로 걸어갔다.

'재수없어. 무슨 끔찍한 생각을 하는 거야?'

그의 미소를 본 시녀의 생각이었다. 물론 그에 대해 자세히 모르는 여자가 본다면 더할 나위 없이 멋진 미소였겠지만.

"후후… 아까 전의 모든 불안이 이런 좋은 일을 위한 잠시간의 마(魔)였군."

이렇게 쉽게, 빨리 아버지가 자신을 믿어줄 줄은 몰랐기에 그 기쁨은 매우 컸다. 자신의 방에 도착한 그는 문을 열어 안으로 들어갔다.

"헛!"

그는 방으로 들어가자마자 깜짝 놀라 순간적으로 걷던 몸을 멈출 수밖에 없었다. 자신의 시야에 누군가의 등이 보였기 때문이다.

"내 옷… 누구……?!"

그는 한순간 오만 가지 생각이 다 들었지만 일단 상대방이 허락도 없이 자신의 방에 들어왔다는 것에 크게 분노했다. 그것만으로도 죽여도 시원찮을 판인데 상대방은 불손하게도 등을 보이고 있지 않은가.

"넌 누구냐!"

그의 목소리는 얼굴처럼 차가웠다. 그의 심각하게 굳어진 얼굴은 그에 대해 잘 아는 사람이라면 그가 매우 분노하고 있다는 것을 알 수 있을 것이다.

"저런, 너무 화내지 말라구."

감리훈의 침상 위에 앉아 있던 그는 묘한 어투로 그에게 대답했다.

"죽고 싶은 것이냐?! 감히 누구 방이라고 함부로 들어와 있는 것이냐?"

그는 어느새 냉정을 되찾고 있었고, 차분하면서도 냉막한 목소리로 그를 추궁했다.

"으흐흐흐……!"

상대방은 어깨를 과장스럽게 들썩이며 음산하게 웃었다. 왠지 어색한 느낌의 웃음이긴 했지만 아무튼 그는 몸을 일으켜 천천히 몸을 돌렸다.

"흡!"

감리훈은 원래 냉정한 성격으로 매사에 크게 놀라는 일이 없었다. 그런데 그런 자신도 어쩔 수 없이 이번 일에는 헛바람을 들이킬 수밖에 없었다. 자신을 바라보고 있는 침입자의 모습. 그것은 바로 자신이었던 것이다. 아니, 오히려 자신보다 더욱 자신 같다는 생각이 들 정도였다. 하지만 그는 이내 놀람을 가라앉히고는 냉정해질 수 있었다.

"흐흐흐, 음모를?"

'흠… 꽤 대기였군. 금세 안정을 되찾다니.'

"날 대신하실 분인가? 큭큭, 아침까지 불안한 마음이 이것이었군. 날 훔쳐봤나?"

"……."

또 다른 감리훈 도운영은 아무 말 없이 희미하게 미소 지을 뿐이었다. 그 미소마저 지금 이 순간에는 감리훈과 똑같았다.

"난 원래 남을 따라 하는 성격이 아닌데… 이번 일은 꽤나 재미있을 것 같단 말야? 오패천의 회합이라……. 난 전혀 모르는 일이었거든? 오패천이 언제부터 쥐새끼마냥 몰래 모여 돈독히 정을 나누었는지……."

"…죽어라!"

감리훈의 몸에서 칠성의 태양선심공으로 인한 엄청난 열기가 솟아오르며 순식간에 방 안을 후끈한 열기로 뒤덮어 버렸다.

"아아, 너무 급하군. 그렇게 가타부타 말도 없이 날 죽이려 하다니. 내가 이 주간 애쓴 게 너무 아깝잖아?"

"큭큭… 이거 미친놈이군. 넌 누구지?"

"흐흐흐흐!"

도운영은 자신답지 않게 과장스럽게 음산한 웃음을 지었다.

'젠장, 이런 웃음을 지을 줄 아는 녀석이 부럽군. 언제 한번 배워야겠다. 난 너무 어색하잖아?'

그는 자신의 웃음이 어색하다 생각하고는 감리훈에게 말했다.

"이 주 전에 너한테 얻어맞은 하인이지."

"음?"

그는 방금 전까지만 해도 그 사람을 생각하고 있었기에 쉽게 맞은편에 있는 자가 누군지 알 수 있었다.

"무공을 숨긴 채 이곳으로 들어왔단 말인가? 넌 어디의 첩자냐? 겁황천이냐?!"

"흐흐흐흐!"

그는 다시 한 번 음산한 웃음을 지으며 눈빛을 번뜩였다. 하지만 그런 그의 모습은 감리훈에게 비웃음만 안겨줄 뿐이었다.

"가소롭군. 하긴 겁황천은 이런 일을 하지 않지. 꽤 멍청하면서도 강한 곳이니까."

"암, 네 말대로 난 겁황천의 인물은 아니다."

"……."

"난 극궁문의 인물이다."

"극궁… 문?"

감리훈은 처음 들어보는 단체의 이름에 의아해했다.

"아아, 됐어. 더 이상 말해 봤자 애초부터 모르는 녀석한테는 밑 빠진 독에 물 붓기지. 아무튼 너로 변해서 어디 좋은 일 좀 해봐야겠다."

"이 새끼!"

감리훈은 이 주간이나 자신의 이목을 속이고 감시했다는 것에 방심하지 않고 바로 태양인을 시전하기 위해 내공을 끌어올렸다. 그의 손에서 타오르던 붉은 불꽃이 서서히 원형을 이루기 시작했다.

"저런저런, 미안하군. 잘 가게."

도운영의 눈에서 푸른 섬광이 번뜩인다 싶은 순간 그의 손이 가볍게 앞으로 뻗어 나왔다.

사사삭.

뭔가 베어지는 소리가 가볍게 울린 뒤 모든 상황은 종결되었다. 방 안을 감싸던 후끈한 열기도 감리훈의 손바닥에서 솟아오르던 강렬한 태양도 모두 끝이었다. 감리훈은 원래 그 자리에 없었던 것처럼 흔적조차 남겨져 있지 않았다.

"끌, 이게 뭔지 가르쳐 줘야 했는데 내 성격이 이래 가지고는……. 미안하네. 하하!"

그는 정말 미안한지 미안하단 표정을 지으며 감리훈이 있던 자리를 보았다.

"극궁문의 절대삼무(絶對三武) 중에서 두 번째로 강한 것이지. 잔인하기론 둘째가라면 서러워할 극궁잔멸(極弓殘滅)이라 하지. 멋지지 않나? 마궁자 그 인간이 훔쳐 간 극궁천멸(極弓天滅)보다 더욱 잔인하고 강하지."

그는 미소를 가라앉힌 다음 고개를 돌려 창문 밖을 보았다. 아직 해는 중천으로 모든 사람이 한참 활동 중인 때였다. 어느 누가 이런 대낮에 지금 같은 황당한 일이 벌어지고 있으리라 생각할 수 있을까?

"불의라……. 생각하면 복잡한 철학들이라 의가 무엇이고 불의가 무엇인지는 알 수 없지만 인간은 단순한 것이 최고지. 하나의 사상을 의심없이 따르는 것만큼 편한 것이 어디 있겠는가? 난 자랑스런 극궁문도이고 극궁문의 불의와 타협하지 않는다는 규율에 긍지를 느끼고 의심없이 따른다."

마치 자신에게 다짐하며 맹세하는 듯한 어조였다. 그의 맹세는 자신의 사부와 다른 길을 가고 있는 것이기도 했다.

"때론 엄한 규율이 잘못된 방향으로 끌고 갈 수도 있는 것이다. 극궁문은 너무나 오래 안으로만 걸어왔고 결국 큰 아집으로 변할 수밖에 없다. 의심없이 받아들이는 것만큼 썩은 것은 없다. 무엇이 정의고 무엇이 불의더냐. 생각하면 모든 것이 부질없는 것이거늘. 진정한 것은……."

자신의 사부는 심각한 이야기임에도 항상 입가에 미소를 지은 채 말하는 사람이었다. 해서 어떤 말이든 그다지 심각하게 느껴지지 않는 말투였지만 그때 사부가 말한 그 말만큼은 그에게 결코 가벼울 수가 없었다.

'진정한 것은 무엇인가?'

사부도 말을 흐려 버린 것을 보면 자신의 사부도 몰랐던 것인지, 아니면 자신에게 숙제로 남기려 했던 것인지는 알 수 없었다. 하나 그 어떤 것이든 간에 도운영의 성격은 천부적으로 진중한 편은 아니었기에 오래, 그리고 심각하게 생각하는 것은 체질적으로 맞지 않았다.

"진정한 무학은 깨달음뿐이다!"

그러다 갑자기 사부가 자신에게 늘상 강조하던 무학에 대한 이야기가 생각났다. 깨달음이 없으면 무의 극을 볼 수 없다고 말하는 그의 사부였지만, 도운영의 성격은 분명 그것과는 거리가 멀었다. 그는 그저 천재일 뿐이었다. 기재(奇才), 무귀(武鬼) 하는 그런 찬탄은 많이 오갔지만 정작 자신의 사부는 그런 것은 무의 극과는 관계가 없다고 말하는 사람이었다. 깨닫지 않고 가는 자는 결국 한계에 부딪칠 수밖에 없다고 단언했다. 하지만 자신은 지금껏 그 한계에 다다른 적이 없었다.

"아아… 더 이상 생각하기 싫군. 이런, 난 도무지 장고(長考)가 잘 안

된단 말씀이야?"

그는 침상 위로 몸을 눕혔다. 한동안 이 방은 자신의 것이므로 최대한 편하게 쓸 예정이었다.

"내가 하는 일이 불의는 아니겠지? 그저 불의에 맞서는 또 하나의 불의라면 할 말은 없겠지만… 적어도 내가 생각하기에 이것은 정의다. 아집이 아니라고 자신할 수 있어. 아이구, 골치야. 아무튼 매사에 심각한 생각을 할 필요는 없다니깐. 건강에 해롭다구."

이제 무엇을 할까 잠시 생각하던 그는 얼마 있지 않아 침상의 편안함으로 빠져 들어갔다.

도운영은 결코 어리석은 자가 아니었다. 지금 같은 상황에서 결코 빈틈을 보여서는 안 된다는 것을 알고 있기 때문이었다. 태양천은 이상하게도 오래 고인 물에서 보이곤 하는 타성이 보이지 않았다. 전혀 없다고는 할 수 없지만 생각보다는 팽팽한 긴장감이 있었다. 그것에는 태양천단의 제조가 완성을 다해간다는 것도 일조하고 있음을 알고 있었다. 이런 와중이므로 자칫 행동이나 말에 허점이 보인다면 민감한 그들에게는 바로 발각될 수도 있기 때문에 신중할 필요가 있었다.

그는 일단 자신이 사라졌다는 사건을 만들지 않기 위해서 몸소 노예들이 있는 곳을 찾아가 도운영이란 놈은 자신이 이미 데려갔다고 말했다. 누가 감히 태양천 소천주의 말을 의심할 것이며 거부할 것인가? 그들을 관리하는 다섯 명의 관리인은 아무 말 없이 순순히 그의 말에 순응했다.

'자식들… 이거 변신 한번 잘하긴 잘한 거 같은데?'

그는 내심 매우 만족해하고 있었다. 자신을 향해 깊숙이 허리를 숙인 채 나가기를 바라는 다섯 명을 보고 그는 회심의 미소를 짓고 있었다.

'이 자식들, 내가 아부한다고 얼마나 소름이 끼쳤는지…….'

그는 어떻게 이자들을 골탕먹여야 속이 시원할지 생각하다가 문밖에서 자신의 사제인 이문수가 스쳐 지나가는 것을 보았다. 자신을 보지 못한 것 같았는데 순간 그는 재미있는 생각이 떠올랐다.

'크흐흐… 이놈의 위치라면 저 다섯 놈은 가볍게 끝낼 수 있겠지만 그러면 재미없지. 무엇이든 명분을 갔다 붙여야 흥이 돋는 법.'

그는 소리없이 사악하게 미소 지으며 허리를 숙이고 있는 그들에게 말했다.

"너희는 노예들을 총 담당하는 자들이니 알 것이라 묻겠다. 이곳으로 납치해 온 노예들의 수는 몇이나 되느냐?"

그의 말에 다섯의 우두머리 격인 도구정(途臼貞)이 대답했다.

"총 오백십이 명의 사람들 중에서 혈혈단의 주관 하에 납치해 온 노예의 수는 대략 삼백여 명이 됩니다."

'무지 많군!'

그는 이곳에 납치되어 잡일을 하는 사람들의 수가 많아 내심 놀랐지만 겉으로 드러내지 않고 냉막한 음성으로 재차 말했다.

"고르기 힘들군. 그럼 이번에 들어온 노예들의 수는?"

"스무 명입니다. 이 주 후에 다시 스무 명의 노예가 들어올 것입니다."

"좋다. 그럼 내일 아침 이른 사시(巳時)경에 그 스무 명을 모두 집합시켜라. 내가 친히 몸종을 고르겠다."

"네, 넷! 알겠습니다!"

다섯은 더욱 깊숙이 허리를 숙여 바닥에 닿을 지경이었고, 그 모습을 본 도운영은 감리훈의 힘이 대단하다는 걸 새삼 느낄 수 있었다.

그는 사시경에 동천청을 찾아가 동천단주 철수련에게 힘깨나 쓰는 무사 둘을 원했다. 동천단주는 감리훈을 강력히 추종하는 사람 중 한 명으로 그의 말에 두말 없이 두 사람을 뽑아 그에게 주었다.

황공스럽다는 표정을 짓는 두 무사에게 그는 들고 있던 이상하게 생긴 나무 두 개를 건넸다. 이 장 정도 되는 길이의 질 좋은 나무로 길이의 삼분지 이 정도는 폭이 좁았고 나머지는 폭이 매우 큰 모양의 나무였다.

어리둥절해하는 무사들에게 도운영은 싸늘한 미소를 지으며 말했다.

"이곳을 두 손으로 잡고 넓은 부분으로 눕힌 사람의 엉덩이를 세게 치는 도구다."

두 무사는 그다지 어리석지 않은지 무엇을 의미하는지 깨닫고는 서로 시선을 마주 보며 묘한 미소를 지었다. 감리훈은 가끔 가다 아랫사람을 심하게 다룬다는 것을 익히 알고 있었기에 그가 지금 무엇을 하려는지 대충 눈치 챈 것이다. 그들도 내심 무료하던 참이었는데 잘되었다 생각하며 가벼운 마음으로 그를 뒤따라갔다.

집합청 앞의 공터에는 스물다섯 명의 사람이 가지런하게 정렬해 있었다. 스무 명은 이주 전에 들어온 노예들이었고 다섯 명은 그들을 관리하는 사내들이었다.

다섯 사내가 허리를 깊이 숙이자 스무 명의 노예도 얼떨결에 도운영을 향해 허리를 숙였다. 괜히 기분이 좋아진 도운영은 흐뭇한 마음으로 상상의 나래를 펼쳤다.

'이래서 사람들이 권력을 탐하는군. 크흐흐, 나쁘진 않은데?'

그는 아무 말 없이 싸늘하게 걸어오더니 스무 명의 노예들을 날카롭고도 싸늘한 눈빛으로 하나하나 살피기 시작했다.

"쓸 만한 놈들이 없군."

그는 노예들의 어디를 보는 것인지는 몰라도 이모저모 살피며 모욕적인 말을 서슴없이 뱉어냈다.

'정말 연기 잘하는군.'

이문수는 그가 도운영임을 알고 있었기에 그 연기력을 보고 혀를 내둘렀다. 그가 자신의 사형이라는 것을 알고 있음에도 그의 말투에 속에서 분노가 꿈틀거리는 것을 느낄 수 있었던 것이다. 그만큼 완벽하다는 증거이기도 했지만.

'생긴 것도 성격 더럽게 생겼네.'

감리훈의 얼굴을 처음 보는 이문수의 첫 감상이었다. 이문수가 도운영을 바라볼 때 우연이었는지 도운영의 시선도 마침 그를 향해 돌려졌다. 이문수는 급히 시선을 피했지만 도운영은 음흉하면서도 싸늘한 미소를 소리없이 짓더니 이내 입을 열었다.

'이놈은 꽤 쓸 만하군. 힘도 좋게 보이고 머리도 쓸 만할 것 같아.'

그의 말에 도구정이 곁으로 와 아부성 웃음을 지으며 말했다.

"이 녀석은 소천주님 말씀대로 힘도 꽤 있고 총명하죠. 그래서 동천청의 앞마당을 쓸며 동천단주의 잔심부름도 맡아하고 있습니다."

"흠… 곱상하게 생긴 것이 여자깨나 잡아먹었겠군. 후후!"

"큭큭!"

그의 희롱 섞인 말에 도구정은 같이 음흉히 웃었지만 이문수는 순간 눈썹이 꿈틀거릴 수밖에 없었다. 아무리 사형이고 연기를 하고 있다지만 너무 심한 말이라 생각했기 때문이다. 자신이 눈썹을 꿈틀댄 것이 얼마나 끔찍한 결과를 몰고 올 것인지도 모른 채.

'이놈, 걸렸다!'

도운영은 그의 표정을 보고 내심 쾌재를 불렀지만 겉으로는 안색을 냉막하게 굳혔다.

"네놈, 그런 반항적인 표정을 짓다니 간덩이가 부은 것이냐, 아니면 믿는 것이 있단 말이냐?"

그의 싸늘하지만 높지 않은 목소리에 도구정은 안색이 새하얗게 변했다. 화나지 않은 듯한 억양은 오히려 그가 매우 화가 나 있다는 증거임을 알고 있었기 때문이다.

"소, 소천주님, 저놈의 눈썹이 워낙 짙은 고로……."

"닥쳐라."

"헙!"

도구정은 도운영의 싸늘한 눈빛을 보고는 그만 얼어버렸다.

'무섭다……. 난 이제 죽었다.'

이 생각이 그의 머리를 지배하고 있을 뿐이었다. 그의 성격을 익히 알고 있는 도구정이었다.

"……."

갑작스런 상황에 이문수 역시 어떻게 반응해야 할지 몰라 난감한 표정을 짓고 있었다.

'흐흐… 고지식한 놈, 네가 내 사제냐?'

그는 더욱 냉막한 표정으로 도구정을 쏘아보았다.

"너는 대체 노예들을 어떻게 교육시켰기에 노예 따위가 저런 행동을 하는 것이냐? 살려달라고 빌어도 시원찮을 판에 뻣뻣이 뻗대고 있어? 기가 막히는군."

"아, 아! 네, 네 이놈! 당장 소천주님께 용서를 구하지 않고 무엇을 하는 것이냐! 정녕 죽고 싶은 것이냐!"

그는 거칠게 다리를 휘둘러 이문수의 뒷무릎을 쳐 강제로 무릎을 꿇게 만들었다. 이문수도 바보는 아니었기에 금세 정신을 차리고는 사태를 파악했다.

'우… 사형 두고 봅시다!'

그는 속으로 원한을 한 층 쌓아놓고는 고개를 조아리며 용서를 빌었다.

"소천주님, 제발 살려주십시오!"

그의 어색한 말에 도운영은 내심 쓴웃음을 지었다. 어색해도 너무 어색했던 것이다.

"이런 뻣뻣한 놈이 있나."

그가 다시 한 번 말하려는 순간 뒤에서 소란스러운 소리가 나자 중인들은 모두 그쪽으로 시선을 돌렸다.

"흥, 마침 왔군."

도운영은 내심 쾌재를 마구 불렀지만 겉으로는 별로 놀랄 것도 없다는 듯이 싸늘하게 대답했다.

장정 여섯이 두 사람씩 짝을 지어 무언가를 들고 오고 있었다. 십 자 모양으로 된 의자 같았는데, 다들 그것이 어디에 쓰이는지 몰라 어리둥절해했다. 하지만 딱 두 사람, 도운영과 이문수만은 그것을 알고 있었다. 이문수는 설마설마 하는 표정으로 그것을 보고 있었고, 도운영은 그런 그의 표정을 보며 내심 음흉하게 웃으며 생각했다.

'흐흐… 이놈아, 그 설마가 그 설마다.'

"저기 놓고 가거라."

장정들은 아무 말 없이 용도를 알 수 없는 십 자 모양의 의자를 놓고는 총총히 사라져 버렸다.

"도구정, 너는 노예들을 저딴 식으로밖에 교육시키지 못했으니 그 죄가 매우 크다. 하지만 네놈 또한 큰 죄다. 너의 그 태도는 마치 태양천의 소천주인 나의 권위를 무시하는 것이나 마찬가지가 아니냐."

도운영은 신랄하게 자신의 사제를 꾸짖으면서 통쾌함을 느낄 수 있었다. 하늘을 나는 기분이 이럴까.

"너희 둘."

그는 손가락을 뒤로하여 자신의 뒤에 서 있는 동급 무사 둘을 가리켰다.

"네."

"저놈을 저기에 눕히고 매우 쳐라!"

둘은 그제야 자신들이 들고 있는 것을 사용할 순간이 왔음을 느끼고는 모든 상황 판단을 끝낼 수 있었다.

"헉!"

이문수는 도운영의 손가락이 자신을 가리키고 있다는 것을 알고 경악했다. 두 무사는 이문수의 경악성에는 아랑곳하지 않고 그를 거칠게 잡아끌고 갔다.

"으아……!"

이문수는 도망갈 수도 없고 그렇다고 맞기도 싫은 이 상황에 어찌할 바를 몰라 그저 발버둥칠 수밖에 없었다. 두 무사는 가르쳐 준 적도 없는데 마치 예전에 해봤다는 듯이 능숙하게 이문수를 십 자형 의자에

엉덩이가 하늘을 향하게 높이고는 두 팔을 밧줄로 묶었다. 그리고는 거침없이 그의 아랫도리를 밑으로 내렸다.

"으아아!! 살려주세요!!"

"도망가면 안 된다! 대를 위해 소를 희생하는 것이야!"

도운영의 전음에 이문수는 발작적으로 소리쳤다. 하지만 아무도 알아듣지 못하는 신라어였다.

"으아아!! 소를 희생하다니!! 대체 이거랑 그거랑 무슨 상관입니… 으악!!"

철썩!!

그의 비명 소리와 함께 시원한 마찰음이 들려왔다. 노예들은 그 끔찍한 비명과 마찰음에 고개를 돌렸다.

"좋아, 번갈아 가면서 한 대씩 치는 것이다."

그제야 두 무사는 완벽하게 이해하고는 한 대씩 맛갈나게 치기 시작했다.

철썩!!

"으아아악!!"

철썩!!

"살려줘!!"

대략 스무 대 정도 때렸다 싶자 도운영은 매질을 멈추게 했다. 이문수는 이미 입에 거품을 물며 정신을 차리지 못하고 있었다.

"애고고고… 으허허헝!"

"흠."

도운영은 만족의 미소를 지으며 이번에는 의도적으로 이문수의 옆에 있던 전구삼에게로 고개를 돌렸다.

"헙!"

그와 시선이 마주치자 전구삼은 대경하며 그의 시선을 외면해 버렸다. 별다른 표정 없이 냉막하게 그를 바라보던 그는 싸늘한 미소를 지으며 말했다.

"이놈은 누구냐?"

"네… 저, 저놈은 저 녀석과 같은 방을 쓰는 놈입죠. 전구삼이라고 합니다."

도구정은 어쩌면 자신에게도 같은 형벌이 내려질지도 모른다고 생각했기에 다리를 부들부들 떨면서 대답했다.

"저놈과 같은 방? 홍, 상당히 닮았겠군. 근묵자흑이라 했지. 저놈 역시 그 태도가 다를 바가 없을 것이다. 이봐!"

그가 대기하고 있던 두 무사를 가리키자 무사는 신났다는 듯이 미소를 지으며 전구삼의 팔을 하나씩 잡고는 십 자 의자로 끌고 갔다.

"으허헉!! 살려주시오!! 난 결코 그렇지가 않습니다! 으헉!! 오, 옷을……"

그는 끌려가지 않기 위해 발버둥치다가 하의가 어디에 걸렸는지 볼썽사납게 벗겨져 버렸다. 속고의만 입은 그의 하체가 드러나자 노예들은 심각한 상황에도 그만 웃음을 터뜨리고 말았다. 하지만 도운영은 그 희극적인 상황에도 별다른 표정의 변화 없이 냉엄히 전구삼을 보기만 했다. 겉은 그랬지만 속은 통쾌함 그 자체였다.

'흐흐… 이제 네놈이다. 사제랑 죽이 잘 맞아 짝짜꿍 했겠다?

두 무사가 전구삼을 묶고 때리려는 찰나 도운영은 매질을 멈추게 했다.

"또 한 명 더. 도구정, 네놈의 죄도 알겠지? 감히 보잘것없는 노예가 나에게 인상을 썼다. 그것은 네놈의 책임도 크다는 것을 알겠느냐?"

"소, 소인은……."

"내 유독 네놈에게 이러는 것은 네가 이들의 수장이기 때문이다. 여봐라!"

"네!"

두 무사는 도운영과 짜지 않았나 의심될 정도로 손발이 척척 맞았다. 역시 거칠게 도구정을 끌고 가 십 자형 의자에 묶어놓았다.

"너희는 힘이 세니 한 사람당 한 명이 맡아도 될 것이다. 저놈들을 매우 쳐라!"

그때부터 아침 하늘을 향해 매와 엉덩이살이 착 달라붙는 마찰음이 울려 퍼지기 시작했다.

"어이쿠!!"

"으허헉!!"

찰싹!

"사형 두고 봅시다. 크흐흑!!"

이문수는 옆에서 들려오는 끔찍한 소리에 자신이 또 맞을까 봐 두려워 귀를 막고 싶었지만 손이 묶여 있어 그럴 수가 없음에 한스러워했다.

'흐흐, 이로써 복수는 다 했다. 한동안 쓱… 그 생각은 안 해도 되겠군. 큭큭!'

"죽지 않게 때리고 모두 치료를 해주어라. 그리고 저 두 녀석은 나의 몸종으로 쓰겠으니 그렇게 알고."

마찰음 속에서 왠지 가벼운 느낌의 목소리가 두려움에 떨고 있는 네 사람의 귀에 들렸다.

"네, 네! 그렇게 하겠습니다."

도운영은 하늘을 향해 고개를 살짝 들었다. 오늘따라 하늘이 그렇게 푸르게 보일 수 없다고 생각하는 그였다.

'하늘도 내 편이었군.'

그다지 큰 사건도 아닌 그날의 일은 아랫사람들 사이에서 수군거리며 잠시 퍼지다가 그쳤을 뿐 금방 잊혀져 버렸다. 당사자들로선 정말 억울한 일이었겠지만 사실 사건 자체로 본다면 가끔 있는 일이라 별일은 아니었는지도 몰랐다.

일주일이 지나 둘의 상처가 다 아물고 하루가 더 지나 아무 이상 없이 걸을 수 있게 되어서야 둘은 도운영의 곁으로 갈 수 있었다.

전구삼은 몰라도 이문수는 감리훈이 도운영인 것을 알고 있었기에 불만과 분노를 표출하려 했지만 그럴 틈도 없었다. 상황이 정신없이 돌아가고 있었기 때문이다.

오패천의 회합에 대한 준비를 도운영이 맡아야 했기 때문에 준비에 정신이 없었던 것이다. 일단 태양천의 세세한 부분에 대해선 잘 몰랐기 때문에 빠른 시일 내에 태양천 내의 사정을 은밀하게 알아가야 했고, 덕분에 눈코 뜰 새 없이 바쁜 나날을 보내고 있었다.

회합에 갈 사람들을 선출하기 위해 각 요직 인물들의 무공, 충성심 정도, 성격 등 여러 가지를 끊임없이 검토해야 했다. 더구나 갔다 오는 데 걸리는 시간과 경비 검토도 만만치 않은 일거리였다.

오패천의 회합에는 실질적인 중요 인물 상당수가 따라가기 때문에 그들이 없을 동안 태양천을 맡을 사람을 물색하는 것도 대단히 중요한 일이었다. 그것 때문에 더욱 인물에 대한 세세한 검토를 해야만 했다.

거기다 회합의 인원에 선출되기 위해 끊임없이 들어오는 고위 측의 뇌물과 아부는 그를 정신없게 만들었다. 오패천의 회합에 한 번 갔다 오게 된다면 그자의 위치는 예전보다 상당히 올라가게 될 것임이 자명했기 때문이다.

그리고 태양삼로의 주장대로 상당수의 무사들도 데려갈 계획이 생겨나 동급, 은급, 금급 무사들의 정보도 파악하여 데려갈 인원수도 계획해야 했다.

상당히 큰일이었기 때문에 이문수와 전구삼 또한 할 일이 산더미였다. 고의적인지는 몰라도 도운영은 굳이 할 필요가 없는 일도 이것저것 시켰던 것이다. 말로만 몸종이었지 오히려 예전보다 더욱 힘든 일을 하고 있는 노예인 셈이었다.

이십 년마다 있는 오패천의 회합은 태양천 내에서도 매우 큰일 중의 하나였으므로 그 준비 기간은 삼 주가 지나도 끝이 나지 않고 있었다.

그러는 사이 현 태양천주와 태양마의(太陽魔醫), 태양신의(太陽神醫) 두 명, 그리고 삼십 명의 태양천 내의 의원들이 만들고 있던 태양천단의 완성일이 하루 남았다는 소식이 들려오며 정신없는 준비 기간은 일단 멈추어졌고, 은근한 기대와 긴장감이 태양천을 다시 감돌기 시작했다.

"……."

냉막한 인상의 도운영은 태양전(太陽殿)에 많은 사람들과 함께 앉아 있었다. 태양전 안의 분위기는 조금 가라앉아 있었지만 저마다 자기들끼리의 이야기로 조금은 소란스러웠다. 태양천단을 완성하면 태양인을 십성 이룰 수 있다고 믿는 그들이었기 때문에 설레는 마음과 긴장된 마음이 교차하고 있을 수밖에 없었고 말이 많아지는 것은 당연했다.

"흠, 과연 태양인의 십성이라……."

그는 아무도 모르게 미소 지으며 잠시 누군가를 회상했다.

"초월경이라 부르겠다!"

'괜찮은 이름이야. 딱 맞는 명칭이지 않은가? 초월경. 과연 태양인 십성의 경지는 초월경을 능가할 수 있을까?

무인으로서 호기심이 드는 것은 어쩔 수 없는 일이었다.

'궁금하군. 제발 십성을 이루어라, 감리화천. 나의 궁금증을 풀어줘 야지.'

장내의 분위기는 계속 이어졌다. 일각쯤 지났을까? 태양전의 정문으로 비춰지는 양광을 등 뒤로한 채 두 사람이 안으로 들어왔다.

"오오!"

사람들은 저마다 탄성을 질렀다. 태양쌍의라 불리는 태양마의와 태양신의가 근 오십 년 만에 바깥에 모습을 드러냈기 때문이다. 그들은 태양천단을 제조하는 곳에서 방금 나온 듯 때에 찌든 더러운 옷을 입고 있는데다 몰골은 거지 같아 보였지만 그들의 눈에서 쏟아져 나오는 형형한 안광은 누구도 감히 똑바로 쳐다보기 힘들 정도로 강렬했다.

"……."

태양쌍의는 아무 말 하지 않고 좌중을 한번 쓸어보았다. 사람들은 침을 삼키며 긴장된 표정으로 그들의 입을 쳐다보고만 있었다. 조금은 음침한 인상에 날카로운 눈매를 가진 매부리코노인 태양마의가 만족에 찬 미소를 지으며 말했다.

"완성했소."

늙은 사람의 목소리답지 않게 상당히 청명했는데 간단한 한마디가 울려 퍼지자 좌중은 흥분의 도가니로 들어갔다.

"오오오!!"

"천주는? 천주께선 어디 계시오?!"

"천주는 다시 폐관에 드셨소. 우리는 그분이 태양천단을 드시는 것까지 보고 나오는 길이오. 분명 태양인을 십성 이루어 우리 태양천의 위업을 널리 알리게 될 것이외다."

태양마의의 말을 듣는 태양신의는 흡족한 미소를 지으며 고개를 끄덕이고 있었다. 태양마의의 말에 모두가 고개를 끄덕이며 수긍했다. 그와 동시에 그들의 마음속에서 태양천이 오랫동안 바라왔던 숙원이 달성될 것이라는 확신과 자신감이 차 오르기 시작했다. 나머지 사패천을 누르고 수좌에 오르는 꿈, 무구한 역사 동안 바라왔던 그 숙원이 자신들의 대에서 이루어질지도 모른다는 기대감과 동시에 자부심이 맴돌고 있었다.

사람들의 시선은 자연스럽게 감리훈에게로 모아졌다. 조금 부담감을 느낀 도운영은 내심 욕하며 자리에서 일어났다.

"태양쌍의께 정말 감사하다는 말씀을 드리오."

"음? 그대는……?"

둘은 오십 년간 나온 적이 없었기 때문에 당연히 그가 누구인지 몰랐다. 그러자 태양쌍의와 가까이 있던 문사 풍모의 삼절초혼(三絶招魂) 백무인이 일어나 대답했다.

"저분은 천주님의 유일한 아들이신 감리훈이라 합니다."

"오… 천주께 이야기를 많이 들었소. 많이 걱정하시던데 이렇게 보니 아주 흡족하구려, 소천주."

태양신의는 인자한 미소를 지으며 그에게 말했다. 감리훈, 즉 도운영은 정중히 포권을 하고는 말을 이었다.

"이제 우리에게 남은 것은 오패천의 회합에 철저히 준비하는 것뿐이오. 아버님께서 폐관을 나오시는 날부터 본 태양천은 저 하늘의 태양을 향해 욱일승천할 것이오. 하나를 이루었으니 다른 하나를 이루기위해 모두 힘써주시기 바라오."

그의 싸늘하지만 속에 담긴 묘한 힘은 중인들의 고개를 절로 끄덕이게 했다. 실상 그것은 도운영이기에 가능한 것일지도 몰랐다. 사정이야 어쨌든 태양쌍의는 그의 모습에 크게 흡족해했고 다른 사람들 또한 조금씩 그를 다음 대의 천주로 인정해 가고 있었다.

"안 되는 일입니다, 소천주!"

"이장로(二長老), 성급하게 굴지 마시오. 소천주께서 그런 말씀을 하신 것은 분명 이유가 있어서일 것이오."

얼굴에 많은 주름이 있어 촌(村)의 힘없는 농부 그 이상으로 보이지 않는 일장로는 허허로운 소리로 이장로를 진정시킨 다음 시선을 감리훈에게로 돌려 조용히 말했다.

"소천주, 분명 이유가 있어서라고 봅니다."

'이런, 썩을……. 나랑 나이도 비슷하겠구만 뭘 토를 이리 다는 거야, 내가 하라는 대로 하면 되는 거지.'

그는 인상을 꽉 구겨 그들을 협박하고 싶은 마음을 간신히 참았다. 그는 애초의 목표였던 이곳에 부당하게 끌려온 노예들을 풀어주는 일을 이제 시작하고 있었던 것이다.

사실 마땅한 방법이 떠오르지 않아 고심하다 결국 쥐어짜낸 것이 오패천의 회합을 위해 떠나기 전 노예들을 풀어준다는 것이었다. 하지만 그냥 풀어준다면 평소의 감리훈과는 전혀 맞지 않는 모습이었다. 그래서 쥐어짜내고 쥐어짜낸 것이 현실적인 문제를 짚어 넘기는 것이었다.

'니들이 돈의 무서움을 아냐. 흐흐흐!'

그는 속사정과는 다르게 냉막한 표정을 유지하며 입을 열었다.

"그동안 본 천답지 않게 노예들을 납치해 온 이유는 엄청난 인력이 필요했기 때문이오. 물론 다른 이유도 있겠지만 그중 제일 큰 이유는 바로 태양천단의 완성을 위해 많은 인력이 필요했기 때문이오."

"으음……."

"흠."

태양삼로는 그의 말에 수긍하는 표정들이었다. 태양천단에 들어가는 엄청난 약재와 그 약재들을 태울 엄청난 화력은 공짜로 생기는 것이 아니었다.

"하지만 그에 비례해서 본 천의 재력은 갈수록 바닥이 나고 있었소. 그리고 지금은 꽤 심각할 정도라는 것을 이번 기회를 통해서 다시 한번 절감했소. 물론 부족하다는 말은 아니지만 본 천 정도 되는 세력의 재화 보유량이 그것뿐이라면 언제 일어날지 모르는 미연의 사태에 대응하기 힘들 것이오."

"오……."

태양삼로는 감리훈의 말에 그가 무슨 의도로 말을 하는 것인지를 이내 깨닫고 감탄 어린 표정을 지었다.

"엄청난 수의 노예들에게 들어가는 돈은 태양천단이 완성된 지금 낭비일 뿐이오. 그렇다고 그 많은 노예들을 학살하는 것은 당치 않은 일이오. 그들은 이곳이 어딘지 모르니 내보낼 때도 모르게 보낸다면 그들이 이곳에 대해 떠벌려도 굳이 문제될 것은 없다고 보오. 아버님께서 태양인을 십성 이룬다면 태양천에 대한 이야기가 퍼져 나간들 무슨 거리낌이 있겠소."

"으음."

특히 일장로는 그의 명쾌한 대답에 크게 고개를 끄덕이며 만족해했다. 그의 말은 매우 일리가 있었다. 감리훈의 말대로 지금 납치해 온 노예들의 수는 포화 상태였고, 태양천단이 완성된 지금 돈을 쓸데없는 곳으로 낭비할 필요는 없었다.

"좋소. 소천주의 말에 난 동의하오."

그들도 감리훈의 말에 크게 공감하고 있었기 때문에 일장로의 확고한 발언을 거부하지 않았다.

'이제야 됐군, 늙은이들. 흠, 삼백여 명이나 되는 노예들을 과연 다 내보낼 수 있을 것인가?'

노예들을 풀어주는 일에 대해 사람들은 처음엔 반발이 있었지만 감리훈의 말에 감히 반박하기 힘들었기 때문에 그들도 곧 잠잠해지게 되었다.

오패천의 회합을 위해 떠나기 이 주 전부터 태양천은 노예들을 풀어주는 일로 또 정신없는 날이 계속되었다. 그것은 물론 아랫사람들 일이었지만.

도운영이 타고 왔던 그 마차가 열 대나 동원되었다. 하루에 두 번씩 왕복하여 백 명의 노예가 나가게 되었고, 삼 일이 지나자 모든 일은 예상보다 수월하게 끝나게 되었다. 그중 몇십 명 정도는 이곳의 생활에 적응되었거나 나가도 딱히 앞날을 보장받지 못하는 자들이라 남기를 자청하였고 태양천은 그들을 노예가 아닌 정식 하인으로 받아주게 되었다.

그리고 혈혈단은 이제 납치에서 도적질로 바꾸게 되었다. 어차피 하는 일이 피차일반으로 악당 같은 짓이었지만, 도적질은 차라리 태양천에게는 돈이 들어오는 일이기도 했다.

"이거야 원… 이건 악의 소굴이나 다름없군. 어떻게 해도 결국은 나쁜 짓이니."

도운영은 냉막한 얼굴에 쓴웃음을 지으며 혈혈단 처리에 대한 보고서를 접어버렸다. 그의 뒤에 있던 이문수도 허탈한 표정을 지으며 난감해했다.

"우리가 한 게 잘된 일인가요? 나원, 좋은 일 하기도 힘드네요."

"사부님은 세상에 절대적인 것이란 없다고 하셨지."

"네……."

"하지만 사람은 때론 눈앞에 있는 성과로 만족해할 줄도 알아야 하는 법이야. 정의를 구현하겠다고 끝까지 가다 보면 결국 보이지 않는 그 길에 절망할 뿐이지."

"네."

이문수는 그의 말을 이해하고 고개를 끄덕였다. 이문수는 오늘따라 평소답지 않게 진중한 모습을 보여주는 사형의 뒷모습을 새삼스레 바라보았다. 하지만 이문수는 거기에 쉽게 속지 않으리라 생각했다.

'흥, 괜히 존경심을 유도해서 그날의 일을 덮으려는 것은 아니겠지? 두고 봐라. 극궁문으로 돌아가면 반드시 쏙……. 후후후!'

그 생각에까지 미치자 그의 표정은 스산하게 변해갔다. 갑자기 이상한 느낌을 받은 도운영은 이상한 표정으로 고개를 돌렸지만, 이문수의 표정은 어느새 평소대로 돌아와 있었다. 고개를 약간 갸웃한 도운영은 몸을 일으켰다.

"이제 남은 일은 이놈들의 오패천주천룡비무나 편하게 구경하는 것이겠지?"

"사형, 그럼 우리의 애초 목적은 어떻게 합니까?"

"그것은 오패천 회합 후에나 생각해 보자."

"사형……."

"나도 몰라. 더 이상 생각나지 않는 것을 어떡해. 그냥 오패천의 회합에 갔다가 은근슬쩍 사라지자. 그럼 태양천에서도 단지 실종이라고 보겠지?"

"……."

한숨만 나는 이문수였다.

◆제4장 ◆ 초라한 출발

[모월 모일. 맑음.

본의 아니게 속여 버린 그 둘이 이곳에 나타난 것은 그들과 헤어진 지 삼 일이 지나서였다. 아마 그들은 뻔뻔스럽게 인사하는 나를 보곤 기분 나빠했을지도 모른다.

단소변은 재미있다는 듯이 웃었고 고안주는 기분 나쁜 표정이 역력했다. 나도 내심 미안했지만 어쩔 수 없는 노릇이다. 그 당시 거짓말은 매우 우발적인 것으로 내심 자책하고 있는 부분이었지만, 그래도 그날의 거짓말은 잘한 것이었다고 생각이 드는 것은 왜일까?

근 이 년 만의 만남이었으니 눈물이 안 날 수가 없다. 고안주와 유아빈은 아주 친한 사이였다고 하니 더욱 그럴 수밖에. 여태껏 우는 모습을 보여준 적이 없던 아빈도 고안주를 처음 본 순간 눈물을 흘렸다. 그것은 고안주도 마찬가지였다.

고안주의 나에 대한 태도는 싸늘했지만 이해할 수 있었다. 겁황천주에게는 일곱 명의 제자가 있다고 한다. 그의 제자인 두 사람에게 난 사부의 죽음을 안겨준 것이다. 겁황천의 법은 강한 자가 천주를 차지할 수 있다고 하지만 그렇다고 거기에 인륜이 없을 리는 없지 않은가.

오늘은 나에 대해 신경 쓰고 싶지 않은지 고안주는 나와 시선조차 마주치지 않았다. 일단 아빈과의 만남에 대한 기쁨에 충실하려는 모습이었다.

단소변은 참으로 특이한 남자였다. 멍청하게 보이면서도 가끔 예리한 면이 있고 다정한 것 같으면서도 가끔 싸늘한 일면도 보이는 남자였다. 하지만 분명한 것은 그의 천성은 대단히 밝으며 마음 내키는 대로 행동하는 자유분방한 사내라는 것이다.

그는 대뜸 내게 한쪽 무릎을 꿇으며 천주라고 불렀다. 갑작스런 행동에 다른 사람은 물론 나도 당황하고 말았다. 난 천주의 직(職)에 관심이 없다고 했지만 그는 적어도 지금은 천주가 필요하다고 말했다. 왜 그런 말을 했는지 궁금했지만 그가 알아서 이야기해 줄 것이라 생각했기 때문에 굳이 묻지는 않았다. 아무튼 그의 행동은 잘 모르는 사람이 본다면 진심인지 장난인지 구분하기 힘들었다.

여자끼리는 잘 통한다고 해야 하는가? 단소변은 대 자로 뻗은 채 자고 있고 유아빈, 서문설, 고안주는 자기들끼리 웃으며 이야기하고 있다. 평화롭다면 평화로운 것이겠지. 괜히 쓴웃음이 나온다. 남쪽의 어두운 하늘이 넘실거리고 있는 것이 묘한 기운을 발하고 있다.]

[모월 모일. 맑음.

고안주의 이름처럼 아름다운 눈빛도 나를 볼 때에는 싸늘해지고 만다. 애초에도 그랬지만 난 그녀에게 단단히 미운털이 박힌 것이다. 하지만 뭐라 탓할 필요성은 전혀 느끼지 못한다. 그녀가 날 싫어하는 이유는 나도 알고 있으며 그것은 돌이키기 힘든 종류의 것이다.

단소변이 엄숙한 표정으로 고안주를 불러서는 나를 천주로 모시지 않는 것에 대해 크게 꾸짖는 모습을 보았다. 나로서는 그의 새로운 단면을 보는 것이기 때문에 조금 놀라웠다. 둘은 연인이면서 사형매지간으로 그 거리가 한없이 가까우면서도 상황에 따라서는 엄격한 선 구분이 있는 것처럼 보였다.

고안주는 여전히 나를 천주로 받아들이고 싶은 마음이 없는 듯 승복할 수 없다고 했다. 자신이 인정할 만한 무언가를 보여달라 했지만 난 굳이 그럴 필요성을 느끼지 못했다. 난 그녀의 말에 별 생각 없이 천주지인이 찍혀 있는 손바닥을 내밀었는데 그것을 본 둘은 대경하며 오체투지를 하는 것이었다. 아빈이 오체투지를 해야 하나 말아야 하나 하는 표정으로 갈등하는 표정을 보며 난 웃음이 날 수밖에 없었다.

하지만 이런 것으로 고안주를 승복시킬 수 없다는 것은 나 자신도 충분히 알고 있다.

난 천주를 하고 싶은 마음이 없다고 했지만 단소변은 어제와 같은 말을 하며 덧붙여 왜 지금 당장은 천주가 필요한 것인지 이유도 말해 주었다.

오패천, 그들은 스스로를 오패천이라 부르며 무림은 그들을 오비천이라고도 한다. 나도 몰랐던 사실 하나는 바로 이십 년마다 그들은 회합을 한다는 것이다. 한 번씩 번갈아가면서 열리는 이 회합에서는 항상 오패천주 천룡비무를 개최하는데 이름처럼 천주는 이 대회에 의무적으로 참가해야 한다. 그것은 당연하겠지만 오패천마다의 명예가 달린 일이었다.

하지만 난 그런 것에 관심이 없으니 그들에게는 참으로 유감이다. 하지만 고안주의 말은 나로 하여금 더 이상 할 말을 없게 만들었다. 책임······.

맞는 말이다. 전후 사정이야 어떻든 난 검황천주를 죽인 것이고 내가 싫든 좋든 새로운 검황천주를 의미하는 인(印)을 받고야 말았다. 그럼 책임을 져야 하는 것이다. 책임을 회피한다면? 쓴웃음……. 지금의 나답지 않다고 해야겠지.

조금은 시간이 필요하겠다. 왜 내게 이런 고민을 하냐고 물으면 할 말은 있다. 전에 더 이상 무림으로 나가지 않겠다고 다짐했던 스스로와의 약속을 어겨야 하는 일이기 때문이라고.]

[모월 모일. 맑음.

오늘따라 아빈은 내게 찰싹 붙어 교태를 부렸다. 싫지는 않지만 괜히 이상한 느낌도 들었다. 장난 섞인 그녀의 교태는 나를 배려한 행동임을 알기에 잠시나마 내 고민을 씻어주었으며 참으로 고마운 마음이 들었다.

그녀가 낮에 한 말이 기억났다. 사막이 좋으며 어떤 모습의 나도 좋다. 굳이 어떠한 책임감을 느낄 필요는 없지 않을까 생각해 보았다. 난 나의 결정대로 한 행동이었고 그것으로 끝이기 때문이다. 그래도 나의 생각은 자꾸 실타래처럼 얽히고 있다.

세상은, 아니, 그렇게 유창하게 보지 않고 한 개개인의 삶이라는 것만 보아도 관계를 맺는다는 것은 너무나 힘들다는 것을 새삼 느낀다. 쉬운 것이 어디 있으랴. 이 관계, 저 관계를 생각하면 복잡할 뿐이다.

나는 제일 좋은 것을 알고 있다. 바로 흐르는 대로 맡기는 것이다. 세상은 흐르고 나의 생각, 나의 움직임, 나의 삶마저도 이 세상에 동화되리라.

그들이 원하면 원하는 대로 가줄 것이다. 하지만 그 속에 그들에 대한 책임감이 깔려 있음은 두말할 나위 없다. 다만 중요한 것은 서로의 관계에 대한 인정이며 합의일 것이다. 나는 그들을 인정한다고 해도 그들이 날 인정하지 않으면 나의 책임감은 자연스럽게 흘러가지 못할 것이 당연하다.

　내일은 날 정말 겁황천의 천주로 생각하는지 그들에게 물어보리라. 그리고 그들이 날 겁황천주로 생각한다면 난 겁황천주가 될 것이다.]

　[모월 모일. 맑음.

　벌써 겨울이 지나가고 있다. 나의 몸은 금강불괴를 넘어 일반인과 같은 몸으로 돌아온 것이기에 밤 바람의 차가움을 느낄 수 있다. 그것은 내가 무의를 알게 되었을 때부터라 생각된다.

　딸랑. 오랜만에 청아한 소리에 몰입해 보았다. 딸랑. 나의 종과 아빈의 종. 한밤에 울려 퍼지는 종소리의 매력은 나를 더욱 그 소리 안으로 일체화시키려 한다. 고요와 그 가운데 은은히 일어나는 파문.

　옆에서 아빈의 머리가 내 어깨로 기대어옴을 느낀다. 장난인지 글을 쓰는 나의 팔을 잠시 흔들었지만 글씨체가 이상해져도 볼 사람이 없기 때문에 상관없다.

　아빈이 온 지 어느새 이 년이 다 되어간다. 이런 헤아림도 일 년, 또 일 년이 지나갈수록 무뎌질 것이다. 그것은 나의 일상에 완벽히 동화되어 버렸음을 의미하는 것이 아닐까?

　한 사람이 내 곁에 있다는 것에 난 잠시 내 인생을 생각해 보았다. 생각해 보면 정말 고독했던 날들이었다. 누구도 나의 곁에 있지 않았기에 철저히 혼자였다. 어려서부터 난 혼자였고 잠시 사랑에 빠진 적도 있었지만 결국 떠났다. 무림에서 잠깐 활동할 때도 난 혼자였다. 그리고 친구가 죽은 후 나는 몇백 년을 더욱 혼자였다. 난 어떻게 살아왔을까? 지금 생각해 보면 고독을 참았던 나 자신이 대견스러울 정도다.

　하지만 어느 순간부터 고독에 대해 생각해 본 적이 없다. 무엇 때문일까? 나의 깨달음 덕분일까, 아니면 아빈이 오고 나서부터일까? 둘 다가 아닐까?

바람이 차가워지고 있다. 아빈이 감모에 걸릴지도 모르니 이제 들어가야겠다.]

[모월 모일. 맑음.

오늘 낮은 제법 따뜻했다. 바람 한 점 없어 모래바람이 심하게 날리지 않는 것도 괜찮았다.

며칠간 단소변과 고안주는 내게 겁황천주에 대한 아무런 언질도 하지 않았다. 고안주는 뭔가 할 말이 있는 것 같았지만 아마 단소변이 그것을 막고 있는 듯했다.

난 그들에게 날 겁황천주로 생각하고 있는지 물었다. 나의 질문은 두 사람에게 하는 것이라기보단 고안주에게 하는 것이란 게 정확하겠지.

예상했던 대로 그녀는 날 겁황천주로 인정하지 않고 있었다. 그녀는 내게 오패천주천룡비무에서 승리하여 그 자격을 보여달라고 했다.

과정이야 어떻든 내가 겁황천주가 된다면 그곳에 가야 하기 때문에 거부하지는 않을 것이다. 하지만 그녀가 날 겁황천주로 인정하지 않는 한 난 겁황천주가 아니다. 겁황천주가 아니면 난 오패천주천룡비무에 참가할 필요가 없다.

이 말을 해주자 그녀는 나의 말을 비웃었다. 그러나 난 그녀를 이해한다. 누구든 받아들임이 필요할 때이다.]

"도무지 그 사람을 이해할 수 없어요!"

"하하, 이거참. 고매도 진정하고 생각해 봐. 이해한다는 것 자체가 필요없는걸."

"생각은 무슨 생각요! 전 그 사람이 싫어요! 천주로 인정할 수도 없어요! 정말… 단 가가의 그 유들한 생각도 싫어요!"

"거참, 그 성깔하곤."

그는 딴에는 조용하게 중얼거린다 했지만 무공을 익힌 그녀의 귀를 벗어날 수는 없었다.

"뭐라구요!"

"아, 아니야, 고매. 하하하!"

"정말… 도움이 안 된다니깐."

고안주는 단소변을 째려보며 날카롭게 쏘아붙였다. 사막의 바람이 잠시 불어와 그녀의 머리칼을 어지럽혔지만 그녀는 전혀 신경 쓰지 않았다.

"……"

귀신처럼 무시무시한 눈빛으로 노려보던 고안주는 휭하니 몸을 날려 사구 밖으로 넘어가 버렸다.

"후후, 뭘 그렇게 받아들이기 힘든 거니……"

그는 집 쪽으로 가기 위해 신형을 돌렸다. 그때 그의 눈에 관영호가 자신을 향해 걸어오고 있는 것이 보였다. 그는 바로 깊게 허리를 숙이며 예를 취했다.

"천주님."

관영호는 그의 예(禮)에 아직 적응이 되지 않아 어색한 느낌이 있었지만 미소로 그에 답하고는 물었다.

"그녀는 어디 있소?"

"멀리 도망가 버렸습니다."

"……."

관영호는 그의 장난스러운 말투에 쓰게 웃으며 그녀가 사라진 방향으로 걸음을 옮겼다. 그의 뒷모습을 잠시 바라보던 단소변은 하늘로 고개를 들며 가볍게 미소 지었다.

"이제 곧 떠날 때가 되었군."

"하아!"

고안주는 한숨이 나오는 것을 참을 수가 없었다. 자신도 왜 그렇게 그를 천주로 인정하기 싫어하는지 알 수 없는 마음이었기 때문이다. 단소변의 말대로 이해라는 것 자체가 필요없는 것일지도 몰랐다. 겹황천의 율법을 그대로 받아들이기만 하면 그를 천주로 인정하는 것은 어려운 일이 아니었다. 자신의 사부를 이겼다는 것은 사부보다 강한 자라는 것을 의미했고 겹황천에서 강한 자는 천주의 직위를 가질 자격이 충분했다.

"……."

그녀는 더 이상 생각하기가 싫은지 무의미하게 모래 바닥을 발로 툭툭 차고 있었다. 주위는 한없이 고요했기 때문에 모래를 차는 소리가 사방으로 크게 퍼졌다.

파삿파삿!

이상하게 마음이 편해짐을 느낀 그녀는 이내 바닥에 편하게 주저앉았다. 달구어진 따뜻한 모래 바닥이 자신의 온몸을 녹이는 듯한 느낌이었다.

"좋아……."

"……."

그녀를 십여 장 뒤에서 지켜보던 관영호는 저곳이 옛날 유아빈과 사마진영이 앉아 이야기하던 곳임을 상기하고는 이상한 우연에 묘한 감정이 드는 것을 느꼈다.

"편한 곳인가……."

그는 좀 더 앞으로 걸어갔다. 고요 속이라 모래 밟는 소리가 그녀의 귀에 충분히 들렸을 것인데도 그녀는 별 반응을 보이지 않았다.

"날씨가 좋지 않소."

"…네."

"사막을 보며 편안함을 느낄 수 있는 사람은 많지 않지."

"그런가요?"

그녀의 목소리는 어색한 가운데 냉정함을 가지고 있었지만 그는 신경 쓰지 않고 끝없이 펼쳐져 있는 광활한 사막을 한눈에 담았다.

"아빈이 예전에 한 말이 기억나는군."

"……."

"왜 나보고 고민하는지 반문했지……."

"……."

"하지만 난 고민하는 이유를 몰랐기에 모른다고 대답했소."

그녀는 그의 말이 자신과 관계있음을 알고는 조금은 거부감을 느꼈지만 이상하게도 금방 사라지는 것을 느낄 수 있었다.

"그녀는 이유를 모르면 고민할 필요가 없다고 말했지. 단순하면서도 심유한 진리라고나 할까? 사람은 이를 알고 있으면서도 망각하고 있지."

관영호는 그 이상 아무 말도 하지 않고 드넓은 사막으로 시선을 다시 향했다. 둘 사이의 적막감은 사방의 고요함 속에 동화되어 버렸고 그랬기에 둘 사이의 적막감은 그리 어색하지 않았다. 관영호도 고안주도 자신만의 세계에 빠져 있을 뿐이었다.

일 다경은 흘렀을까? 고안주가 모래를 한 움큼 쥐더니 주위로 흩날렸다. 관영호는 그런 그녀를 한 번 흘깃 보았을 뿐 다시 사막을 향했다.

"사부님은… 당신과 많이 달라요."

"……."

"따뜻한 면도… 자상한 면도 없었어요. 하지만 정말 강하셨죠. 존경스러울 만큼."

"그렇구려."

"사부님은 강한 분이셨어요. 하지만 당신은 강하지 않아요. 아니, 다른 의미로 강하군요. 난 그걸 받아들이기 힘들었나 봐요. 과연 내가 생각한 것이 맞을지는 모르지만……."

"……."

관영호의 입가에 살짝 미소가 감돌았다.

"하지만 여전히 당신이 강한지 모르겠어요. 사부님께서 인정하신 사람이 당신이라는 것은 알지만……."

고안주는 뭔가를 말할 듯 말 듯 망설이다 이내 결심의 눈빛을 지으며 그를 보았다.

"지금은… 당신을 천주로 인정할게요. 시간이 지나면 당신이 정말 강하다는 것을 알 수 있겠죠? 단 가가처럼 자연스럽게 당신을 천주로 인정할 그때가."

"…모르겠소."

관영호는 솔직하게 말했다. 그의 대답에 그녀의 눈은 약간 커졌지만 그에게는 등을 보였기 때문에 그는 볼 수가 없었다.

"호호, 당신은 솔직한 사람 같은데 왜 그런 거짓말을 했었나요?"

그녀의 말에 관영호는 아무 말도 하지 못하고 그저 쓴웃음을 지었다.

고안주는 몸을 일으킨 후 자신보다 위에 있는 관영호를 향해 갑자기 한쪽 무릎을 꿇고 소리쳤다.

"겁황천 십팔대 천주께 고안주 인사드리옵니다!"

"……."

그는 그런 그녀를 미소 지으며 바라보았다.

'쉽게 받아들일 수 있는 젊음만큼 좋은 것도 없지.'

"이제 일어나시오."

"……."

"그대의 사부에 이어 내가 일단 신임 천주가 되었으니 최소한 오패천의 회합까지는 나 역시 맡은 바 소임을 다하겠소."

그는 말하면서 자신이 누군가의 위에 있다는 느낌을 받으며 뭐라 설명할 수 없는 묘한 기분이 들었다.

'누군가의 밑에 있었던 자가 이제 누군가의 위에 있게 되는구나.'

그는 자신의 어릴 적 생각이 잠시 스쳐 지나가자 재미있다고 생각하며 희미하게 미소를 지었다.

"갑시다."

[모월 모일. 맑음.

일주일을 더 있다가 오늘에서야 출발했다. 가기 전에 많은 말이 오갔지만 난 나의 집에 있는 이들 다섯 명만 그곳에 가기를 원했고 결국 나의 생각대로 가게 되었다.

단소변과 고안주는 겨우 다섯 명만 가는 것에 크게 반대했지만 난 무리 지어 가는 것을 싫어하기 때문에 어쩔 수 없다. 전쟁을 치르러 가는 것도 아닌데 굳이 많이 갈 필요는 없지 않은가? 무리를 지어 가 위용을 보인다는 시각적인 효과는 있을지 몰라도 오패천 회합의 속 내용은 결국 오패천 주천룡비무일 뿐이다. 그러므로 천주와 몇 명만 가도 충분하다는 것이 나의 생각이다.

끝까지 반대하려는 것을 천주의 명이라는 소리까지 하고 나서야 진정시킬 수 있었으니 내가 생각했던 것이 그들에게는 어지간히 맞지 않은 모양이었다.

아무튼 결론은 이렇게 되어버렸고 겁황천은 오패천 회합의 역사에서 그중 가장 초라한 모습으로 회합을 위해 출발하게 된 것이다. 이것은 나의 말이 아니라 단소변의 말이다.

초인천은 중원에 있기에 아빈으로서는 처음 가보는 중원행이라 그런지 그녀의 표정은 그 어느 때보다 밝았다. 서문설은 아빈과는 달리 말로만 듣던 신비에 싸여 있던 오패천 중 초인천으로 간다는 것에 대단히 들떠 있었다. 무림인으로서 그 마음은 당연한 것이라고 말하는 그녀의 눈빛은 놀랍도록 빛나고 있었다. 하긴 내가 겁황천의 천주라는 것을 알았을 때 얼마나 놀라던지……. 이를 보면 무림에서 오패천에 대한 인식이 어느 정도인지 대충 파악할 수 있다.

아직은 몇 주 전에 묵었던 돈황이지만 이곳에서 이틀을 지내며 준비를 한 뒤 감숙성을 지나 섬서성으로 들어갈 것이다. 초인천은 산동성의 태산(泰山) 깊은 곳에 위치하고 있다고 하니 긴 여행이 되리라 생각한다.]

[모월 모일. 맑음.

초인천(超人天)은 역대 인간을 초월한 수많은 고수를 배출한 곳이며 표면적으로는 인정하지 않아도 암묵적으로는 어쩔 수 없이 오패천 중 최강이라는 것을 인정하는 곳이라고 한다. 초인천을 강하게 한 것은 천주의 강함뿐만 아니라 그에 필적하는 강자들이 부지기수로 많이 있었기 때문이라 하니 규모는 크지 않아도 그 강함이 어느 정도인지는 직접 보지 않아도 알 만했다.

초인천의 성립은 다른 곳과는 달리 아주 순수한 목적이었다고 한다. 강자들끼리 모여 서로의 무에 대해 논하며 서로의 실력을 키우기 위해 모였던 것이다. 그들 하나하나가 인간이 이룰 수 있는 경지를 넘어섰기에 사람들은 그들을 초인이라고 불렀고 하나의 단체가 생긴 이후 세월이 흘러 초인천이 된 것이라 한다.

오패천은 은근한 서열이 매겨져 있었는데 초인천이 그 선두를 달리고 겁황천, 태양천, 아수라천이 막상막하의 실력을 지니며 신마천이 그들 중에서는 제일 약한 편이라고 했다.

이번 오패천주천룡비무에서도 초인천주가 우승 예상자라 하지만 알 수 없는 일이다. 전 겁황천주는 초월경을 이루었기 때문이다. 다른 곳에도 아마 이룬 자가 있을지도 모른다. 그렇게 초월경을 이룬 이상 초인천주가 아무리 강하다 해도 쉽게 이길 수 없다는 것은 분명한 사실이다.

더구나 이제 사정이 다른 것이 현 천주는 내가 아닌가? 싸움은 싫지만 해야 한다면 피하진 않을 것이고 그렇다면 이기도록 해야 할 것이다.

하지만 그런 것보다는 과연 다른 사패천의 천주들 중에도 초월경의 고수가 있느냐 하는 것이다. 그것은 가보면 알 수 있는 사실이지만 기대되는

것은 부인할 수 없는 사실이다.]

"사막이 끝이 없어요."

"겨우 한 시진 걸었을 뿐이란다."

관영호는 쓴웃음을 지으며 그녀의 말에 대꾸했다. 돈황을 나와 걸은 지 한 시진이 흘렀지만 보이는 것은 사막뿐인지라 유아빈은 약간 실망하고 있었던 것이다.

처음에는 섬서성을 가로질러 바로 산동성으로 갈 생각이었지만 오패천의 회합은 중양절(重陽節)로 두 달이 약간 넘게 남았기 때문에 관영호는 유아빈의 중원 구경을 위해 청해성을 거쳐 다시 감숙성을 지날 생각이었다. 감숙성은 청해성을 감싸고 있는 형국이었기 때문에 청해성의 서녘을 지나 동쪽으로 계속 가다 보면 다시 감숙성이 나오고 감숙을 지나면 산서성이었다.

그렇게 가면 좀 더 많은 풍경을 구경할 수 있을 것이라는 관영호의 생각이었다. 그리고 사실 한 시진 동안 경공이 아니라 그저 걸은 것은 한동안 다시 보지 못할 사막을 오래 기억하기 위해서였다.

'사막의 냄새…… 알 수 있을까, 다른 사람들은?'

그는 소리없이 깊게 숨을 들이마시고는 내뱉었다. 고향의 냄새가 어떤지는 모르지만 적어도 그에게 사막의 냄새는 편안함이었다. 그는 살짝 미소 짓더니 옆에서 잔뜩 실망한 채 걷고 있는 유아빈을 바라보았다. 그의 시선을 느낀 유아빈은 그와 시선을 마주하고는 활짝 웃어주었다. 붉은 요정이 아름답게 미소 짓자 얼굴에 서려 있던 실망감은 거짓말처럼 어디론가 사라져 버렸다. 한 번의 웃음으로 모든 실망과 고민을 털어낼 수 있는 마음을 가지고 있다는 것은 그녀의 가장 큰 장점이었다.

"이제 경공을 써서 가자. 청해호를 보면 놀랄 거다."

"그 말을 기다렸어요."

관영호의 말을 들은 나머지 네 사람은 각자 몸을 가볍게 하며 신형을 날렸다.

"정말 이게 호수인가요? 바다 같아요!"

시종 말이 별로 없던 서문설의 입에서 저절로 튀어나온 탄성이었다. 여기에 있는 사람들 중 관영호를 제외하면 모두 청해호를 처음 보는 것이기 때문에 서문설의 말은 모두의 대변이기도 했다.

저녁이 다 되어가는 시간이라 조금은 어슴푸레한 밝기에서 보이는 청해호는 더욱 푸르면서 알 수 없는 신비감을 간직하고 있는 느낌이었다.

"보니까 어떠냐?"

"좋아요. 만약 오빠가 이곳에 살았다면 지금의 사막과 같은 느낌을 받았을 정도로요."

"그렇지."

관영호는 만족스럽게 미소 지으며 살짝 고개를 끄덕였다.

"고매, 고매. 저거, 저 멀리 조그마한 점이 보여? 저기……."

"아니, 난 안 보여요. 단 가가야 천성적으로 눈이 좋을뿐더러 내공도 높잖아요."

고안주는 약간 투정 부리는 식으로 그에게 핀잔을 주었다. 하지만 그녀의 눈에 서려 있는 개운한 눈빛은 광활하면서도 가슴 시원하게 하는 청해호에 만족하고 있어 좋은 기분이라는 것을 쉽게 알 수 있었다.

"저건 섬이오. 저것이 보인다면 괜찮은 눈을 가지고 있는 것이지. 꽤 아름다운 섬이오."

그는 단소변을 향해 그렇게 말하고 유아빈의 어깨에 손을 얹었다. 그러자 유아빈의 몸이 살짝 뜨거워지더니 이내 눈이 이전보다 훨씬 밝아지며 보이지 않던 것이 보이게 되었다.

"아, 저기 섬이 보여요!"

유아빈은 신기한 것을 본다는 듯이 넋 나간 표정으로 섬을 보았다. 이어서 관영호는 서문설과 고안주에게도 같은 힘을 넣어주었다.

"고마워요……"

고안주는 신비하게 떠 있는 듯한 섬을 바라보다 어색하게나마 그에게 감사의 인사를 했다.

그들은 청해호변 이곳저곳을 걸으면서 반 시진을 더 구경했다. 겨울이라 날은 어느새 어두워지기 직전이었고 시장함도 느낄 때였다.

"무리할 필요는 없는 여행이니 이 근처 객잔에서 자리잡아 묵읍시다."

다들 고개를 끄덕이며 몸을 돌리는 때였다.

"음?"

단소변의 걸음이 의문성과 함께 멈추어졌다.

"오빠, 왜 그래요?"

유아빈이 그의 뒤에 있다가 이상해 물었다.

"흠, 저기 누가 싸우는 소리가 들린 것 같은데?"

"네?"

"한… 이십 장은 넘는 거리 같다."

단소변은 고개를 갸우뚱했다. 그 정도라면 천주도 충분히 들었을 것인데 그의 표정은 전혀 변함이 없어 마치 듣지 못한 것 같은 모습이었다. 하지만 그럴 리가 없었다. 자신보다 내공이 부족한 고안주 역시 조금은 들리는 듯 고개를 끄덕이고 있을 정도였으니 분명 관영호도 들었을 것이다.

'음? 그럼 일부러 못 들은 척한 거란 말인가?'

그는 내심 허허로운 웃음을 지었다. 무신경이라고 해야 할지 무관심이라고 해야 할지 새로운 천주는 그의 주변에 일어나는 일에 대해 간섭하는 것을 의도적으로 피하고 있는 사람이라는 것을 새삼 느낄 수 있었다.

'젊어서 그런지 난 그런 것은 싫군.'

무림인이라면 누구나 싸움 구경을 피할 리 없었다.

"천주, 저기서 누군가 싸우고 있습니다."

"그렇구려."

그는 그 말이 다였다. 그의 무관심한 반응에 잠시 분위기가 이상해지려는 순간 아빈이 관영호의 옆으로 가 팔을 잡고 매달렸다.

"아이, 오빠~ 한번 가봐요. 궁금해요."

서문설도 그녀에 이어 한몫 가세했다.

"관 공자, 한번 가봐요. 관 공자가 안 가면 우리끼리라도 갈 거예요."

"……."

관영호는 쓴웃음을 지으며 고개를 끄덕였다. 사실 그는 싸우고 있는 장소에서 매우 꺼려지는 느낌을 주는 자가 있었기에 의도적으로 피하고 싶었는데 그녀의 애원에 어쩔 수 없이 허락하고 말았다.

'공명을 느끼다니…….'

호숫가 근처의 숲에 도달한 그들은 겨울이라 나뭇잎들이 우거지지 않았기에 어쩔 수 없이 드러난 채로 그들을 바라볼 수밖에 없었다.

장내에는 일곱 명이 있었다. 한 사람을 네 사람이 공격하고 있었는데 나머지 두 사람은 남자 한 명, 여자 한 명으로 그들의 싸움을 바라보고만 있었다. 그중 한 여인의 시선이 관영호의 일행을 향해 있었다.

"음……."

관영호는 약간 안색을 굳힌 채 그녀를 바라보았고, 그녀 역시 관영호를 보고 있었다.

'공명이다. 예전 천궁자에 버금가는 공명이구나.'

의외의 곳에서 그는 초월경에 이른 고수를 만난 것이다. 관영호도 모르는 사실이 있었는데, 그것은 상대방이 느끼는 그에 대한 공명 정도의 느낌이었다. 상대방 여인은 관영호에게서 그다지 큰 공명을 느끼지 못하고 있었다. 그러니 상대방이 만약 공명의 정도가 무엇을 의미하는지 알고 있다면 관영호가 자신보다 약한 자로 생각하고 있을 것이었다.

하지만 관영호의 공명 정도가 약해진 것은 무의를 깨닫고 나서부터였다. 반박귀진의 경지처럼 강해졌지만 그 힘이 안으로 갈무리되어 같은 초월경의 고수라도 알아채기 힘들게 된 것이다.

장내에서 구경하고 있는 초월경의 여인은 얼굴을 검은 천으로 가리고 있었다. 보통은 면사로 가리는데 그녀는 특이하게 검은 천으로 가리고 있어 관영호도 그녀의 얼굴을 확실히 볼 수 없었다. 간신히 얼굴의 일부분만을 언뜻 볼 수 있을 뿐이었다.

"천주님."

"……."

그가 생각하는 사이 단소변의 전음이 그에게 들려왔다.

"저기 싸우지 않는 두 사람과 싸우고 있는 한 사람은 일행인 것 같은 데 사내 둘의 얼굴을 보니 중원 사람은 아닌 것 같습니다."

"흠."

그는 그제야 나머지 두 사람을 살펴보았다. 과연 둘은 중원인과는 조금 다른 얼굴을 하고 있었다. 약간은 그을린 듯했고 중원인 같으면서도 이목구비가 묘하게 서역적이었다.

"천축인……."

관영호의 중얼거림은 작았지만 그의 일행은 모두 그 말을 들을 수가 있었다.

"천축인이라고요?"

유아빈이 묻자 관영호는 고개를 끄덕이며 말했다.

"천축인을 예전에 본 적이 있지."

"맞아요. 저도 본 적이 있어요. 중원에선 심심치 않게 볼 수 있어요."

서문설이 덧붙이자 이내 다들 고개를 끄덕였다.

"으악!!"

끔찍한 비명과 함께 네 사람 중 한 사람이 심장을 뚫리며 자리에 주저앉아 버렸다. 그러자 세 사람의 얼굴은 분노로 일그러지며 더욱 맹렬히 합공하기 시작했다.

"네 이놈들! 아무런 은원도 없는 우리를 잡고 시비를 걸다니! 죽어라!!"

세 사람 중 한 사내의 분노에 찬 함성이 울렸고, 세 사람은 더 강하게 상대를 몰아붙이기 시작했다. 하지만 상대방의 표정은 너무나 여유가 있었다. 그을린 듯하면서도 반들한 피부는 주위의 어슴푸레함과 어울려 빛나고 있었는데, 그것이 묘하게도 상대방에게는 알 수 없는 섬뜩함을 안겨주고 있었다.

유아빈은 사내의 말을 듣고 그들이 이유도 없이 당하고 있다는 것을 알고는 도와주기 위해 몸을 날리려 했다. 하지만 그녀가 몸을 날리려는 순간 싸움을 구경하던 다른 사내에게서 말이 들려와 자신도 모르게 신형을 멈추고 말았다. 천축어라 무슨 말인지는 몰랐지만 이상하게도 그녀의 가슴을 섬뜩하게 했던 것이다.

"다 봤으니 이제 죽으시오."

그가 그렇게 말하자 싸움을 하던 사내의 눈이 번쩍이는가 싶더니 이내 그의 손에서 붉은 기운이 넘실거렸고, 그 손은 음영만 남기며 눈에 보이지 않을 정도로 빠르게 세 명을 향해 날아갔다.

"으악!!"

동시에 울려 퍼진 세 사람의 비명 소리는 청해호 주변의 분위기를 순식간에 공포로 몰고 갈 정도로 끔찍했다.

그들의 심장에는 주먹만한 구멍이 뚫려 피가 솟아나고 있었고 고통스런 표정으로 자리에 주저앉아 눈을 까뒤집은 채 죽었다. 네 사람 모두 같은 자세로 죽은 것이 왠지 모를 섬뜩한 기분을 자아냈다. 유아빈은 잔인한 손속에 얼굴을 찌푸리며 어쩔 줄을 몰라 하고 있었다.

"으음… 저건……."

고안주는 신음성을 흘리며 세 사람을 단 한 수로 죽인 사내를 뚫어지게 주시하고 있었다. 그리고 이어 시선을 두 남녀에게로 돌렸다.

"고매, 맞지?

"네, 잔심혈겁수(殘心血劫手)."

"잔심혈겁수라니……. 알고 있어요, 두 사람 다?"

유아빈이 묻자 둘은 같이 고개를 끄덕이며 관영호를 바라보았다. 마침 그 역시 둘을 보고 있었다.

"아수라천(阿修羅天)의 무공 중 하나입니다, 천주."

"아수라천!"

서문설이 깜짝 놀라 큰 소리로 외치자 그 소리에 세 사람의 시선이 그녀에게 향했다. 그녀는 이내 자신의 실수를 깨닫고 당혹스런 표정을 지었다.

네 사람을 죽인 사내는 남녀에게로 고개를 돌려 무언가를 묻는 듯했는데 여인은 고개를 저었다. 그러자 그는 그녀에게 허리를 숙이고는 그녀의 오른편으로 걸어가 공손히 섰다. 마치 그녀의 지시를 기다리는 듯한 모습이었다.

"당신들, 중원 말 할 수 있죠?"

"……."

유아빈의 말에 그들은 아무런 말도 하지 않았지만 유아빈은 그에 상관하지 않고 계속 말을 이어 나갔다. 그들의 이유없는 살인이 꽤나 기분이 나쁜 듯 목소리가 제법 냉랭했다.

"당신들은 왜 아무런 은원도 없는 사람들을 해친 것이죠?"

"……."

여인의 왼편에 서 있는 사내가 고개를 돌려 그녀를 바라보았다. 그는 눈이 작았지만 혜지가 넘쳐흐르고 있었으며, 입가에 시종일관 미소가 달려 있어 단정한 이목구비와 더불어 상대방에게 매우 호감을 주는 자였다. 하지만 한편으로는 그 작은 눈 덕에 상대방에게 거부감마저 안겨주고 있는 특이한 사내였다.

"피의 흐름은 그들에게로 향해 있었습니다."

타국 사람이 말하는 것이라 완벽하진 않았지만 매우 유창한 느낌의 중원어였다. 그의 알 수 없는 말에 유아빈은 고개를 갸웃거릴 수밖에 없었지만 뒤에 있던 단소변은 굳은 표정을 지은 채 말했다.

"흠, 저 말은 아수라천의 아수라의 진언(眞言)과 관계있다고 들었다. 그들은 아수라가 진언하는 피의 흐름에 따라 살인을 한다고 하지. 하지만 알 수 있는 것은 그게 다일 뿐 아수라의 진언이 무엇인지는 당사자들 외에는 아무도 몰라. 아수라천은 종교 단체에 가까워서 아수라천의 사람이 아닌 이상 이해하기는 힘들어."

"피의 흐름이라……."

관영호는 나직이 중얼거리며 사내가 한 말을 음미해 보았다. 아리송하여 알 듯 말 듯한 말이었다. 하지만 그도 아수라천의 사람이 아닌 이상 그 말이 정확히 무엇을 의미하는지는 알 수 없었다.

"흥! 결국은 의미없는 살인일 뿐이잖아요!"

그녀의 말은 아수라천의 인물들에게는 어떨지 몰라도 최소 다른 사람의 입장으로선 맞는 말이었다.

"아빈아, 이제 됐구나. 이미 일어난 일은 어쩔 수가 없지. 저들도 오패천의 하나이니 곧 만날 수 있을 것이다."

관영호는 그녀의 손을 잡으며 말했다. 그녀의 눈은 여전히 불응하고 있었지만, 그의 말 덕분에 그들에게 더 이상 아무런 말은 하지 않았다.

그들을 보고 있던 여인이 천축어로 사내에게 무언가를 말했고 알겠다는 듯 고개를 끄덕인 그는 관영호를 보고 말했다.

"부교주께서 말씀하시길 그대의 힘은 부교주님과 비슷하니 경의를 표한다고 전하십니다.”

“…생각이 다른 자들에게 받는 칭찬은 듣기가 좋은 것이 아니오.”

그의 말에 사내는 눈이 치켜떠지며 매우 놀란 듯했지만 이내 그녀에게 그 말을 통역했다. 그의 말을 들은 그녀의 표정이 어떤지는 검은 천 덕분에 아무도 볼 수 없었다. 분위기도 시종일관 변함이 없었기 때문에 그녀의 기분이 어떤지 도무지 알 방법이 없었다.

그녀가 사내에게 무슨 말을 하자 그는 그녀의 말에 놀랐는지 뭔가 말을 하려 했지만 이내 고개를 젓고는 관영호에게 말했다.

“부교주님께서는 당신들과 동행하는 것을 원하십니다.”

“뭣?!”

“우리가 누구인 줄 알고 동행한다는 것이오?”

“부교주님께서는 무에 통달하신 분이라 당신은 몰라도 뒤에 있는 두 사람의 몸에서는 겁황의 기운이 강하게 느껴진다고 하셨습니다. 이걸로 보아 당신들은 겁황천의 사람들일 것이 분명합니다.”

“흠…….”

“오빠, 난 싫어요!”

“천주, 그다지 좋다고 보긴 힘듭니다.”

단소변의 말도 그랬고 그의 옆에 있는 고안주의 표정도 그랬다. 서문설 역시 탐탁지 않아하는 표정인데다 그 역시 그다지 달갑지 않은 터라 거절의 의사를 표시했다.

“나와 나의 일행은 그대들의 행동방식과 맞지 않은 듯하니 동행을 원하지 않소.”

사내는 그럴 줄 알았다는 듯한 표정으로 그녀에게 관영호의 말을 전했다. 잠시 뭔가 대화가 오고 간 뒤 사내는 다시 그들에게 말했다.

"부교주님께서는 어차피 같은 곳으로 향하는 처지인데 동행을 허락하지 않아도 결국 뒤따르게 될 것이니 거절해도 소용없다고 하십니다."

"엥……?"

유아빈은 사내의 말에 당혹스런 표정을 지었다. 사실 그의 말이 맞는 것이 그들이 자신들의 뒤를 따라온다고 해도 같은 방향이기 때문에 뭐라 반박할 거리는 없었다.

"오빠……."

그녀는 관영호를 애처롭게 바라보았지만 그 역시 딱히 방법이 없어 고개를 저을 뿐이었다. 관영호는 쓴웃음을 짓고는 사내에게 말했다.

"마음대로 하시오. 하지만 우리 행동에 간섭하는 것은 원치 않소. 그리고 백 장 정도 떨어져 있는 백여 명의 사람을 함부로 드러내지 않았으면 하오."

"일행이 있었어요?"

"……."

관영호는 서문설의 물음에 고개를 끄덕였다. 아수라천의 일원들이 백여 장 떨어져 있다면 느낄 수 있는 사람은 관영호 일행 중에서 그 혼자뿐임은 당연한 것이었다.

사내가 그녀에게 말하자 그녀의 입에서 살짝 웃음소리가 흘러나왔고, 그녀는 관영호를 향해 고개를 돌리더니 고개를 끄덕였다.

"마하가리(摩遐可籬)……."

그녀는 서툴지만 중원어로 자신의 이름을 말하였다. 단 한 마디였지만 그녀의 옥음은 상대방을 마비시킬 정도로 아름다워 순간 남녀 할 것 없이 모두 멍한 표정을 짓고 말았다. 하지만 그녀의 목소리를 듣고도 별다른 표정 변화 없이 그는 그녀에게 간단히 대답했다.

"난 겁황천주요."

◆제5장◆ 오패천 회합

菁苧片月滿
地碎陰清
一絶投非拔菊
說有數
無咳
庾背聲
雖折

"씨발, 림주는 대체 무슨 생각을 가지고 있소?"

"후후!"

사내는 간군학의 말에도 별말을 하지 않고 그저 가볍게 웃어줄 뿐이었다. 그의 얼굴은 놀랍게도 멈춤없이 시시각각 변하고 있어 그를 보는 사람이라면 그 기괴한 모습에 일단 두려움과 경계심을 가질 수밖에 없었다.

림주라 불리는 사내는 문사풍의 간군학보다 한 뼘은 더 컸고 어깨 또한 더욱 넓어 제법 건장한 체구를 지니고 있었다.

"우… 정말 속을 알 수 없소, 림주는!"

간군학은 그의 태연한 태도에 자신의 속만 타는 것에 억울함을 느끼며 체념의 표정을 지었다.

"태양인의 십성의 경지가 어떤 것인지 보고 싶지 않나?"

"뭐, 뭐라고 말했소?"

"……."

그는 절대 두 번 말하는 사람이 아니었기에 그의 반문에 대한 답은 없었다. 반문한 간군학도 대답을 원하는 것은 아니었는지 그의 무반응에도 상관하지 않았다.

"음……."

"재미있을 거야. 태양선인 이후로 아무도 완성할 수 없었다는 태양인 말이야. 나도 본 적이 없거든."

"그럼 림주는 태양천엘 가볼 생각이란 말이오? 하지만 태양천은, 아니, 그뿐만 아니라 오패천 모두 어디에 있는지는 무림의 누구도 모를 것이오. 그야말로 신비 중의 신비이거늘……."

"오패천은 이십 년마다 서로 회합을 가지지."

"……!!"

"그 회합에서는 오패천주천룡비무를 벌여. 천주들끼리의 대결을 가지고 경쟁심을 부추겨 서로 퇴보하지 않도록 경계하지."

"그런… 것이 있었소?"

"난 태양천에 태양천단을 만드는 데 가장 중요한 약재를 팔았어. 그리고 다른 곳에도 약간씩 손을 써놨지. 뭐, 그것은 지금의 회합과 관계는 없겠지만."

"……."

간군학은 이제 더 이상 놀라지 않았다. 항상 그랬지만 림주라는 자는 불가능이란 것이 없어 보였고 또 그들에게 불가능이란 없음을 몸소 보여주어 왔다.

"이번엔 참 재미있을 거야. 겁황천주가 그러는 것도. 그리고 태양인이라… 하지만 기대가 크면 그만큼 실망도 크지. 이번엔 그자와 나, 그리고 네가 움직일 차례다."

"그럼 오패천의 회합이 있단 말이오? 근일 내에?!"

"초인천에서 오패천의 회합이 있지. 상당한 주력들이 몰려오거든. 그리고… 그자가 그들을 깨끗이 해줄 것이네. 후후후!"

"그, 그 개새끼 혼자서?"

"그의 힘을 조금이나마 보지 않았나? 혼자서도 충분할 거야. 조금만 자극을 준다면 말야."

"음, 어떻게 말이오?"

간군학은 이상하게 자신이 초라해진다는 느낌을 받았지만 내심 강하게 거부하며 그에게 물었다.

"우리 같은 자는… 과거에 민감하지. 큭큭!"

"무슨 말이오?"

림주라는 자는 그의 말에 답하지 않고 고개를 들어 하늘을 보았다. 그 하늘에는 자신은 어쩌지 못하는 자가 있었다.

'널 저주할 테다……. 그리고 두고 보아라!'

"중앙절에 회합이 시작된다. 그때까진 회골림의 힘을 극대화시켜라. 그리고 회합 이후 중원은 혼란의 극에 이르게 될 것이다. 바로 회골림에 의해서."

간군학은 그의 말이 마치 진리처럼 느껴졌지만 꽤나 이성적인 사고를 가진 그였기에 그런 기분은 쉽게 지울 수 있었다.

'당신은 신에 가까운 자요. 인정하지.'

하지만 그는 알기나 할까? 림주라는 자가 얼마나 위험한 생각을 하고 있는지, 그들의 생각은 중원 재패지만 그의 생각은 그와 다르다는 것을……

　산동성의 태산은 중원오악(中原五岳)의 첫 번째로 꼽히는 곳인 만큼 그 수려한 풍경과 신앙적 의미로 유명한 산이기도 했다. 괜히 천하제일 산은 아닌 만큼 태산 안의 곳곳에는 옛 풍미를 풍겨내는 유적들이 곳곳에 산재해 있어 이곳에 들어온 사람들은 이곳만의 진한 내음에 취하고 말 것이다.

　그 태산의 아주 깊숙한 곳에는 인적이 없는 계곡이 있었다. 아니, 인적을 아예 거부하는 매우 험한 지형이라는 것이 더 정확할 것이다. 일반인들은 결코 가지 못할 험지. 그 계곡은 인적도 없기에 이름도 없지만 두세 사람은 합해놓은 듯한 크기보다 훨씬 큰 바위들로 이루어진 험난한 계곡을 따라 계속 올라가다 보면 누구도 상상치 못할 거대한 폭포가 나타난다.

　그 폭포는 높이가 족히 십 장은 되어 장엄한 느낌을 주었고, 물이 떨어지는 소리가 태산 전체를 울리지 않을까 할 정도로 우렁찬 소리가 나고 있었다. 그 폭포 주위는 겨울이라는 계절을 잊었는지 수백 년은 족히 지난 듯한 푸르게 우거진 나무들이 여름이 아닌가 착각할 정도로 도원경을 연출하고 있었다.

　그 폭포 근처의 돌들을 타고 올라가면 어느 위치쯤에서 폭포를 뚫고 들어갈 수 있는 공간이 있는데, 그 안은 동굴처럼 되어 있고 한참은 걸어가야 그 깊이를 알 수 있을 정도로 깊었다. 대략 이각 정도 걸으면 빛이 보이는데, 그 빛을 향해 조금만 더 걸어가 보면 곧 그 사람은 놀라운 광경에 놀랄 수밖에 없을 것이다.

　자신이 일단 오십 장은 됨 직한 높이의 동굴 끝에 서 있음을 알게 되어 놀라며, 그리고 그 밑에 있는 엄청난 크기의 평원에 놀랄 것이다. 그 땅에는 엄청나게 크고 웅장한 건물도 있었으며, 중원 어디서나 볼 수 있는 일반적인 집도 있었다.

하나의 성을 방불케 하는 크기에 놀랄 뿐만 아니라 이런 곳에 사람들이 또 하나의 군락을 이루어 살아간다는 것에도 놀랄 것이다. 어디선가 음식을 짓는지 연기가 솟아오르고 있기도 했으며, 눈이 좋은 무림인이라면 곳곳에 어린아이들이 뛰어놀고 있다는 것도 볼 수 있을 것이다. 그리고 더욱 놀라운 것은 동굴 끝에서 평지 아래까지 이어진 셀 수 없을 정도로 수많은 계단이었다.

"정말… 대단해요……."

엄청난 위용에 유아빈은 오히려 큰 소리를 내지 못했다. 재차 놀라는 것은 이들 중 유일하게 한 번 와본 적이 있는 단소변도 유아빈과 마찬가지였다.

"난 두 번째 오는 것이지만 역시 놀랍다……."

황량한 사막 위에 세워진 거친 겁황천과는 달리 초인천은 말 그대로 무릉도원이나 마찬가지였다. 세속의 모든 것을 거부하고 신선이 되기 위해 살아가는 초월의 세계 같았다.

근 두 달에 걸쳐 여행한 그들은 딱 중양절에 맞추어서 초인천에 도착했다. 자신들을 따라오던 아수라천의 부교주와 그 일행은 일주일 전 태산에 먼저 도착해 초인천으로 가겠다는 말을 남기고는 떠났으며, 오패천 중 가장 늦게 도착한 겁황천의 이들은 웅장하고도 아름다운 느낌을 주는 광경에 넋을 잃으며 계단을 내려가기 시작했다.

계단의 끝에는 두 사람이 앉아 있었다. 이십대 중반의 나이로 보이는 이들은 젊은 사람들다운 패기에 찬 모습이 여실히 드러나고 있었다.

한 사람은 평범한 외모였지만 기이하면서도 허허로운 기운이 뿜어져 나오고 있어 그가 과연 젊은 사람이 맞는지 의심스러웠다. 그리고 다른 한 사내는 준수한 외모를 지니고 있었는데, 특히 쭉 뻗어 있는 진한 눈썹은 그를 유약하다기보다는 매우 힘있게 느껴지도록 해주었다.

그 두 사람은 담소를 나누다가 관영호 일행이 내려오는 것을 보고는 의아한 표정을 지으며 몸을 일으켰다. 일행이 가까이 다가오자 준수하게 생긴 사내가 정중하게 포권하며 말했다.

"혹시 태양천의 일행으로 뒤늦게 오신 분들입니까?"

그의 말에 고안주는 눈썹을 살짝 찌푸리며 아무도 모르게 자신의 앞에 있는 관영호를 살짝 흘겨본 후 말했다.

"우리는 겁황천에서 온 사람들이에요."

"아, 그렇군요. 죄송합니다. 인원이 너무 적어서 늦게 합류하는 분들인 줄 알았습니다."

사내는 교육을 잘 받았는지 예의가 있었고, 흔히 준수한 남자에게서 느낄 수 있는 그런 거부감이 전혀 들지 않았다.

옆에 있던 평범하면서도 허허로운 기운을 뿜는 사내는 한 손으로 옆에 놓여 있는 붓을 다른 한 손으로 책자를 들고는 말했다.

"주요 인물 세 사람의 이름과 신분을 적어야 하니 말씀해 주시기 바랍니다."

약간은 어눌한 투의 말이었지만 그의 목소리는 안정되어 있고 편안하여 상대방이 쉽게 거부할 수 없는 힘을 지니고 있었다.

관영호는 그의 몸에서 나오는 묘한 기운에 흥미를 가졌지만 이내 접어버리고는 이름을 말했다.

"관영."

"직위는 무엇입니까?"

."겁황천주."

"……!!"

관영호의 말이 나오는 순간 둘은 경악에 찬 눈빛을 하더니 이내 깊게 읍을 하며 말했다.

"알아보지 못해 죄송합니다. 겁황천주께서 오신 것을 진심으로 감사합니다."

관영호는 그들의 과분한 예에 의아함과 동시에 당혹감을 느꼈지만, 오패천의 천주에게 보통 그런 예를 취하는 것이라 생각하며 말했다.

"예를 거두시오."

그가 말하자 둘은 다시 몸을 세우고는 아까보다 더욱 정중한 자세로 임했다. 그 모습에 쓴웃음을 지은 그는 사내가 붓을 든 것을 확인하고는 말했다.

"둘의 이름을 말하시오."

단소변과 고안주는 자신들을 향해 한 말임을 알고 서로 시선을 마주한 다음 말했다.

"단소변. 전 겁황천주의 네째 제자요."

"고안주. 마찬가지이고 다섯째 제자예요."

"일행은 언제 들어옵니까? 여러분이 들어가면 오패천 모두 모이게 되고 한 시진 후에 바로 회합에 들어갈 것입니다."

준수한 사내의 말에 단소변은 슬쩍 사매의 얼굴을 보았다. 역시나 그다지 좋지 않은 표정이었지만 단소변은 별로 그 문제에 관해서는 상관하고 싶지 않아 고개를 돌려 은은히 휘파람을 불기만 했다.

"일행은 이들이 다요."

관영호의 무덤덤한 말에 둘은 경악과 당혹감으로 크게 눈이 치켜떠졌지만, 이내 신색을 회복하고는 그에게 허리를 숙이며 말했다.

"이곳에 처음 오시는 것이라 생각하고 말씀드리겠습니다. 저 산 아래 세워져 있던 가장 큰 건물이 오패천의 회합 장소입니다. 찾아가기가 어렵지 않을 것입니다."

관영호가 고개를 끄덕이고는 걸음을 옮기자 일행도 그를 따라 걸어갔다.

"오빠, 이곳의 공기는 정말 상쾌해요."

"느낌 탓이지. 저 산 너머에 바다가 있는 것 같구나. 그래서 그런 것일지도 모른단다."

"바다요?!"

유아빈은 깜짝 놀라며 그의 팔을 잡았다.

"바다는 대체 어떻게 생겼죠? 한번 보고 싶어요."

"그래, 이번 회합이 끝나면 바로 바다로 가보자꾸나."

"호호호! 그 말을 기다렸어요!"

그녀는 좋아하며 그의 팔을 마구 흔들어댔다. 그녀의 옆으로 온 서문설 또한 기대에 찬 눈을 하며 은근히 좋아했다.

"관 공자, 정말 저 산 너머에 바다가 있나요? 신기해요."

"음… 나도 신기하오. 아마 태산이 아니라 다른 곳일지도 모르지, 이곳은."

그런 그들의 뒷모습을 보고 있던 두 사내는 그들이 시야에서 사라지자 누가 먼저랄 것도 없이 서로를 바라보았다.

"…회합 사상 처음이 아닌가?"

"그렇지. 단 다섯 명이 오다니… 대단한 사람이라고 할 수도 있겠군."

"전 겁황천주를 이긴 이번 겁황천주는 겁황천의 패도적인 기질과 상당히 달라 보이는군."

준수한 사내의 말에 붓을 품속에 넣은 평범한 외모의 사내는 신비로운 느낌의 웃음을 지으며 말했다.

"어떻게 될지는 오패천주천룡비무에서 다 알게 될 걸세. 이제 다 모인 것 같으니 우리의 임무도 끝이야."

"그렇지. 그럼 우리도 가지. 오패천이 다 모인 엄청난 위용을 한번 보고 싶네. 가슴이 두근거려."

"후후, 나도 마찬가지야."

둘의 신형은 그 말을 끝으로 순식간에 사라져 버렸다.

엄청난 소음이 그들에게 쏟아졌다. 관영호의 일행 앞에 있는 거대한 정문 안에는 만약 조금이라도 알려졌다간 무림을 경악으로 몰고 갈 수 있을 정도로 거대하고도 그 끝을 알 수 없다는 오패천들이 한자리에 모여 있었다.

"정말… 안에서 엄청난 기운들이 느껴져요."

서문설은 큰 위압감에 신음성을 미약하게 내었다. 견디지 못할 정도는 아니었지만 끝없이 일행을 압박하여 긴장감을 주고 있었다.

특히 관영호는 그들보다 더 심할 수밖에 없었다. 안에는 마치 바닷가에 흔한 자갈처럼 초월경 고수가 널려 있어 마음에 지워지는 부담감이 제법 컸던 것이다.

'하나… 둘… 셋… 넷……!!'

그는 고개를 약간 오른쪽으로 돌렸다. 그쪽에 있을 초월경 고수의 공명은 정녕 엄청나다는 말 외에는 달리 표현할 방법이 없었다.

'세상에! 저 힘은 뭐지? 마치 짓누르는 것 같구나!'

엄청난 중압감이었다. 공명 자체가 관영호에게 심적인 타격을 입힐 정도로 무시무시한 느낌이었다. 하지만 공명이 모두를 말하는 것은 아니기에 일단은 호기심으로 접어두기로 했다.

'세상은 넓구나!'

그의 마음을 채우는 은근한 호승심에 관영호는 입가에 슬며시 미소를 지었다.

"갑시다."

그가 앞장서서 걸어가자 유아빈과 서문설이 그의 옆을 따랐으며 단소변과 고안주도 가슴을 짓누르는 압박감을 힘겹게 떨쳐 내고 그의 뒤를 따랐다.

그그긍!!

거대한 정문이 가슴을 짓누를 것 같은 육중한 소리를 내며 천천히 열리며 조금씩 안의 광경이 관영호 일행에게 보여졌다. 문이 열리면서 안에서 흘러나오는 사람들의 소리가 점점 크게 들리기 시작했지만 그것은 그들에게 침묵보다 훨씬 부담을 주는 것이었다.

안으로 들어가자 가장 먼저 보인 것은 팔 층 높이의 전각의 앞마당에 세워진 엄청난 비무대였다. 그 높이만 해도 십 장에 가까웠으며 둘레는 일정한 길이로 지어져 있었는데, 눈 짐작으로도 이십 장은 족히 되었다.

"엄청나……."

어안이 벙벙해진 고안주에게서 간신히 튀어나온 말이었다. 정말 거대하다고밖에 설명이 되지 않는 비무대였다.

"흠, 오각형 모양으로 만들어졌군."

단소변이 고개를 끄덕이며 말하자 고안주가 시선을 돌려 그의 말에 반문했다.

"오각형이라고요? 어떻게 알아요? 너무 커서 한눈에 알아보기 힘든데……."

"뭐, 조금만 생각해도 알 만하지. 저길 봐. 팔 층 전각 앞에 있는 사람들은 모두 초인천의 인물들이야. 그리고 그 좌우로 비스듬하게 사람들이 앉아 있지? 그리고 우리를 찌르려는 듯이 뾰족하게 튀어나온 두 방향의 비무대를 봐. 영락없는 오각형이지."

"아……!"

고안주는 그제야 고개를 끄덕였다.

"천주님, 일단 이번 회합 개최지의 주인들인 두 명의 초인천주에게 우리가 왔음을 알려야 합니다."

"알겠소. 그럼 갑시다."

사람들이 있는 비무대의 곁도 비무대만큼 높았기 때문에 그들은 십 장 높이의 단을 올라서야 했다. 계단도 있었기에 관영호는 계단으로 올라가려 했지만 그런 그를 고안주가 저지했다.

"천주님, 일단 이곳에 온 이상 위용을 보이셔야 해요. 여태껏 그렇게 해왔는데 그냥 평범하게 걸어가다간 분명 우리 접황천을 비웃을 겁니다."

"……."

관영호는 그녀의 말에 미소를 지은 채 고개를 저었다.

"만약 그런 것으로 비웃는 오패천이라면 오패천도 별 볼일 없는 것이오. 그리고 무슨 일이 있든 모든 결론은 결국 저 오패천주천룡비무에서 끝이 나는 것이 아니겠소?"

그의 말도 옳았기에 고안주는 반박조차 하지 못하고 그저 그의 뒤를 따를 수밖에 없었다.

초인천의 사람들이 앉아 있는 기준으로 왼편에는 태양천의 사람들이 앉아 있었다. 제일 앞에는 태양천주를 비롯한 고수급 인물들이 앉아 있었는데, 그곳에 의당 있어야 할 도운영이 보이지 않았다. 도운영은 자중하고 앉아 있으라는 감리화천의 말에도 불구하고 자신의 몸종 둘을 데리고 어디론가 사라져 버린다.

하지만 사라진 것도 싱겁게 사라진 것이 태양천 사람들이 앉아 있는 곳에서 조금 더 뒤로 떨어져 앉아 그저 일광욕을 즐기고 있었던 것이다. 태양천 사람들의 시선이 없는 곳에서 널브러져 있던 도운영은 옆에서 꾸벅꾸벅 졸고 있는 자신의 사제 이문수의 뒤통수를 한 대 쳤다.

"흠… 새로 온 사람들이 있는 것 같은데, 겹황천인가? 엄청난 인물이군. 저 힘은 도저히 끝이 느껴지지 않을 정도로 말야. 이거 어쩌면 나보다 셀지도 모르겠는데?"

"우… 아파라. 그게 무슨 말이에요? 사형보다 센 자도 있단 말이에요?"

"알 수 없지."

"이, 이보시오들, 제발 이곳을 떠납시다. 난 도저히 못 있겠소. 호굴(虎窟)에 있으니 마음이 진정되지가 않소."

"내가 있는 한 두려워 마시오. 하하하!"

도운영은 과장된 웃음을 지으며 그를 안심시키려 했지만 전구삼은 그 웃음소리에 더욱 그러질 못했다. 아무리 그가 태양천의 소천주를 죽이고 변했다 하여도 평소의 언행을 보면 도무지 믿음이 가지 않았다.

그것이 자신의 성격 탓이든 도운영의 행동 탓이든 손해는 전구삼 쪽일
뿐이었다.

전구삼이 허탈한 표정으로 하늘을 볼 때 도운영은 그의 옆모습을 슬
쩍 바라보고는 기분 나쁘게 웃었다.

'흐흐… 한번 골탕먹어 봐라.'

그는 몸을 일으키며 둘에게 말했다.

"자, 이제 가자구. 슬슬 시작이다."

"신임 겁황천주는 신비에 가려져 있더니 과연 대단하오. 이렇게 오
시느라 매우 수고하셨오."

두 명의 초인천주는 다른 사람들과 달리 의자가 아니라 비단을 깔고
바닥에 정좌해 있었다. 그래서 관영호가 그들을 내려다보고 있는 꼴이
되었지만 그들은 전혀 그런 것에 신경 쓰지 않는 눈치였다.

둘 모두 늙수그레한 얼굴을 하고 있어 나이가 많이 들었다는 것을
보여주었다. 한쪽은 매우 인자한 얼굴에 웃음을 띠고 있어 친근감이
드는 할아버지 같은 느낌을 주었고, 다른 한쪽은 제법 근엄한 표정을
하고 있었는데 큰 눈에는 정광이 비치고 있어 감히 범접하지 못할 기
운을 풍기고 있었다. 두 사람의 공통적인 것을 찾자면 그것은 둘 모두
초월경에 이른 고수라는 것이었다.

"만나서 반갑소."

그는 가볍게 목례를 하며 그들에게 인사를 대신했다. 언뜻 보면 무
례한 것 같았지만, 너무도 자연스러운데다 두 사람이 예의를 따지지 않
는 성격인지 전혀 상관하지 않는 모습이었다.

고안주는 관영호의 약간은 예의없는 듯한 인사에 오히려 기분이 조

금 좋아지는 걸 느꼈다. 지금 자신들을 주시하고 있는 사람들이 많은데도 관영호는 전혀 위축됨없이 행동하고 있었고, 오히려 무례한 듯한 느낌마저 주는데도 두 초인천주는 기분 나빠하는 표정이 아니었기 때문이다. 두 사람이 어떤 마음을 가지고 있든 적어도 그녀는 그것이 겹황천주를 가볍게 보고 있지 않은 것으로 해석하고 있었다.

"인원은… 다섯 사람이 다인 것 같소."

근엄한 표정의 초인천주가 묘한 눈빛으로 말하자 관영호가 말했다.

"그렇소. 군이 많은 사람들을 데리고 와봤자 번거롭기만 할 뿐이기 때문이오. 개인적으로 번잡한 것을 싫어하기도 하고."

"허허, 대단하오. 겹황천주의 의향을 알았으니 알겠소. 저곳 정문에서 오른쪽이 겹황천을 위해 마련한 자리이니 그곳에 앉아주길 바라오. 곧 있으면 회합식을 시작할 것이오."

그렇게 말하자 관영호는 고개를 끄덕이며 고맙다는 말 한마디 하고는 일행과 뒤돌아 걸어가 버렸다. 이쯤 되면 받아들이는 쪽도 그들의 무례함에 기분 나빠할 법도 했지만 두 사람은 여전히 태연한 표정이었다.

그들의 뒤를 바라보던 두 노인은 서로 시선을 살짝 마주친 후 다시 돌렸다. 근엄해 보이는 노인은 흥미있다는 듯한 표정을 지으며 옆의 노인에게 의사를 전달했다. 그것은 혜광심어(慧光心語) 같아 보일지도 몰랐지만, 그것보다 한 단계 위의 전설상의 전음법인 통의령(通意靈)이었다. 통의령은 혜광심어와 달리 내공이 전혀 없어도 의사 전달이 가능한 신비의 전음법으로 정신력에 대한 수련을 따로 하지 않는 한 익힐 수 없는 수법이기도 했다.

"어떤 것 같나?"

"글쎄… 허허! 잘 모르겠군. 공명으로 치자면 우리보다 못하더군. 태양천의 소천주라는 자와 비슷할 정도야. 하지만 참 묘한 느낌을 주는 자일세."

"나도 자네와 같은 생각을 했지. 재미있는 사내인 듯하네. 이번 회합은 치열할 것 같아. 특히 아수라천의 부교주만 해도 대단하고."

"재미있을 걸세. 허허……."

"와아아아!!"

엄청난 함성이 팔 층의 세원각(世遠閣)이 있는 곳을 진동시킬 정도로 울리고 있었다. 그 함성에는 누구라도 기대와 흥분을 느낄 수 있을 정도로 솔직하고 원초적인 감정을 싣고 있었다. 이십 년마다 한 번씩 가지는 오패천의 회합과 오패천주천룡비무. 그것은 이 회합에 처음 오는 무사들은 물론 다시 오는 역장의 무사들도 흥분되는 일일 수밖에 없었다.

"오패천의 회합을 시작하겠소."

인자한 인상의 노인이 조용하지만 누구에게나 또렷이 들리는 목소리로 사람들에게 전하자 그들은 아까보다 더욱 큰 함성을 질렀다.

"와아아아!!"

"오패천 만세!!"

이 함성은 세원각 밖에 있는 사람들에게서도 터져 나오고 있었다. 초인천 내에 살고 있는 상당수 사람들이 세원각 뒤쪽에 있는 산으로 올라가 세원각 내를 보고 있었던 것이다. 그리고 무공을 모르는 사람들을 배려하여 크고 높은 단을 만들어주었는지 그곳에는 사람들로 북적거리고 있었다.

"초인천 만세!!"

"태양천 만세!!"

"아수라천 만세!!"

"신마천 만세!!"

각자 우렁찬 소리를 지르며 자신이 속한 곳을 칭송하기에 정신없었지만 계속하여 사패천의 이름만 우렁차게 나오고 있을 뿐 겁황천을 기리는 소리는 어디에도 없었다.

"와아아아!!"

겁황천을 위해 준비한 자리에는 오직 다섯 사람만이 서 있었으며 그중 오직 유아빈만이 제자리에서 뛰며 만세를 외치고 있었다.

"호호!! 겁황천 만세!!"

하지만 관영호와 서문설은 쓴웃음을 지으며 박수만 치고 있었고, 단소변과 고안주 또한 떨떠름한 표정으로 박수를 치고 있었다.

"단 가가, 이건 겁황천 역사상 처음으로 있는 수치예요!"

하지만 고안주의 소리는 장내의 함성에 묻혀 버렸고 단소변은 일부러 못 들은 척해 버렸다. 어차피 일어난 일 왈가왈부해 봤자 결국 싸움만 날 뿐이기 때문이었다.

초인천주는 한 손을 들어 사람들을 진정시켰다. 효과가 있었는지 아까보다 함성이 조금 줄어들자 그는 이어서 말했다.

"오늘은 회합을 기념하는 의미로 연회를 열 것이오. 오패천의 무사들은 마음껏 먹고 즐기시길 바라오."

"우오오오!!"

두 초인천주는 사람들의 함성을 뒤로하고 세원각으로 걸어 들어갔다. 관영호는 그들 두 사람의 뒷모습을 바라보다 회합의 시작을 알렸던 노인이 방금 전 두 사람이 깔고 앉아 있던 비단천을 말아 옆구리에 끼고 있는 것을 볼 수 있었다.

'신기하군. 설마 저것으로 무공을 시전하는 것인가?'

"이봐, 저기 겁황천에서 온 사람들을 봤나?"

"그럼. 다섯 사람만 달랑 왔더군. 정말 웃기지 않나? 그렇게 해서 어떻게 겁황천의 위용을 보여준단 말야. 이번 겁황천주는 생각이 없는 것 같군."

"하하하, 겁황천도 다된 건가?!"

이런 말들이 일반 무사들 사이에서 오가고 있었다. 제법 노골적으로 여기저기서 말하고 있어 듣지 못할 리가 없는 그들이었지만 관영호는 태연하기만 했다.

유아빈은 관영호의 옆에 붙어 기분 좋게 웃으면서 말했다.

"오빠, 이렇게 다섯으로 오니까 좋은 점도 있는걸요. 안 그래요?"

"그렇지. 후후……."

"오패천의 위용이 이 정도인 줄은 몰랐어요, 정말. 사라성도 이만 할까요?"

서문설이 놀란 표정을 지으며 사패천의 모습을 보며 말한 감상이었다.

"알 수 없지만 사라성도 만만하지는 않을 것이오. 단지 오패천에 비하면 절대고수가 부족하지만."

관영호가 이렇게 말하는 순간 일행은 자신들이 있는 대 위로 솟구쳐 오르는 인영을 볼 수 있었다. 십 장 높이의 대보다 훨씬 높이 솟아오르던 그는 멋진 수법으로 몸을 회전시키며 가볍게 땅에 착지했다. 매우 멋들어진 신법에 일행에게서는 절로 감탄사가 흘러나왔다.

착지한 뒤 관영호에게 정중히 포권하는 그는, 일행도 바로 얼마 전에 본 적이 있는 사내로 초인천의 입구에 있던 두 사람 중 평범한 얼굴을 한 사람이었다.

"겁황천주께 초인천주님의 말을 전합니다."

"……."

"반 시진 후에 각 오패천의 천주와 몇 명의 주요 인물들 간에 연회가 있을 것이니 꼭 참석해 달라는 분부입니다."

그의 말은 여전히 어눌하면서도 편안함을 지니고 있었다. 그의 평온한 신색은 관영호를 가만히 바라보고 있었는데, 보통 사람 같으면 사내의 시선을 피할 수밖에 없었지만 관영호는 담담히 그의 시선을 받아들이며 입을 열었다.

"고맙다고 전해주시오."

"네, 그럼 이만."

그는 순식간에 몸을 솟구쳐 단 아래로 사라졌다.

"모두 갑시다. 좋은 경험이 될지도 모르겠소."

연회는 생각보다 딱딱하지 않았다. 초극강고수들만이 모인 곳이라면 으레 분위기가 삭막할지도 모른다는 생각을 가지기 마련인데, 이곳의 연회는 분위기가 제법 부드러우면서도 자연스러웠던 것이다. 서로인사를 하고 담소를 나누며 술을 마시는 것은 여느 연회와 다름없었다.

관영호는 바로 전에 오패천을 대표하는 인물들과 가까이 대면할 수있었다. 초인천의 두 천주인 소면신군(笑面神君) 백중학(伯中鶴)과 천절마군(天絶魔君) 사중경(巳重莖)은 모두 초월경의 고수로서 관영호가 공명으로 느끼기엔 소면신군 백중학이 그 경지가 더 높은 듯했다.

"천궁자와 대등한 경지……."

느낌으로 본다면 그 정도였다. 그리고 태양천의 천주인 감리화천. 그는 별호가 따로 없다고 했다. 단소변에게 듣기로 그는 평생을 태양천단의 제조에 심혈을 기울였기에 태양천을 제대로 다스린 적이 없었다고 한다. 하지만 관영호가 보기에 감리화천이라는 자는 엄청난 자였다.

'초월경은 아니지만… 만약 우리가 초월경이 아니라면 그 누구도 저자를 이길 사람이 없을 정도로 대단한 사내다.'

관영호가 태양천의 속사정이야 알 수 없겠지만 감리화천에 대한 그의 관점은 이러했다.

신마천은 어느 순간부터 대대로 임시천주만 존재하고 있었다. 그 이유는 말하지 않지만 진재 절학을 소실했다는 소문이 가장 유력했다. 하지만 그런 소문을 어느 정도 종식시킨 일이 있었는데, 그것은 이십년 전에 있었던 천룡비무에서 임시 천주가 삼위를 하는 엄청난 위용을 보여준 일이다.

현 임시 천주는 신마전광(神魔戰狂) 황욱태(黃旭態)로 구 척에 달하는 엄청난 덩치를 가지고 있었으며 그의 강인하고도 준수한 얼굴에서는 끝 모를 자신감과 투지가 솟아오르고 있었다.

"이런 자리에서는 먹는 게 남는 것이오! 크하하!!"

거구답게 먹는 것을 좋아하는 듯 그는 쉴 새 없이 음식을 입속으로 집어넣고 있었다.

아수라천에서는 부교주인 마하가리가 교주 대신 대표격으로 온 자로 나이는 스물넷이라 했다. 그 말에 모두가 놀랐지만 특히 초월경에 이른 사람들은 더욱 놀랄 수밖에 없었다. 그렇게 젊은 나이에 초월경에 들은 것이니 어찌 놀라지 않을 수 있겠는가? 그것은 관영호 역시 마찬가지였다.

'내가 가장 가능성이 있을 여인으로 오화란을 생각했건만 그보다 더한 기재도 있었구나. 놀랍구나.'

관영호가 자신이 겁황천주라 말했을 때 반응은 딱 두 가지였다. 무관심의 눈빛과 묘한 흥미의 눈빛. 특히 강한 눈빛을 느낀 것은 바로 태양천의 소천주라는 자에게서였다. 그는 슬며시 미소를 지으며 관영호를 바라보고 있었는데, 관영호 역시 그를 주시하자 조금 어색하면서도 냉막한 미소를 짓더니 고개를 돌려 버렸다.

'저자군. 이곳에서 가장 놀라운 힘을 지닌 자다.'

그 생각은 도운영 역시 마찬가지였다. 그는 관영호에게서 마치 끝없는 심연에 빠져들 것만 같은 섬뜩한 공명을 느꼈던 것이다. 그는 사부와의 대련 이후 처음으로 긴장감으로 주먹에서 땀이 새어 나오는 걸 느꼈다. 그만큼 그의 가슴은 두근거리고 있었다.

'후후, 좋았어. 이런 기회를 저버릴 수는 없지. 회합이 끝난 뒤 저자를 따라가겠다.'

관영호는 다른 사람들과 어울리진 않고 그저 유아빈, 서문설과 함께 음식을 먹으며 이야기를 나눌 뿐이었다. 그래도 사람들과 이야기는 해야 어느 정도 오패천에 대한 친분이 유지되기 때문에 그 일은 단소변과 고안주가 맡아 하고 있었다.

"난 아무래도 이런 일은 힘들구나. 천주로서 자격 하나는 빠진 셈이군."

"호호, 그거야 개인적인 성격이니 어떡하나요. 오빠야 남들과 웃고

떠드는 것과는 거리가 먼 사람이니까요."

"그래도 그런 사람이 무림에서는 꽤 많은 친구들을 두었잖아. 수는 적었지만 대단히 진한 우정인 것 같았어."

"오빠는 사람을 끌어당기는 무언가가 있으니 그것을 느낀 사람이라면 충분히 그럴 수 있어."

유아빈은 관영호를 보며 환하게 웃었다. 그녀의 칭찬에 조금은 쑥스러운 기분이 들었지만 그도 역시 그녀에게 미소로 보답해 주었다.

"엇, 오빠……."

유아빈은 그의 뒤에 나타난 사람을 보고 놀란 표정을 지었다. 관영호는 무슨 일인가 하고 고개를 돌렸는데, 자신의 뒤로 아수라천의 부교주인 마하가리가 자신을 향해 걸어오고 있었다. 그녀의 옆에는 통역관인 듯한 미남 사내와 이유없이 살인을 하던 사내가 서 있었다.

부교주는 관영호의 바로 앞에 서더니 그를 유심히 바라보기 시작했다. 그때 관영호는 그녀는 과연 앞을 볼 수 있는가 하는 의문이 들었다. 검은 천으로 가려 남이 자신을 보기가 불가능한 것처럼 그녀 역시 다른 사람을 보는 것은 불가능하기 때문이었다. 면사와 달리 천은 앞뒷면이 똑같은 것이다.

관영호를 보던 그녀가 사내에게 뭔가 말을 하는 것 같았고, 사내는 이내 관영호를 보며 말했다.

"부교주님께서 말씀하시길 처음 만났을 때는 본 아수라천과 그대는 아무런 관계도 없었지만 방금 전 아수라의 계시로 그대를 향해 피의 흐름이 이어지고 있다고 했습니다."

"……."

세 사람은 처음 그 사내가 하는 말을 잠시 이해하지 못했지만 이내 그 말이 무엇을 의미하는지 깨닫고는 크게 놀랐다.

"대, 대체!"

유아빈은 깜짝 놀라 눈을 크게 치켜떴다. 그녀의 모습이 너무나 아름다워 통역하는 사내는 하마터면 마음이 흐트러져 표정이 흔들릴 뻔했지만 가까스로 참을 수 있었다.

"그래서 어떻게 하겠다는 것이오?"

당사자인 관영호는 별로 놀랍지도 않다는 듯 태연히 말했다. 오히려 사내가 그의 반응에 꽤 놀라더니 고개를 돌려 그녀에게 천축어로 무언가 말을 건넸다. 그녀는 그의 말을 들은 후 다시 뭐라 말을 했다.

"부교주님께서 말씀하시길 아수라천은 당신이 죽어야 안전할 수 있다고 합니다. 혈류도(血流道)는 결코 이유가 없습니다. 그것은 절대적인 계시이기 때문입니다."

"그래서 날 죽이겠다는 말이구려."

"부교주님께서 말씀하시길 이틀 뒤에 당신과 생사의 결투를 신청하겠다 하십니다."

"……!!"

"생사투?!"

은연중 두 일행의 대화를 듣고 있던 사람들은 사내의 말에 다들 놀라고 말았다. 오패천의 회합은 어디까지나 서로 간의 화합을 다지는 것이며 오패천주천룡비무는 어디까지나 경쟁심을 돋우기 위한 것이었다. 그런 자리에서 아수라천의 교주를 대신해 온 부교주라는 여인이 혈류도를 들먹이며 관영호와 생사투를 벌이겠다고 한 것이다.

주위의 그런 반응에도 불구하고 당사자 둘은 전혀 무표정했다. 물론 여인의 얼굴을 볼 수 없으니 어떠한지 도무지 알 수 없었지만 분위기를 통해 누구나 예측할 수 있었고, 관영호의 표정은 예나 지금이나 똑같았다. 그래서 그가 어떤 심정을 하고 있는지 누구도 알 수 없었다.

"이거 곤란하게 됐군. 크크! 아수라천의 혈류도는 정말 막무가내지. 일단 정해지면 반드시 죽이는 것이 아수라천의 피의 율법이거든. 이거 재미있겠는데? 크하하하!!"

신마전광 황욱태는 자신과는 상관없다는 듯 오히려 흥미의 눈빛을 보이고 있었다. 그의 옆에 있던 감리화천도 약간은 흥미의 눈빛을 띠고 있었지만 티는 내지 않았다.

주인석에 앉아 담소를 나누고 있던 소면신군 백중학은 자리에서 일어나 관영호와 부교주 일행에게 말했다.

"허허, 부교주는 본 회합의 의의에 좀 더 의미를 두었으면 하오. 오패천끼리 암약 중 서로가 하는 일에 대해 간섭하지 않아야 한다는 것이 있기는 하나 여기는 어디까지나 오패천들끼리의 화합을 다지는 자리요. 그런 만큼 생사투는 삼가시길 바라오."

푸근한 면상에 할아버지 내음 나는 음성임에도 그에게서는 위압감이 풍겨 나오고 있었다. 괜히 초인천주가 아니라 생각하며 주위의 사람들은 내심 고개를 끄덕이고 있었다. 하지만 부교주라는 여인의 분위기는 시종일관 똑같아 사람들은 그의 말에 그녀가 어떠한 반응을 보일지 도무지 알지 못했다.

그때 좌중에 찬물을 끼얹는 말이 관영호의 입에서 튀어나왔다.

"당신은 나의 상대가 되지 못하오."

"……."

좌중은 관영호의 너무나 놀라운 발언에 아무 말도 하지 못했다. 침묵은 과해져 싸늘한 분위기까지 돌고 있었다. 하지만 정작 당사자인 관영호는 너무나 태연한 모습으로 부교주인 마하가리를 쳐다보고 있었다.

"허허허, 겁황천주도 진정하시길 바라오. 이번 회합에서는 절대 오점을 남길 수가 없소."

그의 말에는 은연중 협박이 섞여 있었다. 만약 오점을 남기는 일이 있다면 용서하지 않겠다는 말이니 실력을 행사해서라도 막겠다는 말인 것이다. 회합의 개최 책임자라면 그런 반응을 보이는 것이 당연했기에 관영호는 그의 내심을 이해했다.

그러나 부교주는 그의 건방진 말에도, 초인천주의 확고한 의지가 섞인 말에도 전혀 반응이 없었다.

"부교주님께서 말씀하시길 설령 자신이 당신을 죽이지 못하더라도 피의 흐름이 계속되는 한 아수라천의 피의 율법은 계속될 것이라 하셨습니다."

사내는 계속되는 그녀의 말을 열심히 통역했다.

"이틀 뒤라는 것은 오히려 늦은 감도 있지만 모든 것은 아수라의 뜻이라 하셨습니다."

사내가 말을 끝마치자 부교주는 미련없이 몸을 돌려 밖으로 나가 버렸다. 덕분에 연회의 분위기는 더 이상 아까처럼 부드러워질 수 없었다.

"이런, 부교주란 여인의 쓸데없는 소리 때문에 즐겁던 연회 분위기가 엉망이 되었군. 크크!"

한 손에 갈비를 들고 다른 한 손에 술병을 들고 있던 황욱태는 태연히 일어나 밖으로 나가 버렸다.

"우리도 가자꾸나."

관영호 또한 쓴웃음을 지으며 미련없이 밖으로 나가자 나머지 네 사람도 갑작스러운 상황에 정신없이 뒤따랐다.

연회에서 일어난 일과는 관계없이 일반 무사들은 기분 좋은 마음으로 오패천주천룡비무를 기다렸고, 하루가 지나 정오가 조금 지난 지금 세원각은 그들의 기분을 그대로 이어받아 긴장과 흥분으로 점철되어 있었다. 하지만 어제처럼 하늘을 찌르는 듯한 소음과 웃음소리는 어디로 가버렸는지 장내는 엄숙한 침묵만이 감돌고 있었다.

오패천주천룡비무대회. 그것이 비록 형식적이며 그 의미는 오랜 세월에 걸친 나태와 무력감을 벗고 서로 간에 끝없이 경쟁을 추구하자는 것이었지만, 그렇다고 인간의 심리는 변하지 않았다. 바로 지는 것보다는 이기고 싶어하는 마음. 그런 만큼 스스로에 대한 우월감과 타 세력과의 경쟁심은 대단할 수밖에 없었다.

천절마군 사중경은 초인천의 인물들이 앉아 있는 곳 바로 앞에 오늘 아침에 세운 오 장 높이의 단에 가볍게 올라가서는 내공을 끌어올려 웅후하게 소리쳤다.

"오패천 여러분!!"

"……."

이렇게 조용할 수 있을까 할 정도로 사위는 침묵 그 자체였다. 밖에서 보고 있는 초인천의 사람들도 지금 이 순간만큼은 입을 다물고 있었다.

"오패천주천룡비무는 유구한 역사를 자랑하오!"

그의 웅후한 목소리는 내공이 실려 있었지만, 듣는 사람들에게 전혀 거부감을 주지 않았다. 그의 목소리는 듣는 사람의 가슴을 울리며 조금씩 전율감으로 흥분시키는 묘한 힘이 깃들어 있었다.

"이번 대회는 엄숙하며 엄정한 규칙 하에 이루어질 것이며……!!"

사중경은 고개를 좌우로 돌려 자신을 쳐다보는 수많은 사람들을 일별한 뒤 다시 입을 열었다.

"이 대회가 서로의 발전을 위한 밑거름이 되어야 한다는 것을 잊지 말길 바라오!!"

"……."

침묵은 한 사람의 침 넘기는 소리마저 천둥 소리로 들리게 할 정도였다.

사중경의 몸에서는 이제 방금 전까지는 볼 수 없었던 엄청난 기도가 아지랑이처럼 유형화되어 피어오르고 있었다.

"이제 천룡의 좌를 차지할 승자가 정해질 때까지 무기한으로… 오패천주천룡비무대회를 시작하겠소!!"

쿵! 쿵! 쿵! 쿵! 쿵……!

어디선가 사람의 마음을 울리는 엄청난 북소리가 열 번 울려 퍼졌고, 그 북소리가 끝나자마자 장내는 여태껏 침묵을 지켰다는 것을 억울해하는 듯 사람들은 세원각이 흔들린다는 느낌을 받을 정도로 엄청난 함성을 지르기 시작했다.

"으와아아아아!!"

"천룡비무 만세!!"

"천룡좌를 위하여!!"

그 함성은 질리지도 않는지 일각이 지나도록 계속되었다. 단 위에 올라가 있던 사중경은 자신의 몸에서 피어오르는 기도를 갈무리하지 않고 계속하여 유지하다 일각이 되자 손을 들어 올렸다. 그의 손이 올라감에 따라 마치 대기가 따라 움직이는 듯한 느낌을 줄 정도로 사람들에게 존재감을 보여주었고, 덕분인지 장내는 거짓말같이 조용해졌다. 밖에서 지르는 함성만이 간혹 들릴 뿐이었다.

"신마천주와 태양천주는 대 위로 올라와 주시기 바라오."

그는 이 말을 끝으로 단 아래로 내려갔다. 그가 내려감과 동시에 두 사람의 모습이 귀신같이 비무대 위에 나타났다. 너무나 순식간이라 원래부터 그 자리에 있었던 것 같았다. 그들이 나타나자 비무에 대한 기대감으로 다시 여기저기서 함성이 들려오기 시작했다.

둘은 아무 말도 하지 않고 있었다. 황욱태는 흥분되는 듯한 눈빛으로 그를 바라보며 투지를 불태우고 있었고, 감리화천은 평온한 신색으로 그를 바라보고 있었다. 하지만 그의 가슴에는 누구도 알지 못할 흥분이 도사리고 있었다.

'난… 누구보다 강해졌다.'

그것은 확고한 자신감이었다. 태양인 십성은 인간의 경지가 아님을 몸소 체험하지 않았던가! 그는 서서히 태양선심공을 끌어올리기 시작했다.

천주로 있는 동안 그는 한 번도 이곳을 온 적이 없었고, 항상 대리인만 보내 당연히 말석을 차지할 수밖에 없었다. 하지만 태양천단을 완성하고 태양인도 완성한 지금 그는 누구에게도 보이지 않았던 완벽한 무공으로 찬란하게 비상할 것이다.

화르르르!!

그의 몸에서 적염(赤炎)이 솟아오른다 싶은 순간 그것은 서서히 백염으로 변하고 있었다. 백염은 태양선심공 구성을 이루었을 때 나타나는 현상이었다.

"크크, 십성을 보고 싶군. 나의 신마공(神魔功) 또한 태양선심공에
뒤진다고 생각지는 않는다."

그의 몸에서 누구나 강하게 느낄 수 있는 정기(正氣)와 마기(魔氣)가
한몸에서 솟아오르기 시작했다. 그때 감리화천이 황욱태를 향해 쳐들
어갔다.

그의 손은 불길을 품은 채 현란한 환영을 만들었다. 그러나 그 환영
은 결코 허가 아니었다. 불길을 뿜어내고 있는 수많은 환영은 바로 천
존십이해 중 사초 환해무강(幻海舞罡).

"산화만편수(散花萬鞭手) 신(神)!"

그의 손에서 푸른 기운이 맴돌기 시작했고, 이어서 그의 손이 마치
무언가에 이끌리듯 환해무강을 향해 날아갔다. 그의 몸은 그의 손에
딸려가고 있는 듯한 느낌마저 주고 있을 정도로 독특하면서 강맹한 움
직임을 보여주었다.

"흠… 시작이군."

도운영은 팔짱을 낀 채 그들을 바라보고 있었다. 오패천주가 괜히
있는 자리가 아닌 만큼 하나하나 절학이 아닌 것이 없었다. 특히 감리
화천의 몸에서 솟아오르는 새하얀 백염은 이곳까지 뜨거운 기운을 퍼
뜨리고 있었다.

"과연 어떻게 될까요? 태양인 십성이라는 것이 그렇게 대단할까요?"

"암, 대단하고말고. 무공 자체의 파괴적인 면을 치자면 태양인을 능
가할 무공은 없을 정도다."

"그럼 그는 사형보다 강하단 말입니까?"

"아니지. 나보다 강한 사람은 이곳에 없다. 물론 한 사람은 제외하

고. 어디까지나 무공 자체를 보고 말한 것이다. 극궁문의 삼대무공 중 으뜸이라는 극궁염라(極弓閻羅)도 파괴적인 면에서는 태양인에 뒤질 것이다.”

“그 정도란 말이죠? 흐흠… 나도 태양천에 몸담을 걸 그랬나 봅니다.”

“…….”

도운영은 이문수를 한심스럽다는 듯 쳐다보았지만 이내 시선을 외면해 버렸다.

‘네가 극궁염라를 아느냐? 쯧쯧…….’

그는 자신이 태양인을 너무 치켜세워서 이루어진 결과라는 것도 모른 채 자신의 사제를 마구 탓했다.

아무튼 도운영으로서는 오랜만에 눈요기를 하는 셈이었기에 과히 나쁘지 않았다. 도무지 그로서도 예측할 수 없는 싸움이기도 했기에 긴장감도 안겨주고 있었다.

‘알 수 없는 싸움이야말로 그 흥미와 흥분이 더하는 법이지. 암…….’

이미 싸움은 절정에 달하고 있었다. 초극고수들의 움직임은 상상을 초월하고 있었기에 공격의 주고받음이 순식간에 이루어지고 있었다.

감리화천의 천존십이해가 사방을 뒤덮으며 펼쳐졌지만 황욱태는 그 것이 우습다는 듯 가볍게 모두 막아버리고 오히려 반격까지 했다.

천존십이해가 막혀 버리자 감리화천은 파괴적인 면에서 최고의 수공이라 평가받는 천존십이해의 역초식 파천십이해로 공세에 들어갔다. 그의 손에서 뿜어져 나오는 엄청난 백염과 황욱태의 몸에서 솟아오르는 찌를 듯한 신광과 마광은 한 치의 양보도 없었다.

잠시 둘의 몸이 뒤로 물러난 순간 감리화천의 왼손이 갑자기 뒤집어 지더니 기묘한 움직임으로 순식간에 황욱태의 심장을 파고들었다. 그러면서 동시에 오른손에선 엄청난 백염이 타오르면서 서서히 둥근 모양을 이루어가고 있었다.

그의 모습에 황욱태는 그것이 비기(秘技) 태양인임을 알고 깜짝 놀라며 자신의 심장을 파고드는 그의 손을 향해 양손을 내밀었다.

"유단포(柔緞包神) 신마(魔)!!"

그것은 신마천의 오대절기 중 장절(掌絕)에 속하는 무공이었다. 그만큼 그가 감리화천이 쓰려는 태양인을 의식하고 있다는 뜻이기도 했다.

황욱태의 손에서 희미하고도 음유한 무언가가 쏘아져 나가자 감리화천은 자신의 파천십이해가 그에 부족함을 느끼며 손을 재빨리 뒤로 뺄 수밖에 없었다. 황태욱의 재빠른 반격 덕분에 감리화천은 연이어 오른손에 이루어놓았던 태양인을 쓰지 못하고 잠시 뒤로 물러났을 뿐만 아니라 피하지 못하고 유단포에 맞부딪칠 수밖에 없었다.

"핫!!"

그의 오른손이 앞으로 쏘아져 나가자 백염을 눈부시게 피어올리고 있는 손바닥만한 크기의 원이 앞으로 쏟아져 나갔고, 그것은 이내 점점 커지면서 엄청난 백광을 발산하며 유단포의 보이지 않는 음유한 기운과 부딪쳤다.

파아아앗!!

백광과 정기, 백광과 마기 이렇게 세 가지의 엄청난 기운이 부딪치자 주위는 강력한 빛에 낮보다 더욱 밝아졌으나 이내 사그라졌다.

사람들이 보기엔 단순히 강한 기운의 부딪침으로밖에 보이지 않았지만 당사자들로서는 감당하기 힘들 정도로 무서운 격돌이었다.

　둘 모두 뒤로 십여 보 이상을 정신없이 물러나다 감리화천은 억지로 몸을 멈춰 세우고는 이를 꽉 깨물었다.

　'오십 년 이상의 그러했던 내 삶이 겨우 이것이었더냐?!'

　눈에서 가공할 빛을 발하던 감리화천은 태양선심공 최후 구결을 읊으며 힘을 끌어올렸다.

　"오오……!!"

　주위에서 감리화천의 모습에 찬탄성을 냈다. 감리화천의 몸 주위로 엄청난 백염이 회오리친다 싶은 순간 그 백염의 회오리는 거짓말같이 사라져 버렸고, 그의 몸에서는 더 이상 주위를 불태우려는 불꽃은 피어오르지 않았다. 그 모습에 도운영조차 눈을 크게 뜨며 놀라고 있었다. 그는 감리화천의 몸 안에서 타오르고 있는 엄청난 힘을 느낄 수 있었다.

　'대단하다!! 어떻게 초월경이 아닌데도 초월경에 가까운 힘을 낼 수 있단 말인가?!'

　'주체할 수 없군. 으으……!'

　감리화천은 자신의 내부에서 소용돌이치는 가공할 힘을 발산하기 위해 온 힘을 오른손에 모으고 있었다. 그의 손에서 아지랑이 같은 기운이 솟아오르며 서서히 원형을 이루고 있었다. 우연이었는지 그는 태양을 등지고 있었는데, 아지랑이가 완벽한 원형을 만들자 감리화천의 몸은 그 순간 태양이 된 착각을 사람들에게 주었다.

　황욱태는 그것이 십성의 태양인임을 알고 조금은 두려움에 떨 수밖에 없었다. 전설로만 내려오던 전인미답의 경지 태양인 십성! 인간이 이룰 수 없기에 경외시하던 경지였고, 보지 못하고 줄곧 들어만 왔기에 직접 겪는 이 순간 흥분과 공포가 동시에 엄습하였다.

"큭큭… 태양을 인간이 만들다니……."

그는 온몸에 식은땀이 흐르는 것을 느끼며 서서히 양손을 뒤로 내밀었다. 그것은 바로 오대절학 중 최고의 위를 차지하고 있는 검도절(劍刀絶)을 쓰기 위해 무기를 원하는 자세였다.

"안 됩니다, 천주!"

누군가가 그에게 경악성에 찬 전음을 날렸지만 황욱태는 여전히 양손을 뒤로한 채 있었다. 이대로 있다간 감리화천의 태양인에 온몸이 타버릴 것 같았다.

"어, 어차피 지금의 절학으로는 저 태양인을 이길 수 없습니다!! 그럴 바에는 절기를 숨기는 편이……!"

"큭큭!"

그는 쥐어짜듯이 웃을 뿐이었다. 그의 눈은 결코 포기하거나 승복한 눈빛이 아니라 처절한 투지로 번들거리고 있었다.

"처, 천주……."

"진짜 검도절을 가져간 괴형신마(怪形神魔) 늙은이가 이때만큼 미운 적이 없군. 큭큭큭!"

그는 알 수 없는 말을 하며 기괴하게 웃었다.

"으……."

누군가의 신음성에 찬 전음이 그의 귀에 울렸다 싶은 순간 감리화천의 손이 앞으로 내밀어졌고, 아지랑이 같던 원은 점점 커지더니 이내 두 사람은 족히 뒤덮을 크기로 확대되며 태양 빛에 반사되었다.

"태양……!!"

"어, 엄청나다!!"

황욱태는 그 강렬한 빛에 눈을 감고 싶었지만 오기로라도 그러지 않았다. 그리고 그의 손에 묵직한 무게가 느껴진다 싶자 그의 양손은 곧이어 번개같이 앞으로 내밀어졌다.

"어기폭(御氣爆)!!"

그의 손에서 날아간 것은 두 자루의 검과 도였다. 검과 도는 서로 마주 본 채 세로로 맹렬히 회전하더니 이내 원형강기를 이루며 날아가 태양인에 부딪쳤다. 하지만 맥없이 부서져 버렸고 이내 황욱태의 몸을 뒤덮기 시작했다.

"큭……!!"

황욱태는 온몸에 힘을 모두 끌어올려 최대한의 신법으로 몸을 피했다.

파아앗!!

"크아악!!"

하지만 거대한 태양을 피하기엔 이미 늦은 상태였다. 그나마 피해 그의 왼쪽 허리와 허벅지에 태양인이 스치는 것으로 끝낼 수 있었다. 하지만 여파가 너무나 컸다. 맞은 부분이 심하게 달구어져 버렸고, 그의 몸이 스친 부분에서부터 순식간에 불이 타오르기 시작한 것이다.

"아악!!"

"어서 불을 꺼라!!"

"어서!"

"크으으!!"

황욱태는 몸 안과 밖이 불타는 듯한 고통에 몸을 이리저리 구르고 있었고, 이내 신마천의 사람들이 급히 달려와 그에게 물을 뿌리기 시작했다. 열 동이는 뿌리고 나서야 불기운이 죽었지만 여전히 불씨는 남아 살이 타는 매캐한 냄새를 풍기고 있었다. 하지만 어느 정도 안정을 찾은 황욱태는 정신이 혼미한 와중에도 내공을 일으켜 남아 있던 불을 완전히 소진하고는 거친 숨을 몰아쉬었다.

"헉, 헉! 크크! 멋졌어!"

그는 힘없는 목소리로 그렇게 말하고는 정신을 잃어버렸다. 그가 정신을 잃는 순간 갑자기 그의 옆에 어떤 인물의 신형이 다리에서부터 위로 천천히 나타나기 시작했다. 마치 뭔가를 뒤집어쓰고 있다가 다리서부터 그것을 걷어내는 듯한 모습이었다. 그의 갑작스런 출현에 모두 깜짝 놀랐지만 그 사람은 주위의 반응에 아랑곳하지 않고 소리쳤다.

"어서 천주를 모셔라! 치료가 시급하다!!"

그의 말에 태양천의 고위급 인물들은 무사들을 시켜 서둘러 황욱태를 옮기기 시작했다.

"아버님, 대단… 하십니다."

도운영은 존경스런 눈빛과 놀란 표정으로 막 자리에 앉는 감리화천에게 그의 승리와 무공의 경지를 경하했다.

"음, 나도 이 정도일 줄은 몰랐다."

그는 꽤 피곤한 모습으로 자리에 앉아 의자에 몸을 기대고는 눈을 감았다.

"자칫 신마천과 원한을 살 수도 있겠군. 후후… 난 이만 숙소로 가보겠다. 너는 이곳에 남아 뒷일을 해주기 바란다."

"네, 맡겨주십시오, 아버님."

"그래."

감리화천이 몸을 일으켜 걸어가자 그의 뒤를 태양삼로가 뒤따랐다.

"……."

도운영은 그의 뒷모습을 보며 묘한 미소를 지었다.

"사형."

"음, 꽤 대단했어. 만약 저자가……."

"네?"

"아니다. 후후, 이제 오늘은 더 이상 비무가 없는 건가?"

"……?"

'초월경에 이르러 있었다면 정말 볼 만했겠군.'

"무슨 생각 하는 겁니까?"

이문수는 도용연이 자신의 말을 은근히 무시하는 듯한 느낌을 받자 기분이 나쁜지 얼굴을 살짝 찌푸리며 시정을 요구했다. 그러나 이어 나오는 도용연의 말 한마디에 얼굴을 더욱 찌푸릴 수밖에 없었다.

"조용히 해."

◆제6장 ◆ 혈류도(血流道)

혈류도(血流道)

黄昏斤月滿
地碎陰淸
絶技非技商
疑有數
無爨
康質燈
難折

　세 사람은 오는 도중 누구도 말을 꺼내지 않아 고요하기 그지없었다. 무슨 생각을 하는지 간군학의 입에서는 간혹 욕이 새어 나왔지만 둘은 그런 것에 전혀 개의치 않는지 시종일관 무표정에 무반응이었다. 관영호 일행이 폭포 뒤의 동굴을 지나 일각 정도 걷자 곧 빛이 보였다.

　"폭포 뒤가 이렇게 길다니……."

　간군학은 그 빛 뒤에 무엇이 있을지 은근히 기대가 갔다.

　동굴의 끝에 다다른 순간 간군학은 엄청난 광경에 눈을 크게 뜰 수밖에 없었다. 너무나 거대하게 펼쳐진 평원과 눈에 띄게 솟아올라 있는 거대한 전각과 수많은 군상들. 생각지도 못한 장소에서 생각지도 못한 하나의 세계를 발견한 기분이 이런 것일까 생각하는 간군학이었다.

　"이곳이… 초인천?"

　"다 왔군."

혈류도(血流道)　213

림주의 입에서 처음으로 나온 말이었다.

"어떤가? 많이 느껴지지 않나? 다섯이나 있어."

"……."

림주의 옆에 있는 사내. 그는 호리호리한 몸에 칠 척에 가까운 매우 큰 키의 사내였다. 뒷머리는 허리까지 아무렇게나 풀어져 있었고, 앞머리도 턱까지 길게 내려와 있었는데 양 옆으로 갈라놓아 얼굴을 덮지는 않고 있었다.

갸름하면서도 각 진 얼굴에 움푹 들어간 눈, 우뚝 솟은 코, 그리고 꽉 다물어진 입술. 예전에는 미남자로 불렸을 윤곽을 지니고 있었지만 지금은 초췌함 그 자체였다. 거기에다 그의 눈에서는 희미한 광기가 흘러나오고 있어 누가 본다면 섬뜩함에 자신도 모르게 뒷걸음질칠 정도로 음울한 분위기를 내고 있었다.

"해낼 수 있겠나?"

"난……."

사내의 입에서 조용하지만 사람을 짓누르는 듯한 위엄있는 말이 나왔다.

"너도 죽일 수 있다는 것을 모르는가?"

"큭!"

림주란 자는 그의 말에 피식 하고 웃어버렸다. 비웃음인지 아닌지 애매한 느낌이라 간군학은 그가 어떤 생각을 하며 웃음을 지은 것인지 알지 못했다.

"믿기 힘든가?"

"글쎄, 그 진실 여부야 어떻든 너와 난 싸울 일이 없어."

사내는 그의 말에 별다른 말 없이 그의 얼굴을 향해 손을 내밀었다.

"…뭘 원하는 거야?"

"말하지 않아도 알 텐데?"

"큭큭, 너도 생각보다 음흉한 구석이 있군."

"너야말로."

림주는 품에서 작은 단창을 꺼내 그의 손에 놓았다. 간군학은 사내가 단창을 허리춤에 꽂기 전 창신(槍身)에 무해창(無海槍)이라고 새겨져 있는 것을 볼 수 있었다.

'무해창? 무슨 의미지? 맞지 않는 단어를 억지로 갖다 붙인 것 같군.'

"그런데 뭘 그렇게 서두르시나. 일은 내일 시작인데. 후후, 재미있는 생각이 들었거든."

"……."

림주는 고개를 돌려 간군학을 보며 말했다.

"어때, 네가 보기엔? 이 멋지고 웅장한 계단 말야."

"모르겠소. 그저 대단하단 생각 외에는……."

"후후… 초인천에서 뒷구멍을 만들지 않은 이상 입출구는 오직 이곳뿐이지. 그래서 말야, 이곳을 무너뜨려 버리면 일단 도망갈 녀석은 없겠지. 후후!"

"음……."

"이제 느긋하게 구경이나 하지."

그는 계단으로 내려가지 않고 절벽 아래를 향해 그대로 몸을 날렸다. 그것은 옆의 사내도 마찬가지였다.

"……!"

간군학은 조금 질린 표정을 지을 수밖에 없었다. 자신도 뛰어내리면 착지는 가능하겠지만, 저 두 사람처럼 자연스럽고 쉽게 할 자신이 없었다.

"씨발… 왜 날 데려온 거야! 그렇게 힘 자랑 하고 싶었단 말이냐!"

둘의 싸움이 이각도 되지 않아 끝나자 허탈해하는 사람이 대부분이
었다. 보통 오패천주들은 호각지세라 매우 치열한 싸움이 있은 후에야
결판이 났기 때문이다. 하지만 이번에는 태양인을 십성까지 익힌 감리
화천과 황욱태의 실력 차가 커 쉬이 결론이 나버린 것이다.

그건 둘째 치더라도 태양천과 신마천 사이의 분위기가 이번 비무로
인해 그다지 좋지 않았다. 보통 비무를 해도 이 정도로 심한 중상을 입
지는 않았다. 감리화천이 자신의 태양인에 대해 자세히 몰랐던 실수도
있었고, 상대가 되지 않는다는 것을 알면서도 무모하게 덤빈 황욱태의
잘못도 있었지만 그것은 그들의 사정일 뿐 각 단체에 소속된 무사들은
결코 그렇지가 못했다.

신마천은 자신들의 자존심에 상처를 받은 것이나 다름없었고, 함부
로 실수를 쓴 태양천주가 좋게 보일 리가 없었다. 태양천은 또 그들 나
름대로 함부로 적의를 드러내는 그들이 좋게 보일 리가 없었다.

하지만 이곳은 어디까지나 화합의 장소였기에 더 이상의 행동은 할
수가 없었다. 더구나 남의 집 안방이 아닌가? 마음속으로 삭일 수밖에
없었다.

"허허, 어찌 일이 이렇게 되었단 말인가?"

백중학은 옆에 앉아 있는 사중경을 바라보며 당혹스런 표정을 지었
다. 사중경 역시 그를 보고 있었는데, 얼굴이 약간 굳어 있는 것이 백
중학과 같은 심경인 듯했다.

"일단 지켜봅세. 큰일은 나지 않을 것이야. 이제 내일 비무를 위해

해산시키세."

"음······."

백중학은 사중경의 의견에 동의하며 고개를 끄덕였다. 그러자 사중경은 중인들에게 알리기 위해 몸을 일으켰다.

"아니?"

사중경은 비무대 위로 검은 천을 써 얼굴이 전혀 보이지 않는 아수라천의 부교주 마하가리가 올라오자 의아한 표정을 지었다. 그녀의 모습을 본 그는 이내 불길한 생각이 들었다. 아니, 그것은 확신이었으나 그가 단지 애써 거부하고 있을 뿐이었다.

'음··· 오늘은 대회가 너무 빨리 끝나 버렸어!'

그는 어찌해야 할지 몰라 뒤를 돌아보았지만 백중학 역시 웃고 있었다. 하지만 그 속에 숨길 수 없는 당혹감을 담은 채 그를 보고 있었다. 그 모습에 사중경은 고개를 젓고는 허허로이 웃으며 백중학의 옆으로 와 자리에 앉았다. 그의 의도를 안 백중학은 이내 원래의 신색으로 돌아왔다.

"허허, 어쩔 수 없겠지. 당사자들에게 맡길 수밖에. 최악의 상황이 온다면 난 초인천의 힘을 믿을 것이네."

백중학의 말에 사중경은 가볍게 고개를 저으며 말했다.

"그런 최악의 상황은 없을 거라 믿네."

태양천과 신마천 사이에 오가던 묘한 살기는 그들의 관심이 다른 곳으로 돌려지자 어느새 사라지고 없었다.

마하가리. 아수라천의 부교주인 그녀는 미남 사내와 함께 비무대의 중앙으로 걸어가고 있었다. 아니, 거기서 그치지 않고 공석(空席)이 너무 많아 썰렁한 분위기마저 자아내고 있는 겁황천 쪽으로 계속 걸어갔다.

중인들은 갑작스럽게 일어난 이 사태에 모두 침묵을 지키며 그 장면을 바라보고 있었다. 그들이 관영호와 마하가리 사이에 있었던 조금은 황당한 일을 알 리 없었다.

그녀가 관영호의 삼 장쯤 앞에서 멈추고 뭔가 말하자 사내가 그녀의 말을 통역하기 시작했다.

"부교주님께서 말씀하시길… 내일 생사투를 벌이자고 했던 것은 오늘의 싸움이 하루 내내 걸릴 것이라 생각했기 때문이라 합니다. 그런데 의외로 싸움은 금방 끝이 났고, 이제 우리가 싸울 시간은 이대로 충분하다고 생각합니다. 그러니 비무대로 올라오십시오."

사내의 목소리는 그리 크지 않아 근처밖에 들리질 않았지만 근처에서 들은 사람으로부터 시작해 부교주의 말이 퍼지기 시작했고 이내 여기저기서 웅성거리기 시작했다.

"뭐라구? 내일이 아니라 지금 싸우자고? 그것도 생사투로?!"

"생사투?!"

"그럴 수가? 여기선 그런 싸움이 안 되는 것을 알면서……?"

"아수라천의 혈류도?!"

"맞다! 혈류도!!"

이곳저곳에서 웅성거리는 소리가 들려왔고 사태는 이제 걷잡을 수 없이 퍼지고 있었다.

"혈류도라면… 이번 화합도 무시할 정도로 절대적이지."

사람들의 시선은 부교주와 겁황천주뿐만 아니라 아수라천의 무사들 쪽으로도 향하고 있었다. 중인들의 시선에도 아수라천의 인물들은 아무런 반응이 없었다. 확실히 아수라천의 인물들은 교도들이라 해도 좋았기에 다른 사패천의 사람들과는 다르게 매우 엄숙하면서도 절도있는 무사들이었다.

"저 여자, 정말… 처음부터 싫었어요!"

"후후… 무엇이든 처음과 끝은 다르다는 것을 알지 않느냐."

유아빈의 말에 관영호는 잔잔한 목소리로 그녀를 달랬다. 사람에 대한 처음의 감정과 나중의 감정이 다르다는 것을 그녀에게 일깨워 준 것이었다. 그는 주위의 동요에도 전혀 변함없이 평온한 모습이었다.

"천주, 어떻게 하실 건가요?"

고안주는 걱정되는 눈빛으로 그를 보며 말했다. 단순한 비무가 아니라 그녀는 생사를 결정짓는 싸움을 원하고 있는 것이다. 마하가리의 실력이 어떤지는 정확히 몰랐지만 결코 쉬운 싸움은 아닐 것임을 그녀도 알고 있었다.

"만약 내가 이기면 어떻게 되는 것이오?"

관영호는 삼 장 거리에 떨어져 있는 그들이 들을 수 없을 정도로 약하게 말했지만 사내는 그 소리가 들렸는지 그녀에게 말을 전했다.

"부교주님께서 말씀하시길 피의 흐름은 항상 자신들을 승리로 이끌어주셨다고 했습니다."

그의 자신감이 아니라 마하가리가 믿는 신에 대한 믿음임을 안 관영호는 그가 원하는 바를 다시 말했다.

"만약이라는 것도 있소. 만약 내가 이긴다면 또다시 피의 율법대로 저 사람들을 시켜 우리를 핍박할 것이오?"

"…부교주님께서 말씀하시길 이곳이 오패천의 화합을 위해 모인 회합인 만큼 그런 일은 절대 있지 않을 것이라 하셨습니다."

"와아아!!"

갑자기 주위에서 함성이 일기 시작했다. 그것은 그들의 생사투를 기대하고 있다는 의미를 내포하고 있었다. 그들도 무인인 만큼 뛰어난 무인들의 생사투를 원하는 것은 당연했다. 비록 화합을 위한 자리라고는 하지만 무인의 본능을 억제하기란 쉽지 않았다.

"……."

"오빠……."

"관 공자."

두 여인뿐만 아니라 뒤에 있던 단소변과 고안주 역시 그를 걱정스런 표정으로 바라보고 있었다. 이곳에 있는 그들은 지금 이 순간 사람들에게 소외당하고 있는 느낌을 받고 있었기에 주눅이 들지 않을 수 없었다.

모두가 관영호에게 싸우라고 종용하고 있었다. 싸워서 이긴다면 몰라도 진다면 엄청난 손실임이 분명했다.

"…너는 날 못 믿느냐?"

관영호가 유아빈에게 묻자 유아빈은 깜짝 놀라더니 어느새 입가에 환한 미소를 지어 보였다.

"아뇨. 믿어요."

"서문 소저는 마교주와의 싸움을 잊었소? 난 그때만큼 처절한 싸움을 해본 적이 없소. 그리고 앞으로도 없을 것이라 생각하오."

"네."

서문설은 그 당시의 상황이 생각나는 듯 핼쑥한 표정을 지었다. 하지만 장난기가 서려 있는 얼굴임은 누구나 알 수 있었다. 지금에야 그렇게 장난 투로 대답할 수 있다지만 쉽게 그 공포를 잊을 수 있는 것은 아니었다. 의지로 번개를 부르며 의지로 심장의 고동을 멈추게 했던 마교주는 정녕 인간이 아니었던 것이다.

"난 그를 이겼소."

그는 그렇게 말하며 자리에서 일어났다. 그가 일어나는 순간 주위에서 엄청난 함성이 일기 시작했다.

"와아아아!!"

"겁황천주 최고다!!"

"진정한 무인이오!!"

'하지만 이 많은 소리들이 무슨 소용이 있는가. 후후… 일이 참 웃기게 가고 있군. 오패천의 회합이라면서 너무나 묘하게 흘러가고 있지 않은가. 초인천주, 이번 회합은 실패라는 것을 아시오?'

냉소적인 생각을 하며 그는 마하가리를 지나쳐 비무대의 반대편으로 걸어갔다.

마하가리가 사내에게 뭐라 말하자 그는 매우 공손하게 허리를 숙여 보이고는 아수라천의 진영으로 돌아갔다. 그가 본진영으로 돌아가는 것을 본 그녀는 걸음을 옮겨 비무대의 중앙으로 걸어갔다. 그러자 한 사람은 비무대의 끝에, 한 사람은 비무대의 중앙에 있는 채로 대치하고 있는 상태가 되었다. 이미 마하가리의 몸에서는 말로 표현하기 힘든 요사한 기운이 솟아오르고 있었다.

"……."

둘은 서로 상대 나라의 말을 몰랐기에 대화가 있을 리 없었다. 하지만 관영호는 그녀가 알아듣든 말든 상관없는지 계속 말을 했다.

"다시 말하지만 당신은 날 이기지 못하오."

"……."

마하가리의 몸에서 피어오르는 요사한 마기는 주위를 순식간에 차

갑게 냉각시켰다. 중인들은 그녀의 마기에 입도 뻥긋하지 못하고 그저 바라보고 있을 뿐이었다.

"지독하군. 저런 종류의 마기도 있단 말인가?"

그로서도 제법 견디기 힘든 마기였는지 살짝 눈살을 찌푸렸다. 관영호는 마하가리가 정말 자신을 죽이려는 마음을 가지고 있음을 알고는 방심하지 않기로 했다.

그도 몸에서 서서히 겁황무형사공을 끌어올렸다. 두 달 동안 놀면서 온 것은 아니었기에 겁황무형사공을 육성까지 이룰 수 있었지만, 천주로서 육성은 터무니없이 부족한 것이었다. 그래도 일단 자신은 겁황천주의 신분이기에 겁황천을 위해, 아니, 자신을 보고 있는 단소변과 고안주를 위해서라도 무리하려 했다.

멀리서 지켜보던 백중학과 사중경도 그의 모습을 보고는 약간 눈살을 찌푸렸다.

"겁황무형사공의 깊이가 깊지 못하군. 그래서는 아수라천의 독문 무공인 아수라요마기(阿修羅妖魔氣)를 이기지 못할 텐데……."

"그도 우리와 같은 경지이지 않나? 공명 정도는 약하지만 쉽게 당할 자는 아닐 걸세."

"그렇겠지."

선공은 마하가리였다. 그녀는 여전히 얼굴을 가리고 있는 천을 벗지 않고 있었는데도 초월경의 고수답게 시야의 제한을 받지 않는 듯했다.

그녀의 움직임은 한마디로 매우 신기했다. 그것은 관영호도 처음 보는 것으로 움직일 때마다 그녀의 잔영이 지나가는 길에 남았다. 덕분에 상대방의 시야를 극도로 혼란시키고 있을 뿐만 아니라 그녀의 몸에서 피어오르는 요사한 마기는 마치 취혼향(醉魂香)처럼 상대방의 심신을 무력하게 하는 특이한 힘이 있었다.

'요녀 그 자체군.'

그는 쓴웃음을 지으며 어느새 자신의 가슴을 짓눌러 오는 붉은 손을 피하기 위해 유유서행으로 미끄러지듯 뒤로 물러났다. 하지만 그녀의 손은 신형을 따라 독사처럼 기묘하게 이리저리 변화하며 유유서행 못지않은 신법으로 그의 면전으로 다가갔다.

관영호는 그녀의 신법이 자신 못지않게 매우 기쾌하여 그 손을 피하기 어려움을 느끼고 검지와 중지를 세워 겁황인을 시전했다.

단순히 휘두르는 것이 아니라 마치 허공에 그물망을 형성하려는 듯 어지럽게 휘두르자 그녀의 수법을 막을 무형의 막이 생성되어 그녀를 향해 수비 겸 공격으로 날아갔다. 마하가리는 신기하게도 그의 방어 겸 공격이 되기 직전 거짓말같이 순간적으로 신형을 멈추더니 원래 그랬다는 듯 이 장 뒤로 물러나 버렸다.

그리고 잔영이 미처 사라지기도 전에 그녀의 몸은 놀랍게도 양쪽으로 나누어져 그의 양 옆을 파고들었다. 끝없는 그녀의 잔영에 비무대는 순식간에 그녀의 모습으로 가득 차게 되었다.

"저건 나도 듣기만 했는데… 요마환형신법(妖魔幻形身法)이다. 부교주의 움직임이 빨라지면 빨라질수록 천주님의 주위는 그녀의 신형으로 뒤덮이게 될 것이야. 그럼 아무리 초인적인 감각을 지닌 고수라도 도무지 실체와 허체를 구분하기 힘들어진다고 해."

단소변은 두 사람의 싸움을 보며 불안한 신색을 지우지 못했다. 관영호가 분명 강하다는 것은 알고 있었지만 실제로 싸우는 모습을 본 적은 없었기 때문에 불안할 수밖에 없었다.

'재미있군!'

그것은 관영호가 마하가리의 신형이 점점 더 빨라지면서 나타나는 주위의 현상을 보고 느낀 첫 감정이었다. 몸을 은근히 무력하게 만드는 그녀의 마기도 은근히 호승심을 일깨우고 있었다. 아직까지 그에게 그다지 큰 영향을 미치지는 못하고 있었지만 방심하다가는 큰코 다칠 것이 분명했다.

'환에는 환이지.'

그는 일단 그녀의 집요한 잔심혈겁수에서 벗어나야 함이 우선임을 알고 어렵지 않게 방법을 생각해 냈다. 그는 품 안에서 비도를 꺼내 들었다. 이번 회합에서는 다섯 자루밖에 가져오지 않았기에 쓰는 것에 신중을 기해야 했다. 물론 힘을 개방한다면 굳이 비도가 필요없지만.

그가 비도에 겁황무형사공을 주입하자 검끝에서 보이지 않는 무언가가 솟아올랐는데, 이를 보던 마하가리를 비롯한 여러 고수들은 그것이 무형의 도강임을 알아챌 수 있었다.

'재미있긴 하지만 겁황무형사공만으로 좋은 도강은 무리야.'

관영호는 생각 도중 마하가리가 재빠르게 자신의 옆을 공략해 오자 마하가리의 손을 향해 자신의 도를 가볍게 휘둘렀다.

직선적이긴 했지만 매우 패도적인 힘을 품고 있는 혈천지옥도 극(極)이었다. 무형겁황사공으로 시전하는 것이라 혈영천마공을 일으켰을 때와는 매우 다른 느낌을 받고 있는 그였다.

마하가리는 아무런 힘도 품지 않은 듯한 검이 그녀의 팔을 향해 베어가자 무시하고 계속 나가려 했지만 이내 번개같이 뒤로 물러났다. 이는 바로 혈류도의 '예감'이었다.

그 예감이란 혈류도의 시작이 되는 것으로 전투시 위험을 예감으로 알 수 있게 하는 매우 특이한 감각이었다. 이것은 무공은 아니지만 싸움에서는 엄청난 위력을 발휘하는 것이었다. 특히 기괴한 움직임의 변화가 매우 심하며 그 속도로 상대방의 공세를 쉽게 피할 수 있는 요마환형신법에는 더할 나위 없이 알맞은 것이었다.

만약 혈류도가 예감, 예지, 혈류의 지목 등 이런 단계를 넘어서 진정한 혈류의 도를 알게 된다면 누구도 그자를 공격할 수 없게 되며 누구도 그자의 공격을 피할 수 없게 된다는 것이 이들의 무리(武理)였으나 아수라천의 역사상 누구도 진정한 혈류도를 깨달은 자는 없었다.

그것은 마하가리도 마찬가지였다. 하지만 예감만으로도 그녀는 자신의 위기를 충분히 넘길 수 있는 경지였다.

"……."

관영호의 단 일 수에 잠시 상황은 대치 상태가 되었다. 알 사람은 알았겠지만 상당수의 무인들은 왜 그녀가 관영호의 단순한 칼부림에 뒤로 피했는지 알지 못했다. 그 덕분에 장내는 다시 웅성거리기 시작했다.

관영호는 귓가를 울리는 사람들의 웅성임을 흘려 버리며 빈 공간에 손가락으로 무언가를 그리기 시작했다. 그러자 허공에 이상한 그림이 그려지기 시작했다.

"겁황사법이다!!"

"오오!!"

오패천 중에서 가장 정통사도(正統邪道)를 따르는 겁황천의 무공 중 겁황사법은 단연 독보적이었고 매우 독특했기에 대부분의 사람들은 쉽게 알아볼 수 있었다.

마하가리는 그가 사법을 완성시키지 못하도록 아까보다 더 빠른 속도로 그에게 쳐들어갔다. 그녀가 움직이며 만들어내는 끝없는 잔영들은 환상의 세계를 이루는 근원인 듯 주위를 한없이 느리게 만들고 있다는 느낌을 모두에게 주고 있었다.

"환영지막(幻影之膜)."

그녀의 잔심혈겁수가 허공에 그려져 있는 진에 이른 순간 그 진은 관영호에게로 거짓말같이 스며들었다. 하지만 그녀는 개의치 않고 잔심혈겁수를 그의 심장에 찔러 넣었다.

"아아!!"

다들 의외의 결과에 탄성을 질렀지만 이내 그들은 경악에 찬 소리를 낼 수밖에 없었다. 관영호의 몸이 마치 흐물거리는 물체인 듯 그의 몸이 껍질같이 일그러지며 바닥으로 녹아내리고 말았기 때문이다.

마하가리는 자신의 공격이 실패하는 순간 마치 알고 있다는 듯이 순식간에 앞으로 더 나아갔다. 그것은 그녀의 느낌으로 몸이 반응하기 이전에 오는 예감에 의한 것이었다. 과연 그녀가 있던 자리의 뒤에서 관영호의 몸이 나타나 그녀의 등을 공격했던 것이다.

공격이 실패하자 그는 지체없이 그녀의 뒤를 향해 겁황인을 발출했다. 세 가닥의 무형지기가 쏘아져 나갔지만 어느새 그녀의 신형은 좌, 우, 그리고 하늘 이렇게 세 갈래로 나뉜 후였다. 세 개의 신형은 각자 곡선을 그리며, 그리고 환상적인 잔영을 만들며 관영호의 양 옆구리와 천돌혈을 찍어갔다.

찰나지간의 공격은 이미 관영호의 몸을 짓이겼지만 놀랍게도 그의 몸은 아까와 같이 흐물거리는 껍질이 되어버렸다. 그 순간 그녀의 반응은 모두의 예상을 뒤덮었다. 사라진 관영호가 그녀를 어디서 공격할지 알 수 없는데도 불구하고 그녀는 오른쪽으로 잔심혈겁수를 찔러간 것이다.

파악!!

"큭!!"

놀랍게도 그녀가 공격한 곳에는 관영호의 모습이 있었다. 관영호는 그녀를 향해 장(掌)을 지르고 있었는데, 그의 반응보다 더 빨랐던 그녀의 잔심혈겁수는 이미 그의 오른쪽 허리에 박혀 있었던 것이다.

"와아아!!"

놀라운 광경에 장내는 엄청난 함성이 울려 퍼졌다. 한 수 한 수가 기묘하고 강맹하며 예상을 벗어나고 있었기에 중인들의 가슴에 흥분을 심어 넣기에 충분했다.

"지독하군……."

그는 간신히 피했지만 허리에 살짝 박힌 그녀의 손에서 지독한 마기가 흘러나와 자신의 몸 안으로 흘러 들어옴을 느끼고는 뒤로 몸을 빼려 했다.

"……."

하지만 그녀의 손은 뭔가에 달라붙은 듯 빠지지 않았다.

"음."

관영호는 조금씩 자신의 몸이 노곤해짐을 느꼈지만 그의 입가에는 묘한 미소가 걸려 있었다.

"재미있군……."

그의 말이 끝나기도 전에 마하가리의 나머지 한 손이 그의 심장을 찔러 들어갔고 그때 관영호의 몸에서 검붉은 기운이 솟아올라 그녀의 손과 부딪쳤다.

콰쾅!!

둘의 싸움에서 처음으로 심한 폭음이 울리며 관영호와 마하가리는 서로 뒷걸음질쳤다. 그의 허리에 박혀 있던 그녀의 손은 빠져 있었지만 허리에서는 피가 꾸역꾸역 흘러내리고 있었다.

"……."

"저건 뭐지?"

사중경이 조금 놀란 표정으로 물었다. 관영호의 몸에서 일어난 검붉은 기운은 그도 처음 보는 것이었기 때문이다.

"흠, 마공 같군. 매우 패도적이야. 겁황천의 천주가 저런 마공을 익히고 있다니 의외로군."

백중학은 수염을 쓰다듬으며 고개를 저었다.

"부교주의 아수라요마기가 너무 많이 그의 몸 안으로 침투된 것 같아. 과연 견딜 수 있을지……."

관영호의 몸에서는 이제 전과는 달리 위압적인 혈영천마공의 기운이 물씬 피어오르고 있었다. 그에 따라 허리는 빠르게 아물고 있었지만 그의 속 내부는 그와는 조금 달랐다. 혈영천마공과는 기질이 너무나 다른 그녀의 마기가 침투하여 자꾸 힘을 빼내려 했기 때문이다.

고통과는 다른 묘한 무력감이 그를 감싸기 시작했지만 관영호는 이 정도는 충분히 견딜 수 있었기에 태연했다.

'나의 공격을 예측했다. 그녀는 분명 날 느끼지 못했을 텐데도 그전에 미리 움직였다는 것이 신기하군. 사람이 그럴 수 있는가?'

그는 자신의 주위를 맴돌며 수많은 잔영을 만드는 마하가리를 보았다. 눈을 감겠다는 생각은 하지 않았다. 눈을 감는 것과 뜨는 것이 다르다면 그것은 고수가 아니다.

자신의 내부에서 용솟음치는 엄청난 힘을 느끼며 그는 사방으로 혈영장을 날리기 시작했다.

콰콰쾅!!

콰콰쾅!!

비무대의 바닥이 박살나며 돌이 사방으로 난무하기 시작했다. 하지만 그녀의 몸은 거대한 혈영장을 피하며 이리저리 움직였다. 자신의 혈영장이 소용없는 것을 모르는지 그는 계속하여 혈영장을 날렸다. 그러는 사이 그녀의 신형은 점점 그에게 가까워지고 있었다.

얼마 지나지 않아 마하가리는 그의 곁까지 다가와 그의 심장을 찔러갔고 그는 다시 뒤로 미끄러지듯이 물러났다. 그녀의 신형이 그의 반응을 보고 바로 다가가려는 순간 관영호의 손이 더 빠르게 앞으로 내밀어졌다. 그의 몸에서 일어나는 힘에 의해 주위는 돌덩어리가 비산하고 있었다.

우우웅!!

삼장 혈영천마장은 그녀가 피할 곳이 없을 정도로 좌우로 거대한 세력을 이루며 다가갔다. 그 엄청난 장력에 마하가리는 잠시 주춤했지만 이내 아까보다 좀 더 빠르게 그의 장력을 향해 부딪쳐 갔다. 그의 손에는 더욱 요사한 붉은 마기가 맺혀 있었다.

파아앗!!

"오오오!!"

"대단하다!"

사람들은 그녀의 잔심혈겁수가 혈영천마장을 비단폭 찢는 듯 매끄럽게 베어 나가자 감탄성을 지를 수밖에 없었다.

'기다렸다……!'

그는 자신의 장력을 무력화시킨 그녀가 자신의 지척까지 다가오는 순간 번개같이 왼손을 앞으로 내밀었다. 내민 것과 동시에 나머지 한 손은 자신의 왼쪽 옆으로 내밀었다. 그의 왼손이 내밀어지기 직전 그녀의 몸은 관영호의 좌측으로 이동해 있었고 그의 옆구리를 찌르는 순간이었기에 그렇게 빨리 관영호가 반응한 것이었다. 그녀의 움직임에 비해 약간은 늦었지만 그의 반응 또한 대단히 빨랐기에 그는 그녀에게 장력을 적중시킬 수 있었다.

"꺄악!!"

처음으로 그녀의 입에서 사방을 울리는 큰 소리가 울리며 뒤로 날아갔다. 그녀의 입에서는 피가 한 움큼 뿜어져 나와 천을 적셨다.

"오오!!"

단소변은 자신도 모르게 주먹을 꾹 쥐며 감탄성을 질러내었다. 그는 그녀의 혈류도에 대해 조금은 알고 있기에 그녀가 상대방이 어떤 공격을 할지를 미리 예감하고 움직인다는 것을 알고 있었다. 그래서 그가 정직하게 장력을 내뿜으려는 순간 안타까움을 느꼈지만 그렇게 생각하는 찰나 상황은 그렇게 되어 있었던 것이다.

"후후……."

관영호는 자신의 옆구리에서 흘러내리는 상당한 양의 피를 보고는 쓰게 웃었다. 갈비뼈가 부러진 것 같았지만 언제나 그렇듯 고통은 느껴지지 않았다.

마하가리는 강력한 장력에 적중당했음에도 어느새 몸을 일으키고 있었다. 그녀도 초월경의 고수인지라 금방 회복될 것임을 아는 그는 속전속결을 위해 품에서 비도 네 개를 꺼내 들었다.

검은 천을 찢어내어 뒤로 버리던 그녀는 자신을 조여오는 살기에 흠칫 놀라며 그를 바라보았다.

검은 천이 벗겨지며 드러난 그녀의 얼굴은 매우 연약하다는 인상을 주었었다. 아픈 사람처럼 보일 정도로 창백한 안색을 한 그녀의 얼굴은 그것이 내상 때문은 아니라고 누구나 짐작할 수 있을 정도로 적당했다. 눈은 초록색이었고 코는 오똑하게 솟아올라 중원 여인과는 조금 다르게 보였지만 미인임은 부정할 수 없었다. 하지만 무표정한 그녀의 얼굴을 보고 있으면 그녀가 대체 무슨 생각을 하고 있는지 알 수 없었다.

"하아……!!"

그녀의 입에서 일순간 기합성이 울리며 그녀의 몸 주위로 엄청난 힘이 맴돌기 시작했다. 전과는 비교도 되지 않는 엄청난 힘! 서서히 그 힘은 붉게 물들기 시작했고 이내 무언가를 형성하기 시작했다.

"맙소사!!"

"오오!!"

"지옥의 혈천사(血天使)인가?!"

놀랍게도 그녀의 등 뒤로 붉은 기운이 모여 붉은 날개를 형상화한 것이다. 그 모습은 말 그대로 염라 지옥에서 온 피의 천사 같아 보여 아름답다기보다는 요사스럽다는 느낌을 강하게 주고 있었다.

"힘의 개방…… 결국은……."

그는 일이 쉽지 않게 가고 있다고 생각하며 어쩔 수 없이 그도 힘을 개방하기로 했다. 그녀는 그와의 싸움을 비무로 생각하고 있지 않았고, 그렇기에 모든 힘을 쏟아 관영호를 죽일 생각인지라 그도 초월경의 힘으로 맞서 싸우지 않으면 목숨이 위험해질 것이 뻔했다. 세사를 초월한 관영호도 쉽게 죽어주기는 싫은 것이 당연했다.

관영호의 몸에서 붉은 빛이 난다 싶은 순간 그의 손에 있던 네 자루의 비도는 모두 하늘을 향해 치솟아올랐고 그의 신형은 찰나지간 그녀의 일 장 앞까지 조여 들어갔다. 그 엄청난 신법은 요마환형신법도 무색케 할 정도였다.

파파팟!!

그의 손에서 엄청난 혈무가 쏟아져 나갔다. 혈무가 다가오자 그녀의 등 뒤에 있던 날개가 접히며 그녀의 몸을 감쌌지만 그 순간 그녀의 머리 위로 두 자루의 비도가 떨어지고 있었다. 무려 십 자의 길이로 용의 형상을 한 채 꿈틀거리는 도강, 그것은 혈룡이었다.

"……!!"

그녀는 크게 놀랐는지 눈을 크게 치켜떴다. 그러나 그녀의 표정과는 달리 그녀의 등 뒤의 날개와 두 손은 이미 혈룡을 향해 부딪쳐 가고 있었다.

콰콰쾅!!

혈무가 그녀의 혈익(血翼)과 부딪쳤고 신비한 빛이 서린 그녀의 두 손도 혈룡과 부딪쳤다.

"저건……."

멀리서 지켜보던 사중경은 그녀의 손을 보고 침음성을 흘렸다.

"허허, 육아수라(六阿修羅) 초혼(招魂)이군. 번마심(煩魔心)을 쓰다니. 그리고 저 일 장(一丈)은 됨 직한 말도 안 되는 길이의 도강 또한 상상을 초월하는군."

"아니, 저걸 보게."

사중경이 백중학의 시선을 장내로 다시 이끌었다.

두 사람의 공세는 부딪치자 큰 소음만 내고 싱겁게 끝나 버렸지만 그렇다 싶은 순간 그녀의 위로 또 하나의 검이 떨어지고 있었다.

'멸붕(滅崩)!'

비도는 엄청난 압력으로 그녀를 내리눌렀다. 그녀는 한 손을 들어 비도가 주는 압력을 견디고 있었지만 발이 비무대 바닥으로 조금 파고

들어 가 있었다.

그는 비도에 내공을 계속 넣으며 대치 상태로 들어가 있다 다른 비도가 거의 다 떨어지는 것을 느낀 순간 내공 주입을 멈추어 버렸다.

'반응이 한 호흡만 더 빠르다면 그렇게 하지 못하도록 공격의 틈을 없애면 된다. 이는 허초의 절묘한 배합으로 그 틈을 없앤다.'

내공이 사라진 순간 비도는 순식간에 가루가 되어버렸지만 그녀는 또 다른 비도 한 자루가 떨어지자 피하지 못하고 다시 손을 들어 올렸다.

파삿!

"……!!"

너무나 쉽게 비도가 부서져 버리자 그녀는 깜짝 놀라며 신형을 돌렸지만 이미 일은 벌어진 후였다.

그녀의 주위로 붉은 검형강기 여덟 개가 조여 들어가고 있었던 것이다. 그녀가 입술을 꼭 깨물며 몸을 하늘로 띄우려는 순간 그녀는 그만큰 실책을 하고 말았다. 그것은 자신의 앞에 있던 관영호의 손을 보고 말았다는 것. 차라리 보지 않는 것이 더 나았을 그의 손이 마치 유령처럼 앞으로 펼쳐졌고, 그걸 본 그녀는 아득한 나락으로 떨어지는 느낌을 받았다.

"읏!!"

그녀의 등 뒤에 있던 날개가 다시 몸을 감쌌고, 그녀는 손을 좌우로 활짝 펼쳤다. 그러자 그녀의 몸에서는 아까와는 너무나 다른 강력하면서도 바늘로 찌르는 듯한 지독한 마기가 불꽃처럼 솟아올랐다.

육아수라초혼 중에서도 가장 파괴적이고 잔인한 온마멸(蘊魔滅)이었다. 그것이 초월경의 상태에서 시전되었기에 그 위력은 예측이 불가능했다.

우르르릉!!

"아악!!"

그녀의 강력한 마기도 소용이 없었다. 검형강기는 그녀의 혈익에 의해 방어되었지만 혈익이 사라져 버리게 되었고 그 빈틈을 황이 메워 전신을 강타한 것이다.

그녀의 입에서는 피가 분수처럼 쏟아졌고 신형은 뒤로 하염없이 날아가고 있었다. 하지만 관영호는 아직 그녀가 죽지 않았다는 것을 알 수 있었다. 분명 제대로 맞았다면 죽었겠지만 이상하게도 그녀는 마지막에 그 패도적인 마기 이외에 다른 무언가를 일으키려 했고, 그것이 그녀의 목숨을 건졌다.

'최후의 힘을 쓰려 했었나?'

그는 의아함을 느꼈지만 깊게 생각하지는 않았다. 이은 공격으로 그녀의 목숨을 취할까 생각도 했지만 부질없는 짓이라 생각하며 미련없이 몸을 돌렸다.

'어차피 날 죽이려 한다면 또 상대하면 된다. 설령 그녀를 죽인다 해도 그녀와 비슷한 실력을 지닌 인물이 나타나 또 방해할 것이 분명하지 않은가? 차라리 그녀와 상대하는 것이 더 편할지도 모르지.'

"와아아!!"

다른 오패천의 무사들은 관영호의 놀라운 실력에 함성을 내질렀다. 그들이 본 것은 정녕 천외천의 무공들이었고, 그것은 그들을 흥분시키기에 충분했다.

"오빠!"

"천주님!"

"관 공자!"

네 사람은 그의 승리에 환한 웃음을 지으며 그를 맞이했다. 가슴을 짓누르던 부담감이 한순간에 모두 날아갔다.

"오빠, 예전보다 더욱 강해졌군요!"

"……."

그는 아무 말 없이 그저 웃기만 했다. 서문설 역시 감탄의 눈으로 그를 보고 있었고, 단소변과 고안주의 눈에는 그에 대한 신뢰가 강하게 담겨 있었다.

"내심 걱정이 많이 되었지만 이제 걱정이 다 날아갔습니다, 천주님! 하하하!!"

그는 옆에 있는 고안주의 어깨를 마구 두드리며 호탕하게 웃었다. 그녀는 어깨가 아픔을 느끼고 살짝 눈살을 찌푸렸지만 아무 말 않고 관영호를 보며 말했다.

"천주님, 수고하셨어요."

이번 비무의 승리로 이제 그녀도 관영호를 천주로 인정하겠다는 마음이 생겼을지 몰랐다.

비무대에 쓰러져 있는 마하가리는 조금씩 몸을 꿈틀거리더니 이내 간신히 몸을 일으켜 세웠다. 그때쯤 아수라천의 진영에서 마하가리와 함께 왔던 두 사내가 그녀를 향해 날아왔다.

그들은 그녀를 조심스럽게 부축했는데 진영으로 돌아가지 않고 관영호의 일행이 있는 쪽으로 느릿하게 걸어오고 있었다. 일행은 잠시 기쁨을 접어두고 그들이 오는 것을 가만히 보고 있었다. 세 사람이 그들의 앞까지 다가오자 마하가리는 사내에게 무언가 말을 했다.

"부교주님께서 말씀하시길… 자신을 죽이지 않은 것을 고마워하지는 않겠다고 합니다. 그리고… 피의 흐름은 아수라님의 계시가 있어 사라지지 않는 한 계속될 것이라 합니다."

"……."

그의 말에 일행의 표정은 조금 굳을 수밖에 없었다. 피의 흐름이 계속된다면 자신들은 그만큼 위험해지기 때문이다.

"오늘 굳이 이렇게 생사투를 벌인 것은… 내일은 불안한 예감이 들었기 때문입니다. 그것이 정확히 무엇인지는 이상하게도 알 수 없지만 내일 싸우지 못할 것 같은 예감만은 강했습니다."

사내의 말이 끝나자 그들은 관영호의 말은 들을 생각이 없는지 몸을 돌려 아수라천의 자리로 돌아가 버렸다.

"……."

"아수라천에는 혈류도라는 것이 있습니다. 그것은 매우 특이한 능력으로 하나의 학문이기도 하며 몸으로 느끼기도 하는 신비한 수행이기도 하다더군요. 그 기반은 아수라에 대한 절실한 믿음과 아수라 율법에 따른 철저한 생활을 바탕으로 이루어진다고 합니다. 그렇게 되면 피의 흐름이 누구에게 있는지를 알 수 있고 천주께서 싸울 때 느끼셨던 비정상적인 반응을 보이게 할 수 있는 예감이라는 것도 느낄 수 있게 된다고 합니다."

"음……."

관영호는 단소변의 말을 듣자 그제야 미세한 차이로 빨랐던 그녀의 움직임을 이해할 수 있었다.

"아마 사내가 말한 것은 내일은 싸우지 못할 것이라는 예감을 받고 말한 것일 겁니다. 하지만 보통 아수라천의 인물 중에서 내일의 일을 느낄 수 있을 정도로 혈류도에 깊은 이해를 한 자가 없는데… 부교주라는 여인은 대단한 자임이 틀림없습니다."

"한 치 앞도 모르는 것이 인간인데… 굳이 내일을 알 필요는 없지. 단지 우리가 해야 할 일은……."

"그 상황에 부딪쳤을 때 가지는 마음 자세지요? 호호호!"

유아빈의 웃음소리는 시끌벅적한 소란 속에 묻혀 버렸지만 일행은 너무나 똑똑히 그녀의 옥소를 음미할 수 있었다.

오패천주천룡비무대회는 사중경의 알림에 의해 그 하루를 마감하고 있었다.

"좋은 밤이군……."

끊임없이 변하고 있는 얼굴은 만약 기억력이 좋은 사람이라면 반복되는 얼굴 모습이 없다는 것을 알고 경악했을 것이다. 변하는 얼굴의 모습이 섬뜩함을 안겨주는 것은 간군학에게도 예외는 아니었다.

"림주의 얼굴 때문에 기분이 나지 않소."

"큭큭! 그래, 지금만큼은 이따위 장난은 하지 않는 게 좋겠지."

세원각 뒤의 산중턱을 좀 더 올라가면 있는 조금 평평하고 큰 바위 위에는 회골림에서 온 세 사람이 앉아 있었다.

림주가 앉아 있는 무릎 앞에는 술병이 놓여 있었다. 그는 술병을 들어 마시기 전 간군학의 말을 듣더니 기괴하게 웃으며 술병을 들지 않은 손으로 자신의 얼굴을 한번 쓰다듬었다.

"……."

얼마 지나지 않아 백색 운무는 옅어졌고 얼굴의 변화는 거짓말처럼 멈추어 버렸다. 가는 얼굴 선이지만 입가에 싱그러운 미소를 짓고 있는 호감형의 얼굴. 그의 귀에는 나뭇가지 하나가 걸려 있었다. 그는 바로 유유객이었다.

간군학은 예전에 그의 얼굴을 한번 본 적이 있었기 때문에 놀라지는 않았지만, 항상 그의 귀에 걸려 있는 나뭇가지에 시선이 감은 어쩔 수 없었다.

'피로써 중원을 지배하려는 자치고는 정말 낭만적인 구석이 있는 사람이야.'

지금 겨울이라 차가운 바람이 불고 있는데도 그는 달을 보며 혼자 웃음 짓고 있었다. 한 모금 술을 넘긴 유유객은 자신의 오른쪽에 앉아 있는 호리호리한 사내에게 술병을 건넸다. 사내는 두 손을 뒤로하여 몸을 지탱한 채 어둠을 가만히 응시하고 있었다. 착 가라앉은 눈빛에 고독에 찬 듯한 분위기는 감히 범접하지 못할 무언가가 있었다. 그는 유유객이 넘긴 술병은 일별도 하지 않고 가만히 어둠을 응시하고만 있었다.

"어둠 속에 너의 마음을 없을 수 있다고 생각하는가? 큭큭……."

이번에는 술병을 간군학에게로 넘겼지만 간군학은 고개를 저으며 거부의 의사를 표했다. 원래 술을 잘 마시지 않기도 했지만 이런 밤에는 정말 싫었기 때문이다.

"이런, 다들 삭막한 녀석들이야. 후후!"

그는 실소를 지으며 다시 한 번 술을 들이켰다. 목구멍에서 튕기듯 튀어나오는 화끈한 소리를 낸 그는 달을 응시하며 입을 열었다.

"크!! 저 달이 기울면 하나의 생명이 사라지지. 하나의 생명이 사라지면 사람들은 동요하고… 동요는 둘, 넷, 여덟, 열여섯, 큭큭……!"

"사라질 것은 다섯뿐이다."

유유객은 그의 말이 초월경의 고수 다섯 명만 죽일 것이라는 의사 표현임을 알고 있었다.

"아무렴 어때."

그는 희미하게 미소 지으며 다시 술병을 입으로 가져갔다. 그의 미소가 이상하다 생각한 간군학이었지만 이내 생각을 지워 버렸다.

"네 딸이 어디 갔는지 알고 싶나?"

"……!!"

간군학은 고개를 돌리려다 그의 말에 번개같이 유유객을 쳐다보았다. 그의 눈은 불똥이 튀는 듯 강렬히 타오르고 있었다.

"저런, 너무 딸을 구속하려는 것 아닌가? 이미 네 딸은 너의 품을 벗어났고… 자신의 진정한 운명을 향해 치닫고 있어."

"……."

"네 딸은 극마성(極魔星)이야."

"극마성?"

"천문에 밝은 자라면 극마성이 뭔지 알지. 공부 좀 해야겠어."

"씨발……."

그는 얼굴을 찌푸리고는 고개를 돌려 버렸다. 그의 말투는 자신의 주인인 림주를 대하는 올바른 태도가 아니었지만, 유유객은 전혀 개의치 않는 듯했다. 간군학도 그것을 알았기에 서슴없이 욕을 할 수 있는 것이다.

그들 사이에는 침묵이 맴돌았다. 유유객은 여전히 술을 조금씩 들이키며 달을 보고 있었고, 사내는 조금도 자세가 흐트러지지 않은 채 계속 어둠을 응시하고 있었다. 간군학은 이 기묘한 침묵이 마음에 들지 않았지만 그도 나름대로 생각에 빠져들자 시간은 침묵과 함께 계속 흘러가기 시작했다.

"달이 기울었다."

어둠을 응시하던 사내의 입에서 간단한 말이 나왔다. 그러자 유유객은 남은 술을 모두 들이키고 뒤로 술병을 던져 버리더니 자리에서 일어났다. 간군학도 따라 일어서자 그는 사내를 내려다보며 말했다.

"넌 그냥 이곳에 있어라. 한 사람만 죽이고 오는 것이라 간단하니 굳이 네가 올 필요는 없어."

"……."

"가자."

둘의 신형은 순식간에 산 아래의 어둠에 삼켜져 버렸다.

그가 비단과 떨어져 잘 수 있게 된 것은 그 경지에 오르고 난 뒤부터였다. 그 전까지는 비단과 떨어져 산 일이 없었다. 단괴기예(緞怪奇藝). 가로, 세로 각각 삼 장인 넓고 긴 비단으로 펼치는 그의 단괴기예는 하나의 예술로 그 극의에 이르기 위해 다른 무인들이 검을 안고 사는 것처럼 자신도 그 비단을 놓은 적이 없었다.

소면신군 백중학은 운기조식을 끝내고 침상에 누워 내일 있을 비무를 생각했다. 전 회합의 비무 우승자인 자신은 부전승으로 결승에 올라가게 되고 나머지 천주들만이 대전을 벌이는 것으로 내일은 겁황천주와 태양천주의 비무였다.

"겁황천주… 대단한 젊은이였어. 아니, 젊은이가 아닐지도 모르지. 아무튼 공명이 부교주보다 약했는데도 이기다니……. 허허, 공명 정도가 모든 것을 말하는 건 아님을 깨달은 게야."

그는 좋은 걸 깨달아 기분이 좋은지 흐뭇한 표정으로 눈을 감았다. 그러다 갑작스럽게 느껴지는 이상한 기운에 그의 눈이 번쩍 뜨였다.

"누구시오?"

그는 고개를 돌려 창가를 보았다. 그러자 창가 안으로 한 사람이 소리없이 들어왔다.

"당신은?"

백중학은 상대방의 얼굴을 보고 꽤나 놀란 표정을 지었다. 그는 겁황천주였다. 시종일관 차분한 표정과 가라앉은 눈빛은 그의 특징이라 백중학은 금세 알아볼 수 있었다.

"잠시 나와주시오. 긴히 할 말이 있소."

"음……."

백중학은 당혹스런 상황에 잠시 주저했지만 이내 평상심을 되찾고 몸을 일으켰다. 그를 지켜보던 관영호가 창밖으로 몸을 날리자 그를 이어 백중학 역시 뒤따라 몸을 날렸다.

관영호가 간 곳은 세원각 뒤에 놓여 있는 산기슭이었다. 굉장히 한적한 곳으로 평소에도 사람의 흔적은 전무했기에 한밤중인 지금은 가슴을 짓누를 정도로 적막감이 맴돌고 있었다.

관영호는 달이 비추지 않는 음영 속에서 등을 보인 채 신형을 멈추었다. 백중학은 그의 이 장쯤 뒤에서 역시 신형을 멈추었다.

"……."

"……."

서로 아무런 말도 없었다. 관영호는 그저 뒷모습만 보이고 있었고, 백중학은 그가 말하기를 기다렸다. 그러다 백중학은 갑자기 관영호의 전신에서 희뿌연 기운이 아지랑이처럼 피어오르는 것을 보고 일순간 몸을 움찔거렸다. 섬뜩한 기운이 폭풍처럼 그의 전신을 옭아매기 시작했기 때문이다.

"겁황천주는 무슨 일로 나를 부른 것이오?"

그는 마음속에서 일어나는 불안감을 특유의 평정심으로 지워 버리며 담담히 물었다.

"달이 좋지."

"······!!"

백중학은 관영호의 목소리가 다른 사람의 목소리로 변하자 무언가 이상함을 느꼈다.

"그대는 누군가?"

백중학의 몸에서 여태껏 볼 수 없던 기운이 솟아오르기 시작했다. 평상시에도 화를 내지 않고 무공도 잘 보이지 않으며 그저 편안한 할아버지같이 웃기만 해서 소면신군이라 불리는 그가 긴장하여 힘을 드러낸 것이다. 그때 그는 몸을 돌렸다. 그의 얼굴이 시시각각 변하고 있는 것이 백중학의 뛰어난 시야에 들어왔다.

"음······."

"이봐, 너무 그렇게 굳어 있지 말라고. 어차피 죽음은 한순간이거든."

"죽음? 그대는 날 죽이겠다는 것인가?"

"겨우 그 정도로 너무 자만하지 마라. 아, 내가 반말을 쓰는 걸 이해해. 난 너보다 나이가 많거든. 큭큭! 나와, 이제."

그가 누군가에게 나오라고 말하자 유유객의 뒤쪽 나무 둥치 뒤에서 간군학이 걸어 나왔다. 그의 표정은 매우 심각하게 굳어 있었다.

"자, 달이 너무 기울었군. 그냥 죽이긴 미안하니··· 어디 한 번만 공격해 봐. 시시하게 공격했다간 너만 손해인 거 알지?"

그의 안하무인적인 태도에 백중학도 그렇게 기분이 편안할 리가 없었다. 그나마 그였기에 화는 내지 않고 있었지만 괘씸한 생각은 들었기에, 그리고 지금 이 두 사람은 분명 이곳에 좋은 의도로 온 외인(外

ㅅ)이 아니었으므로 둘을 죽이기로 결정했다.

"어리석은……."

하지만 백중학은 방심하지 않고 힘을 개방했다. 그의 몸에서 연한 노란 빛이 나더니 곧 그의 양손에서 수많은 연황색의 가느다란 실 가닥 같은 기운이 솟아올랐다.

"흠, 황색 내단이군. 흔하지 않은 건데… 그래, 한번 해봐."

그가 이 말을 끝내는 순간 수많은 실 가닥들은 마치 살아 있는 뱀처럼 유유객과 간군학에게로 쏟아져 나갔다. 수많은 실 가닥은 그들이 도망갈 것까지 막기 위함인 듯 좌우로도 퍼져 나가고 있었다.

유유객은 그것이 자신들의 온몸에 구멍을 내기 전 손을 잠시 앞으로 내밀었다. 뭔가 희끄무레한 것이 번쩍인 순간,

"허억……!!"

백중학은 뇌전에 적중당한 듯 온몸을 부르르 떨며 경악에 찬 표정을 지었다. 그들을 향해 날아오던 노란색 실 가닥들은 이미 온데간데없이 사라진 상태였다.

"끄으… 대, 대체 무슨 짓을……. 으으윽!!"

백중학은 무언가에 얽매인 듯 꼼짝거리지도 못한 채 고통스러운 표정으로 꿈틀대고 있었다.

"흠… 실망이군, 이런 것에 꼼짝도 못하다니……. 시작해."

그는 백중학을 향해 히죽 비웃은 뒤 옆에 있는 간군학에게 지시했다.

"대체… 너, 너희는 누구냐? 으으!"

"알아서 뭐 해, 어차피 죽을 것을."

간군학의 오른손에서 백염이 이글거리기 시작했다. 그것은 구성의 태양인! 그는 칠성에서 어느새 구성의 태양인을 이룬 상태였던 것이다.

서서히 그의 손바닥에서는 원 모양의 백염이 생성되어 갔다.

"태, 태양인! 너희는?!"

"멍청하긴. 간단한 내분지계야. 너희 쪽에서는 음모고. 하하하!"

유유객이 기분 좋게 웃는 순간 간군학의 손에서 태양인이 발출되었다. 점점 커지는 원과 점점 커지는 백중학의 눈.

"……."

유유객이 그의 아혈을 허공을 격하여 짚어버렸기 때문에 소리조차 지르지 못하고 있었다. 백중학은 자신의 몸에 작렬하는 태양인으로 인해 끔찍한 고통을 느끼며 경련을 일으키고 있었다. 그의 눈동자가 위로 치켜떠졌고, 금강불괴의 몸이 지독한 열기로 서서히 녹아가고 있었다.

"……."

구성의 태양인으로는 초월경에 이른 그를 쉽게 죽일 수 없었는데, 유유객이 그것 말고도 그의 뇌에 강한 충격을 준 상태였기에 그렇게 허무하게 죽어버린 것이다. 그의 몸은 적중된 태양인으로 인해 흐물흐물해져 있었지만 얼굴만은 모두 타지 않아 그 형체를 확인할 수 있었다. 그래서 고통스러워하는 표정이 그대로 남아 있어 누가 본다면 그 끔찍함에 치를 떨 정도였다.

"자, 임무 완수군. 이제 내일 있을 일만 남았지?"

"이렇게 하면 분명 태양천은 궁지에 몰리겠지만… 우리가 원하는 것은 이런 것과는 상관이 없잖소?"

"흠… 꼭 우두머리만 죽으라는 법은 없지? 다 죽어주면 고마운 법이야. 특히 이곳에 온 자들은 그들의 주력이거든. 특히 초인천은 역사에서 사라지겠지. 하하하!"

◆제7장 ◆ 광기(狂氣)

광기(狂氣)

箕脊斤月滿
地研陰清
絶技作枝角
誤有赵
無笑
廉肯簪
雖折

"……."

입을 막기에는 너무 늦어 있었다. 시체를 발견한 것이 너무나 공교롭게도 신마천의 무사였기 때문이다. 결국 그 사실은 오패천의 모든 인물들에게 전해지게 되었다.

천절마군 사중경의 안색은 철판같이 굳어 있었다. 백중학은 같은 초인천주이기 전에 오랜 세월을 같이한 친구였다.

비무대 주위의 분위기는 그야말로 냉랭함 그 자체였다. 특히 초인천과 신마천에서 태양천을 향한 살기는 매우 노골적이었다. 그것은 태양천 또한 마찬가지였다.

"태양천주!"

사중경은 살기를 최대한 억제한 냉막한 목소리로 감리화천을 불렀지만 감리화천의 표정은 너무나 태연했다. 어떤 일이 일어나도 흔들리지 않을 자신감 같았다.

"이번 사건을 해명해 보시오!"

"…난 초인천주를 죽이지 않았소."

"우우……!!"

"죽여라!"

신마천의 인물들은 물론 초인천의 무사들까지도 노골적으로 태양천
을 향해 야유를 퍼부었다. 오직 아수라천과 겁황천의 관영호 일행만이
중립을 지키고 있을 뿐이었다.

"소면신군의 사인은 명백한 태양인이었소. 그것은 당신도 보아 알
터! 이 중에 태양인을 사용하는 자가 천주와 천주의 아들 외에 누가 있
단 말이오! 만약 당신이 아니라면 옆에 있는 아들이 한 것일지도 모르
겠군."

사중경이 이렇게 말하자 감리화천은 눈썹을 꿈틀댈 수밖에 없었다.

"후후, 억지임이 너무 드러나는군. 나의 아들은 태양인을 완벽히 익
히지 못했소. 그렇기에 내 아들은 소면신군의 일초지적도 되지 못할
것인데 어떻게 죽였단 말이오."

"후후후… 모르는군."

사중경은 비릿한 미소를 지으며 자리에서 일어났다.

"하긴, 태양천주 당신은 아무것도 모르고 있는 것 같군. 당신의 아들
이 얼마나 강한 사람인지……."

"……?"

"당신 아들 정도 실력이면 소면신군을 암습하면 충분히 죽일 수 있
는 실력이오. 그것은 저기 아수라천의 부교주와 겁황천주도 증명할 수
있소."

"하하하!! 대체 그게 무슨 소리요? 지금 다같이 담합이라도 했단 말이오, 내 아들이 소면신군과 막상막하의 실력이라고?! 지금 그것을 나보고 믿으란 말이오? 내 아들의 실력은 내가 더 잘 아오!"

"그것은 당사자에게 물어보면 될 것이오. 감리훈 자네는 분명 우리와 공명을 느낄 수 있을 것이다. 시치미 떼지 못하겠지? 말해 보아라!"

사중경의 몸에서는 누구도 항거하지 못할 패도적인 기운이 피어오르고 있었다. 감리화천마저도 그의 기세에 안색이 변할 정도였지만 그걸 당하고 있는 당사자인 감리훈의 안색은 꿈쩍도 하지 않았다.

"맞습니다. 더 솔직히 말하면 난 소면신군도 이길 수 있습니다."

"뭣이?!"

"너!!"

"저럴 수가……?"

그의 오만한 한마디는 장내에 엄청난 파장을 몰아왔다. 장내는 순식간에 소란스러워졌다.

"조용하라!"

사중경이 엄하게 소리치자 소란은 순식간에 잠재워졌다. 그 순간 감리훈의 입이 다시 떨어졌다.

"하지만 난 소면신군을 죽이지 않았소. 죽일 이유가 어디 있겠소."

"흥! 태양인을 살해한 명백한 증거가 있는데 발뺌하느냐!"

도운영은 자신에게 벌어진 어이없는 일에 어떻게 반응을 해야 할지 고심했다. 일단 자신이 초월경이라는 것은 솔직하게 말했지만 자신이 태양인을 모르는 태양천의 외부인이라 말하는 것도 이 상황에서는 자신의 무덤을 파는 짓이었다. 이 생각 저 생각 하다 보니 결국 그의 괴팍한 성격이 나오고 말았다. 그 기폭제는 사중경의 호통이었다.

"이런 씨발! 난 정말 안 죽였다니깐! 차라리 날 죽여!"

"뭣이!!"

"저런 발칙한 놈을 봤나!!"

'우린 이제 끝났다……'

이문수는 도운영의 한마디에 머리 속이 비워지기 직전 떠오른 생각이었다. 그의 갑작스런 발언에 감리화천마저 표정이 멍하게 변해 있었다.

"초인천주를 죽인 것은 분명 저자입니다! 태양천은 마땅히 그에 대한 대가를 치러야 한다!!"

누군가가 그렇게 외치자 사태는 점점 심각해지고 있었다. 신마천의 무사들은 누구의 명령이랄 것도 없이 저마다 병장기를 빼 들기 시작했다. 초인천의 무사들도 그에 못지않았다. 비록 사중경의 명령이 없었기에 병장기를 들진 않았지만 무사들의 태반이 자리에서 일어나 있었다.

태양천의 고수들 또한 가만있질 않았다. 일이 심상치 않게 돌아감을 느끼고는 그들도 스스로를 방어하기 위해 저마다 무기를 꺼내 들었던 것이다. 피는 피로 받아야 하는 무림의 법칙이 여지없이 실천되려 하고 있었다.

"네 이놈! 네가 무슨 짓을 한 것인 줄 아느냐!"

감리화천은 분노한 표정으로 자리에서 일어나 감리훈을 노려보았다. 그의 눈에서는 번갯불 같은 빛이 번뜩이고 있어 얼마나 분노했는지 알 수 있었다. 만약 감리훈이 그런 말만 하지 않았더라도 사태가 이 정도로 심각하게 가지는 않았을 것인데 감리훈이 사태를 증폭시켜 버린 꼴이 되고 만 것이다.

하지만 도운영은 전혀 그런 것에 상관하지 않았다. 오패천에 대해서는 그다지 좋은 생각을 가지고 있지 않았고, 이미 자신이 목적한 바는 이루었기 때문에 이제 남은 것은 자신 마음대로 하는 것이었다. 바로 철저히 오패천을 때려눕혀 주는 것.

도운영은 그가 노려보는데도 시치미를 떼며 다른 곳을 쳐다보고 있었다. 그의 기막힌 행동에 감리화천은 다시 표정이 바보같이 변할 수밖에 없었다. 자신의 아들이 이렇게 멍청하고 건방진 줄은 생각지도 못했기 때문이다. 수하도 아닌 친아들의 어이없는 행동에 그는 정말 쓰러지고 싶은 심정이었다.

"나도 이렇게 될 줄은 몰랐습니다."

그의 뻔뻔한 말에 감리화천은 결국 분노가 폭발할 수밖에 없었다.

"네 이놈, 내가 널 그렇게 가르쳤더냐?"

그가 발작하기 직전 장내는 이미 광기로 덮히고 있었다.

"우우! 초인천주를 암살한 태양천의 개자식을 죽이자!"

"하늘 높은 줄 모르는 태양천에게 맛을 보여주자!"

관영호는 사태가 집단적인 싸움으로 퍼질 것 같은 상황이 되자 표정이 굳을 수밖에 없었다.

"오빠, 사람들이 왜 그러죠?"

"무림인은 솔직하지."

"아빈, 나도 잘은 모르지만 무림은 단순하면서 또 그만큼 무서운 곳이야. 피는 피로써 갚아야 하지. 특히 저렇게 증거가 명백하다면……."

서문설은 안타까운 표정으로 조금씩 움직이기 시작하는 무리들을 바라보았다.

"천주, 어떻게 하실 생각입니까?"

"돌아갈 것이오."

"어디로……?"

"사막으로."

회합의 종결을 알리는 북소리를 듣지 못하고 가는 것은 회합의 역사상 이번이 처음이었다.

'이번 회합은 내가 알고 있는 회합과는 다른, 처음 겪는 일들이 유난히 많군.'

단소변은 그렇게 생각하며 유감스럽다는 듯한 표정을 지었다.

"오빠……."

"와아아!!"

"죽여라!!"

소면신군의 죽음은 결국 초인천과 신마천이 태양천을 공격하는 식으로 일이 흐르게 되었지만 누구도 이것이 누군가의 의도에 의한 것임은 모르고 있었다.

태양천은 오패천 중 두 세력에 동시에 공격을 받자 당연히 크게 밀릴 수밖에 없었다. 순식간에 많은 사상자가 났으며 장내는 이들의 결투로 엄청난 혼란에 뒤덮이게 되었다. 그나마 아수라천만은 부교주의 지휘 아래 철저한 중립을 지키고 스스로를 방어하고 있었다.

"아아악!!"

"물리쳐라!"

서로의 실력이 비슷했기 때문에 죽어가는 것은 대부분 태양천의 인물들이었다. 태양천의 인물이 둘 죽는 동안 상대방은 한 명이 죽는 꼴이었다.

장내는 처절한 살기로 넘치고 있었고 사방에 피를 흘려내고 있었다. 게다가 비명성과 병장기 소리가 부상자의 신음 소리와 섞여 사방은 아수라장에 다름 아니었다.

감리화천은 죽어가고 있는 자신의 수하들을 보며 크게 인상을 쓰고 있었다. 자신이 오십 년간 이룬 모든 것들이 이상한 방향으로 흐르고 있었기 때문이다. 그는 고개를 돌려 아들을 찾았지만 어느새 쥐도 새도 모르게 새어버렸는지 보이지 않았다.

"이럴 수가!!"

그는 화가 머리끝까지 치솟아올라 자신도 모르게 태양선심공을 십성까지 끌어올렸다. 그의 몸 주위에서 퍼져 나오는 형체없는 어마어마한 열기는 근처에 있던 다섯 명의 일반 무사들을 재로 태워 버릴 정도로 지독했다.

감리화천의 손에서 아지랑이 같은 기운이 원형을 이루며 앞으로 쏘아져 나갔다. 자신의 부하가 죽어가는 꼴을 더 이상 가만히 보고 있을 수만은 없었기에 공격을 감행한 것이다.

"으아악!!"

엄청난 위력의 태양인은 거의 스무 명의 무사를 불태워 버렸다. 그 끔찍한 광경에 무사들은 잠시 몸을 주춤했지만 어디선가 다섯 명의 신형이 솟아올라 감리화천의 주위를 감쌌다.

"초인오로(超人五老)……."

감리화천은 그들이 누구인지 알고는 신음성을 흘렸다. 그들 다섯이라면 그가 아무리 태양인을 십성까지 익혔더라도 상대하기 쉽지 않을 것이 분명했다.

다섯은 모두 허름한 마의를 걸치고 있었고 모두 백발, 백염이 성성한 노인들이라 언뜻 보면 다섯 쌍둥이 같아 보였다. 그들이 동시에 감리화천을 덮쳐 가자 이내 초인천과 신마천의 인물들은 다시 태양천의 무사들을 핍박해 가기 시작했다.

"크으!!"

감리화천은 분노로 불타는 눈빛으로 초인오로를 보더니 주눅들지 않고 그들을 향해 쳐들어갔다.

"……."

이상하게 되어버린 판국을 조금 떨어진 곳에서 지켜보던 관영호 일행은 황당함에 아무 말도 하지 못했다. 이미 일은 벌어져 버렸고 막기는 힘들었다.

"쉽게 흥분해 버리는군."

단소변은 고개를 저었다. 일행은 관영호가 몸을 돌려 걸어가자 그의 뒤를 따랐지만 그들은 오래가지 못했다. 그들의 앞을 막는 무리가 있었기 때문이다.

"아수라천!"

고안주는 그들을 매섭게 쳐다보았다. 그들이 왜 자신들을 막은 것인지 알 것 같았다.

"지독하군!"

단소변도 인상을 찌푸리며 한마디 하지 않을 수 없었다. 그는 관영호의 옆을 지나 조금 앞으로 걸어나오며 자신들을 바라보는 마하가리를 보았다.

"휴우……."

그는 뭐라 말을 하려다가 소용없다는 듯이 고개를 휙휙 젓고는 다시 제자리로 돌아가 버렸다. 그의 황당한 행동에 고안주는 눈을 크게 뜨며 그를 쳐다보았다.

"단 가가."

"아?! 하하… 내가 충고 좀 해주려고 했는데 아무래도 소용 없겠다는 생각이 들더라구. 설득이 통했으면 우리를 막았겠어?"

고안주는 고개를 살짝 돌려서 그를 외면해 버렸다.

"정말 자신이 한 행동이 바보 같다는 것은 전혀 생각하지 않나 봐."

"아니, 그의 말이 맞아. 그대의 말대로 혈류도라는 것이 종교적인 신념과 관계된 것이라면 설득은 불가능하겠지."

"그럼……?"

"지금 장내의 상황이 우리에게로 퍼질 수도 있으니 힘으로라도 저들을 뿌리치고 이곳을 떠나야겠지."

서문설은 잠시 고개를 돌려 뒤를 보고는 이내 눈썹을 찌푸렸다. 아까보다 더욱 치열한 싸움으로 피와 살이 난무하고 있어 구역질이 날 정도였던 것이다.

특히 태양천주와 초인오로 간의 싸움은 너무나 치열해 주위 이십 장내로 아무도 접근하지 못하고 있었다.

"천주님 말이 정답이군요."

단소변은 희미하게 미소 지으며 주먹에 힘을 주었다. 관영호도 희미하게 미소 짓고는 고개를 돌려 아수라천의 인물들을 보았다. 그들 역시 자신들을 공격하기 위해 준비하고 있었다.

"간다."

단소변은 가라앉은 목소리로 말하며 구성의 검황무형사공을 끌어올렸다. 일곱 명의 제자 중에서도 그의 성취는 아주 뛰어났기에 구성이나 이룰 수 있었다.

"으아아악!!"

쿠쿠쿵!!

갑자기 발생한 상황은 아수라천의 인물들에게 엄청난 혼란을 가져다 주었다. 뒤쪽에 있던 아수라천의 무사들이 비명을 지르며 온몸이 터져 나가 죽어버린 것이다. 그들이 있던 자리는 방금 들려온 큰 폭음과 함께 뒤집어진 듯 심하게 파여 있었다.

"······!!"

마하가리의 표정은 경악으로 가득 차 있었다. 조금도 변할 것 같지 않던 그녀의 얼음 같던 얼굴에 감정의 변화가 일어난 것이다. 그녀가 뭐라뭐라 소리치는 순간 엄청난 광경이 아수라천과 관영호 일행에게 펼쳐졌다.

"아아!!"

말로 설명이 불가능했다. 단지 엄청나다는 그 한마디 외에는 도무지 표현이 되지 않았다.

그것은 거대한 해일이었다. 관영호는 그것이 붉은색을 띤 창 모양의 강기, 즉 창형강기(槍形罡氣)라 생각했다.

그것은 하늘로 빠르게 솟아오르더니 아수라천의 무사들에게로 급격히 꺾여 낙하했다. 십오 장은 족히 넘는 반경을 가득 채운 수많은 창형강기는 그 거대한 위용만으로도 공포심을 안겨주기에 충분했다.

마하가리는 피하라고 말한 것이 분명했다. 마하가리의 신형이 솟아오르려는 순간 창형강기는 거짓말처럼 더 빠른 속도로 떨어져 내려 아수라천의 인물들에게로 작렬해 그녀는 자신의 교도들을 방어할 틈을 잃어버리고 말았다.

"끄아아악!!"

쿠쿠쿵!!

땅이 지진이 일어나듯 폭발하며 돌과 흙이 솟아올라 사람들의 시야를 가려 버렸다.

"······!!"

관영호 역시 그 엄청난 광경에 경악할 수밖에 없었다. 사람이 저렇게 많은 강기를 생성시킨 것도 놀라운 일이지만, 그 위력 또한 믿기지 않았던 것이다.

"누가 대체?!"

거짓말 같았다. 이백 명 정도 있던 아수라천의 무사 중 칠십 명 이상이 단 두 번의 공격으로 형체도 제대로 남기지 못하고 짓이겨져 버린 것이다.

하지만 그게 끝이 아니었다. 정문 뒤에서 하늘로 예의 그 창형강기가 솟아올랐는데 이번에는 방금 전과는 비교도 되지 않았다. 그 정도면 충분히 관영호 일행까지도 뒤덮을 거대한 수와 범위의 강기였다.

마하가리의 몸에서 하늘을 찌르는 마기가 솟아오르더니 이내 그녀의 등 뒤에서 관영호와 싸울 때보다 더욱 거대한 혈익이 솟아났다. 그녀의 몸은 하늘로 솟구쳤고 혈익은 그 창형강기들을 막아갔다. 하지만 너무나 거대한 범위로 온 것이었기에 그녀의 혈익이 아무리 커졌더라도 오 장 이상은 막을 수 없었다. 관영호 역시 그 힘이 엄청남을 느끼고는 힘을 개방하여 사초 무(霧)를 시전했다.

"으아아악!!"

피해는 어쩔 수가 없었기에 다시 엄청난 폭음과 함께 돌과 흙이 비산했다.

"……."

마하가리는 자신의 신도들이 죽어가는 모습을 보며 몸을 떨었다. 그녀의 안색은 이상하게 분노가 아니라 공포에 떠는 듯 더욱 창백해졌다.

"……."

관영호는 그녀의 표정이 심상치 않음을 느끼고 밖에서 이런 엄청난 공격을 한 인물이 누구든 간에 피하는 것이 상책이라 생각했다.

"……!"

마하가리의 신형이 공중에 뜬 상태에서 눈이 어지러울 정도의 잔영을 남기며 그대로 밖으로 날아갔다.

"꺄아악!!"

콰직!!

놀랍게도 갔을 때보다 더욱 빠르게 두꺼운 정문을 부수며 그녀는 뒤로 튕겨져 왔다. 그녀의 입에서는 꾸역꾸역 피가 흘러나오고 있었고, 온몸엔 피가 낭자했다. 나뭇조각의 뾰족한 부분이 그녀의 허리를 꿰뚫고 있어 처참했다.

"……!!"

관영호는 그녀의 상태를 본 순간 크게 긴장할 수밖에 없었다. 아무리 자신이라도 초월경에 이른 그녀를 저렇게 쉽게, 그리고 단번에 저 정도의 상태로 만들 수는 없었다. 그것도 크게 긴장하여 전력을 다하는 상대에게는 더욱 그랬다. 더 이상한 것은 상대방은 초월경의 공명이 느껴지지 않는다는 것이었다. 초월경이 아닌 자가 그렇게 강할 수 있다는 생각을 해본 적이 없었기에 그 의문은 더했다.

"대체……."

관영호는 자신보다 훨씬 위의 실력을 지녔을 그자의 정체가 궁금했지만 그 호기심이 아주 위험한 것이라 생각했다.

"세상은 이렇게도 넓단 말인가? 끝없이 강자가 나오는구나!"

그는 쓴웃음을 짓고는 자신의 일행을 바라보았다.

"우리는 세원각 뒤쪽의 산으로 가야 한다."

"하지만 거의 불가능할 정도로 저 산은 험합니다. 차라리 원래의 출구 쪽으로……."

"……."

관영호는 단소변의 말에 고개를 저었다.

"천주의 명이라 생각하시오."

"음……."

콰콰쾅!!

정문이 산산조각나는 소리가 장내를 크게 울렸다. 그 소리에 맞춰 장내의 싸움은 이 의외의 사태로 소강 상태로 접어들다 이제 완전히 멈추어졌다. 하지만 싸움으로 모두 큰 피해를 입어 장내는 참혹한 시체들로 즐비했다.

먼지가 가라앉으며 그 속에서 세 사람이 걸어나왔다. 왼쪽부터 장신의 마른 사내, 유유객, 간군학이었다. 관영호는 간군학을 보며 의아함을 느꼈지만 일단 창형강기가 장신의 마른 사내가 들고 있는 단창에서 나왔다는 것은 쉽게 알 수 있었다.

'아무것도 느껴지지 않는데……. 하지만 저 기도만은 정말 대단하다!'

잠시 장내를 둘러보던 세 사람 중 가운데 있던 사내 유유객은 끊임없이 변하는 얼굴에 미소를 지으며 입을 열었다.

"이거… 꽤나 치열했군. 이제 네가 시작할 때다."

"모두… 들어라."

장신 사내의 목소리는 압도적인 위엄을 담은 채 장내를 은은히 울렸다. 그를 본 무사들은 그 위엄보다는 그의 광기 서린 눈빛에 두려움을 느낄 수밖에 없었다. 그리고 마하가리를 저렇게 만든 자가 그임을 알 수 있었다.

"난 네 명만을 원한다. 네 명의 목숨을 취하면 나머지 목숨은 살려주겠다. 네 명이 누구인지는 스스로 알 것이다."

"아, 이제 세 명이야. 저 여자는 이제 싸우지 못하거든. 큭큭……."

유유객이 손으로 그녀를 가리키며 웃자 그녀와 함께 있던 두 사내 중 예전 청해호에서 살인을 했던 사내가 괴성을 지르며 유유객에게 달려갔다. 그의 손에는 진하디 진한 핏빛 마기가 서려 있었다. 빠른 움직임으로 순식간에 유유객의 일 장 앞까지 다가간 그는 유유객의 심장으로 손을 찔러갔다.

"흠."

유유객은 여전히 미소를 잃지 않고 있었다. 그의 몸에서 희뿌연 무언가가 빛난다 싶자 곧 끔찍한 광경이 발생했다.

"끄윽!!"

공중에 조금 떠 있던 사내의 몸은 유유객을 건드리기도 전에 칠공에서 피를 분수처럼 쏟아내며 땅바닥을 나뒹굴어 버린 것이다.

"…여전하군, 그 여린 성격."

사내가 중얼거렸지만 유유객은 못 들은 척하고는 장내의 인물들에게 말했다.

"난 잔인한 사람은 아니니까 죽이진 않았어. 큭큭, 이게 더 잔인

한가?"

"……."

장신의 사내는 시선을 돌려 초인천주 사중경을 바라보았다. 손가락을 들어 올리더니 그를 지목하며 말했다.

"너."

그런 뒤 그는 관영호를 지목했다.

"너."

그 다음 사내는 갑자기 창을 세원각 일층을 향해 가볍게 한번 찔렀다. 그러자 그의 창에서 거대한 붉은 강기 한줄기가 빛살같이 쏘아져 나갔다. 사중경을 비롯한 초인천의 고수들은 대경하며 강기를 피했지만, 그 앞에서 싸움에 임했던 일반 무사들은 미처 피하지 못하고 강기에 맞아 몸이 뚫리어 피를 쏟으며 죽어갔다.

쿠쿠쿵!!

세원각의 일층 내부가 요란한 소리와 함께 흔들거렸고, 이내 세원각 전체가 무너질 듯 흔들렸다.

"아!!"

쿠쿠쿵!!

"으악!!"

"살려!"

세원각이 무너지는 순간 몇 마디의 비명성이 들리며 세원각의 일층에서 한줄기 신형이 빠르게 튀어나왔다. 그 신형은 계속 날아가 관영호 일행에게서 삼 장 정도 떨어진 곳에 착지했다. 한 번에 거의 사십 장을 순식간에 날아간 놀라운 경공술이었다.

"헉… 헉……!"

이문수는 사형에게 잡혀 있는 자신의 몸을 바둥거렸다. 도운영은 그 바둥거림에 팔이 힘들었던지 양 옆구리에 끼고 있던 이문수와 전구삼을 땅바닥에 물건 놓듯 떨어뜨렸다.

"하하! 이거참… 오늘은 조짐이 좋지 않아 도망가려 했는데 한 발 늦었구먼."

그의 얼굴은 원 상태로 돌아와 있었다. 감리화천은 의외의 상황에 정신없어 하다 그가 아들 옷을 입고 있고, 양 옆의 두 사람이 아들의 몸종이었다는 것을 기억하고는 뭔가 이상함을 느껴 내공을 실어 소리쳤다.

"네 이놈! 너는 나의 아들을 어떻게 했느냐?!"

"앗! 저런! 눈치 채 버렸군!"

"으… 바보가 아닌 이상 눈치 못 챌 리가 없지! 넌 누구냐?"

"대체 뭘 묻는 거야? 하나씩 물어!"

"으으!!"

"당신 아들은 죽었고, 난 그냥 불의를 보면 참지 못하는 사람이고."

"뭐, 뭐라?!"

감리화천의 신형이 잠시 비틀거렸다. 자신의 아들이 죽었다는 소리에 태양천의 미래가 암울해짐을 느꼈다.

"너희 셋 모두 덤벼라."

"흠, 아무리 너라도 셋이면 힘들 텐데……."

"……."

도운영의 말에 사내는 비릿한 미소를 지었다. 그것은 명백한 비웃음이었다. 그러나 도운영은 그의 비웃음에 아무런 대꾸도 할 수 없었다. 그 비웃음은 그만큼 자신있다는 것을 의미했고, 그 자신감만큼의 실력을 그가 가지고 있음을 도운영은 방금 전의 공격들로 알고 있었다.

'젠장, 좋은 일 했는데 왜 이렇게…….'

도운영은 속으로 욕지기를 뱉고는 관영호를 보았다. 그는 별다른 표정의 변화가 없었다.

"너희가 덤비지 않으면 내가 가겠다. 하지만 일 대 일로 날 상대하면 바로 죽는다는 것을 잊지 마라."

"저런, 왜 이들만 죽이려고 하지?"

자신의 머리 속으로 유유객이 의사를 전하자 그는 시선조차 주지 않은 채 그의 뇌리로 의사를 전달했다.

"뭐가 말이냐?"

"후후, 자신을 속이지 마라. 네 안에 있는 잔혹한 심성……."

"…내게 뭘 원하기에 그런 말을 하지? 정말 너도 죽고 싶은가 보군."

장신의 사내가 갑자기 혼자서 중얼거리자 사람들은 의아한 표정으로 그를 보고 있었다.

이미 눈치 빠른 자들은 일이 심상치 않다는 것을 느끼고 장내를 몰래 빠져나가고 있었다.

"숨기지 마라."

"그만 해라."

시시각각 얼굴이 변하고 있는 자의 시선이 그를 향한 채 짙은 미소를 짓고 있는 것을 본 관영호는 사내가 옆의 얼굴이 다변하는 동료와 대화를 나누고 있음을 눈치 챘다.

"큭큭… 피한다고 될 일인가? 난 너의 그 잔혹한 마음을 알지. 겉으로만 잘난 척하지 말라구. 정말 못 봐주겠어."

"……."

이제 그의 시선은 유유객을 노려보고 있었다. 유유객의 다양한 얼굴에서 공통적인 것은 계속 유들유들한 미소를 짓고 있다는 것이었다. 사내는 다시 몸을 돌리더니 창을 앞으로 내밀며 말했다.

"간다. 준비하길."

그는 몇 걸음 앞으로 나오는가 싶더니 창을 횡으로 그었다. 붉은 섬광이 번쩍였고, 도운영이 있던 땅바닥에선 사방으로 먼지가 솟아올랐다. 어느새 도운영은 그의 공격을 피해 다른 곳으로 간 상태였다.

사내가 하늘을 향해 두 번 창을 찌르자 창형강기가 빠르게 쏘아져 나갔다. 그 순간 창형강기의 앞에서 어떤 기운이 복잡하게 얽히는 것 같더니 곧 소리도 없이 창형강기는 사라져 버렸다.

"안 되겠다!"

간단한 소리와 함께 도운영이 언제 나타났는지 공중에서 아래로 떨어졌다. 그의 양 옆구리에는 다시 두 사람이 있었는데, 그는 관영호의 일행이 있는 곳으로 둘을 던졌다.

"으악!!"

"아이쿠!"

그들의 비명에 신경 쓸 틈도 없이 사내는 도운영을 공격했다. 아까보다 더욱 큰 창형강기가 더 빠른 속도로 그를 향해 날아갔고, 그는 재빨리 활을 튕기는 시늉을 했다. 그러자 창형강기의 기세가 확실히 사그라졌다. 하나 사그라지는가 싶더니 다시 예전의 힘을 되찾은 채 그를 향해 날아갔다.

"……"

도운영의 안색이 굳어졌지만 창형강기는 무정했다. 패도적이며 날카로운 기세! 순간 도운영의 몸에서 찬란한 푸른 빛이 쏘아져 나왔다.

"오오!!"

"아……!"

그것은 하나의 예술이었다. 폭발적으로 솟아나온 무수한 푸른 실 같은 빛들. 그것은 이내 앞으로 휘면서 창형강기와 부딪쳐 갔다.

"천궁천멸?!"

관영호는 그렇게 생각했지만 자신이 본 천궁천멸과는 조금 달랐다. 푸른 실들은 한곳으로 모이더니 회오리치듯 회전하며 날아가는 형상이었다.

꽝!!

가죽 북 터지는 소리가 난 후 창형강기는 도운영의 공격을 간단하게 깨버리고 계속하여 그를 위협하며 날아갔다. 약간의 충격에 뒤로 물러난 도운영은 굳은 얼굴로 자신의 지척까지 날아온 창형강기를 보고는 오른쪽으로 튕기듯 밀려나면서 피했다.

그 순간 창형강기는 사그라져 버렸지만 뒤이어 사내는 도운영을 향해 창을 검처럼 빠르게 한번 휘둘렀다. 십 장이 넘는 거리를 격하고 있었지만 사내에게는 아무런 제약이 없는 듯했다.

"큭!!"

도운영 앞에 무수한 궁형강기가 솟아나 사내의 공격을 막았지만, 보이지 않는 압력에 도운영은 뒤로 미끄러지듯이 밀렸다.

"씨… 엄청난 힘이군."

도운영은 내상으로 인해 피가 섞인 침을 뱉고는 반항적인 눈으로 사내를 쳐다보았다. 사내의 입에는 희미한 미소가 걸려 있었다.

"제법이군. 뛰어난 실력이다. 하지만 타인의 내단을 먹었다고 해서, 그래서 두 개가 되었다고 해서 네가 강하다고 생각하면 오산이다."

"…그걸 어떻게?"

"두 개를 하나로 만들 때 강해질 수 있다."

그는 이렇게 말하며 앞으로 나가려 했다.

─뭐 하는 거야? 봐주고 있군. 난 너의 본성을 보기 위해 몸소 왔다. 자신의 마누라도 잔인하게 짓이긴 자의 흉악한 본성을…….

"……"

사내의 눈빛에서 순간 엄청난 광기가 솟았다 사그라졌다.

"흡!"

도운영은 물론 그의 눈빛을 본 자는 크게 경악할 수밖에 없었다. 도운영은 물론 관영호조차 그의 눈빛에 등골이 서늘해질 정도였다.

"큭큭… 그래, 네 녀석의 광기(狂氣)는 모든 죽음을 원하지. 세상에 대한 증오, 자신에 대한 증오. 네 마누라를 죽일 때처럼… 이 모든 자들을 죽여봐."

"……"

유유객의 전음이 끝나는 순간 사내의 신형이 번개같이 돌려졌고, 그의 창은 이미 유유객의 미간을 찌른 뒤였다. 그의 갑작스런 행동과 번개 같은 공격에 모두 경악성을 내질렀다.

"아니!!"

팟!!

모두 미간을 찔렀다고 생각했지만 아니었다. 유유객의 신형이 서서히 옅어지더니 사라진 것이었다.

'잔영이다. 얼마나 빨리 움직였길래……?'

관영호는 안색을 굳히며 그를 찾았지만 그의 신형을 찾을 수도 느낄 수도 없었다.

"큭큭… 어서 죽여라. 증오를 마음껏 펼쳐 보란 말이다. 네 마누라 가 난행당하던 그날을 기억하며……."

"그마아아안!!"

결국 사내의 입에서 엄청난 소리가 터져 나오며 사방이 진동했다. 내공이 약한 자는 이미 칠공에서 피를 흘리며 모로 쓰러지고 있었다. 엄청난 소리는 초인천 전체를 울리는 지진처럼 엄청난 위력을 담고 있 었다.

"으아아아!!"

사내는 두 손을 들며 고통스러운 비명성을 지르다 머리를 쥐어 잡고 는 몸을 부들부들 떨기 시작했다.

중인들은 그의 갑작스런 변화에 어찌하질 못하고 그저 바라보고 있 을 수밖에 없었다. 그러나 도운영은 그의 상태가 심상치 않다는 것을 알 수 있었다.

'몸에서 흐르는 저 엄청난 살기는… 아주 위험하다!'

그때 마하가리의 몸을 살피던 사내의 입에서 큰 외침이 터져 나왔 다.

"부교주께서 어서 이곳을 모두 도망가라고 하십니다! 곧 엄청난 재 앙이 닥칠 것이니 어서 이곳을 떠나라고! 크아악!!"

"아악!!"

유아빈은 사내의 한쪽 팔이 어떻게 되는지도 모르게 끔찍하게 날아가 버리자 그 끔찍함에 자신도 모르게 관영호의 팔에 얼굴을 묻었다. 그 의 팔을 스쳐 지나간 창은 스스로 엄청난 회전을 하며 주위의 공기마저 압축시키고 있었다. 그것은 크게 한 바퀴 주위를 회선하며 무사들의 생명을 무참히 앗아가고 있었다.

"크아악!!"

"끄악!"

순식간에 창이 휩쓸고 지나간 자리는 시산혈해가 되고 있었다. 어느 누가 전설의 초인천에서 이런 비극이 일어날 줄 알고 있었으랴.

"멈추어라!!"

사중경은 더 이상 그 창이 사람들을 죽이는 꼴을 보지 못하고 신형을 날려 창 가까이 가 장력을 쏘았다.

"크아아아!!"

갑자기 사내의 온몸이 활짝 펴지더니 광기에 찬 절규를 내지르며 간군학을 향해 손가락을 내밀었다.

"억!!"

간군학은 엄청난 위험을 느끼며 막으려 했지만 이미 늦은 상태였다. 자신도 모르게 눈을 질끈 감았을 때 그의 뒤에서 갑자기 유유객이 나타나더니 자신의 손을 어깨에 짚었다. 그러자 놀랍게도 간군학과 유유객의 몸은 거짓말처럼 지워지듯 사라져 버렸고, 사내가 방출한 힘은 빈 공간을 공격해 버렸다.

쿵!!

정문 옆의 벽이 엄청난 소리를 내며 무너져 버렸다. 그것은 사내의 공격이 얼마나 강했는가를 반증하고 있었다.

"으아아아!!"

사내는 미친 듯이 고개를 저으며 비명을 질렀다. 그의 표정은 광인 그 자체였다.

"으으······."

어느 순간 비명을 멈춘 그의 눈빛은 광기로 번뜩였고, 입에서는 침이 질질 흘러내리고 있었다.

"흐흐흐!"

그의 눈이 자신의 창과 상대하고 있는 사중경에게로 향했다. 단창은 마치 생명이 달린 듯 이리저리 움직이며 사중경의 공격을 피하고 막으며 반격까지 하고 있었다.

"크흐······!"

그의 입가에 섬뜩한 미소가 배었고 눈빛이 번쩍이는 순간 그의 무해창은 스스로 엄청난 회전을 하며 사중경을 덮쳐 갔다. 사중경은 갑자기 강력해진 창의 압력을 견디지 못하고 엄청난 장력을 시전했다.

관영호는 사중경의 싸움을 보다가 갑자기 창이 미묘한 변화를 일으킨 것을 알고는 불길한 예감에 시선을 돌려 사내를 보았다. 사내의 광기로 가득 찬 얼굴에 섬뜩하면서도 만족스럽다는 듯한 미소가 맺혀 있는 것을 본 그는 자신도 모르게 소리쳤다.

"모두 피햇!!"

그 순간을 눈치 챈 것은 도운영이 더 빨랐기에 그는 이문수와 전구삼을 안고 시위를 떠난 화살같이 밖으로 날아갔다.

회전하는 무해창과 사중경의 가공할 전력이 담긴 장력이 부딪치는 순간과 관영호가 전력을 다해 단소변과 고안주를 내공으로 담 밖으로 던져 낸 후 유아빈과 서문설을 안고 담 밖으로 날아간 것은 거의 동시였고 순식간에 벌어진 일이었다.

쿠우우··· 웅······!!

"으아······!!"

사중경은 물론 몸을 막 정문 밖으로 빼내던 마하가리를 업은 사내도 그 엄청난 광경을 보고 넋을 잃었다.

크으윽!!

끝없이 퍼져 나오는 붉은 빛, 그리고 폭발. 회전하는 창에서 끊임없이 사방으로 쏟아져 나가는 창형강기는 정말 말 그대로 끝이 없었다. 한 사람의 힘이 저렇게 엄청날 낼 수 있다는 것이 믿어지지 않을 정도로 놀랍고도 장엄한 광경이었다.

사방을 폭발하듯이 밀어내는 엄청난 압력에 사내는 한 손으로 간신히 마하가리를 업은 채로 뒤로 하염없이 뒹굴고 있었다.

"마, 맙소사!!"

유유객과 간군학은 어느새 초인천에 사는 사람들의 구경을 위해 만들어놓은 바깥의 단 위에 있었다. 세원각 내의 광경을 보고 있는 간군학의 눈은 더 이상 커질 수 없을 정도로 크게 치켜떠져 있었다.

"저, 저런 것이… 있단 말인가?"

"멋지지 않나? 무해(無海)라는 단순하면서도 그 말에 충실한 가공할 무공이지."

"무해……!"

간군학은 장내를 아예 뒤덮다시피까지 한 수많은 창형강기를 넋 나간 듯이 바라보며 무해의 의미를 이내 깨달을 수 있었다.

"끝이 없는 바다의 해일……."

"오, 너도 무해의 의미를 알아냈군. 단순하지만 그 단순함에 충실하지. 큭큭큭!"

간군학은 태양인보다 더욱 막강한 천인천의 무학을 보고 혼백이 날아갈 정도로 충격을 받고 말았다.

사중경의 몸은 창형강기에 의해 흔적도 없이 사라져 버렸고, 장내의 인물들은 끝없는 강기에 속절없이 죽어가고 있었다.

붉은 빛이 사라지며 나타난 장내. 그 장면은 너무나 끔찍했다. 장내에 존재하는 것은 오직 땅바닥과 광기에 차 있는 사내뿐이었다. 심지어 건물마저 서 있지 못했다. 도망간 사람은 도망갔겠지만 그 외에 안에 있던 모든 사람들은 피를 흘리며 쓰러져 있었던 것이다. 간혹 살아 있어 몸을 꿈틀대는 사람도 있었지만, 그것은 그것뿐 그 형상은 너무나 참혹했다. 공중에 떠 있던 무해창은 마치 생명이 달린 듯 그의 옆으로 날아와 땅에 꽂혔다.

"……."

관영호는 도무지 인간 같지 않은 그의 무공에 난생처음으로 두려움이라는 것을 느끼고 있었다. 그의 마음 상태와 같이 안색도 굳어 있었다.

다행히 일행은 아무런 상처가 없었다. 천궁천멸과 비슷한 무공을 썼던 남자도 무사한 것을 본 그는 저 멀리 뒹굴어 쓰러져 있는 사내를 보았다. 그의 위에는 마하가리가 쓰러져 있었는데, 출혈이 더욱 심해지고 있어 딱 보아도 위험한 상태임을 알 수 있었다.

'살려주어야 하나……?'

그는 잠시 고민했지만 망설임은 잠시였다. 순식간에 사내의 곁으로 다가간 그는 품에서 환단을 꺼내 마하가리의 입에 넣고 혈을 짚어 강제로 넘기게 했다. 사내의 위에서 조심히 끌어내린 후 똑바로 눕힌 뒤 자신의 품에서 침통을 꺼냈다. 침을 시술한 뒤 추궁과혈을 할 생각이었다.

"음……."

마하가리와 사내는 동시에 정신을 차리고 있었다. 희미하게 눈을 뜬 그녀는 자신의 눈망울에 관영호의 모습이 맺히자 조금 놀라더니 고개를 간신히 옆으로 돌려 사내를 보았다. 사내는 별다른 상처가 없었기에 금방 정신을 차리고 마하가리를 주시했다.

"……."

마하가리가 무어라고 미약하게 말하자 놀란 표정을 지은 사내는 고개를 끄덕이고 관영호에게 말했다.

"부교주님께서 말씀하시길… 자신을 살릴 필요는 없습니다. 아수라님을 섬기는 자는 자연적으로 아수라님에게로 회귀됨을 결코 두려워하지 않습니다."

"……."

사내의 얼굴에서 흐르는 눈물이 무엇을 의미하는지 알아챈 관영호는 시선을 급히 그녀에게로 돌렸다. 생각대로 그녀는 죽어 있었다.

"부교주님께서… 말씀하시길… 당신은 피의 흐름에서 빗겨갔다고 합니다. 저 악마를 죽일 방법은 없으니 도망만이… 길이라고 합니다."

그는 결국 고개를 숙이더니 흐느끼기 시작했다.

"……."

가라앉은 눈빛으로 사내를 보던 관영호는 미련없이 몸을 돌려 자신을 보고 있는 일행에게로 돌아갔다.

"…모두 입구로 나가주시오."

그의 목소리는 여러 가지 감정이 복잡하게 얽혀 있는지 조금 싸늘해져 있었다.

"오빠."

"어서 나가거라."

"네……."

초인천의 입구에는 어느새 많은 사람들이 계단을 오르고 있었다. 다들 갑작스런 상황을 알고 대피하고 있는 것이었다. 그때 경악스러운 일이 발생했다.

우르르릉!

"아아……!!"

유아빈은 엄청난 굉음에 시선을 돌리다 끔찍한 광경에 두 눈을 질끈 감아버렸다.

"……."

간군학은 무너지고 있는 입구를 보며 벌어진 입을 다물지 못하고 있었다. 그 표정 그대로 그는 시선을 돌려 손을 내밀어 무공을 펼치고 있는 유유객을 보았다. 그의 다변하는 얼굴의 입가에는 자신이 한 일이 재미있는지, 아니면 만족스러운 것인지 알지 못할 진한 미소가 걸려 있었다. 하지만 지금만큼 그 미소가 보기 싫은 적도 없었다고 생각하는 간군학이었다.

'웃으면서도 사람을 죽일 수 있는 자는 많지만 이자가 그렇다면 그 것만큼 불행한 일도 없다! 젠장!'

"흠… 이제 출구는 완전 봉쇄군. 큭큭!"

그는 올렸던 손을 내리며 몸을 돌렸다. 어떻게 사람이 삼백 장 이상 떨어진 거리에서 단순히 격공장으로 동굴을 무너뜨리고 계단을 무너뜨릴 수 있는지 그는 이해가 가질 않았다. 간군학은 계속 그 생각이 머리 속에서 맴돌았지만 도무지 답이 나오지 않았다.

간군학은 방금 전 보았던 무해라는 끔찍한 무공보다 유유객이 잠시 보인 그 기적 같은 일이 더 끔찍하고 두려웠다.

"자, 이제 일은 재미있어지겠군. 친구는 과연… 같은 무한의 힘을 가진 저 녀석을 상대할 수 있을까? 친구여, 더 강해져야 하네. 후후후!"

관영호는 장내로 들어가자 여기저기 펼쳐져 있는 끔찍한 광경을 보게 되었지만 이미 예상했던 일이었기에 놀라지는 않았다. 이곳에 있던 다섯 명의 초월경 고수 중 남은 사람은 자신과 막 담을 넘어오는 정체 모를 사내, 이렇게 두 사람이었다.

"크아아아아!!"

광기에 차 있는 사내는 의미를 알 수 없는 괴성을 지르다 관영호와 도운영이 들어오는 것을 보고는 눈빛을 광기로 번들거리며 그들을 향해 음소를 지어 보였다.

"으흐흐흐!"

"……."

관영호는 어렴풋이나마 자신의 앞에 있는 광인이 자신과 비슷한 힘을 가지고 있다고 짐작했지만 그 외에 자신과는 다른 어떤 이질감도 느낄 수 있었다.

"씨발, 할 일 있는데……."

도운영은 귀찮다는 듯한 표정으로 관영호의 옆으로 왔다. 그가 옆에 오는 순간 광인의 옆에 있던 창이 다시 유령처럼 공중으로 떴다. 사내는 팔을 뻗어 창을 잡았고, 찰나지간 그들을 향해 다가가 거리를 좁혔다.

창이 진짜로 두 개가 된 듯 두 개로 나누어져 두 사람을 향해 찔러

들어오자 두 사람은 제각기 뒤로 피했지만 그 순간 창에서 붉은 창형 강기가 쏟아져 나왔다. 두 개의 창형강기는 각기 스스로 회전하더니 뱀처럼 휘며 그들을 위협해 갔다.

콰쾅!!

관영호는 패도적인 위력의 혈영천마장으로 강기를 막았지만 자신의 내부가 매우 진탕됨을 느꼈다. 엄청난 힘이 자신을 강타한 느낌이었다.

'엄청나군!'

생각은 잠시 뿐 그의 신형은 빠르게 광인을 향해 날아갔고, 그의 정면에다 '무'를 시전했다. 붉은 안개가 사방으로 쏟아져 나갔으며, 이내 광인의 신형은 그것에 뒤덮이게 되었다. 그를 이어 도운영은 관영호가 공격한 순간이 기회라 생각하며 극궁문 삼대절학 중 극궁잔멸(極弓殘滅)을 시전했다.

퉁!

시위를 튕기는 강한 소음은 충격파가 되어 광인의 내부를 흔들어놓았고, 높이 솟아오른 푸른빛은 번개처럼 낙하하여 그의 전신을 강타했다.

"크아아!!"

사내의 입에서 고통에 찬 비명이 터져 나왔다. 그 틈을 타 관영호의 장력이 그의 전신을 휘감자 그의 몸은 하염없이 뒤로 날아갔다.

하지만 놀랍게도 그때 사내의 손에 있던 창이 갑자기 튀어나오더니 관영호의 심장을 향해 빠르게 날아갔다.

"……!!"

관영호는 갑작스런 상황이라 피하려 했지만 어느새 무해창은 그의 심장 한 치 앞까지 와 있었다.

까강!!

지독한 쇠 마찰음과 함께 무해창의 전신에서 푸른 불꽃이 일더니 옆으로 날아가 버렸다. 관영호는 도운영이 자신을 살려주었음을 알고는 고개를 옆으로 돌려 그를 향해 살짝 고개를 숙여 감사를 표했다.

"도운영이라 하오."

"…관영."

간단한 수인사가 끝나는 순간 옆으로 날아갔던 창이 갑자기 뒤로 날아가 바닥에 쓰러져 있는 사내의 옆에 꽂혔다.

"으아아아!!"

사내의 입에서 엄청난 비명성과 함께 몸이 오뚜기처럼 벌떡 일으켜졌다. 그 모습은 사문(邪門)에서 비밀리로 만들어지는 강시처럼 뻣뻣하면서도 섬뜩해 보였다.

사내는 옆에 있는 무해창을 쥐어 잡고 둘을 향해 창을 찔렀다. 손이 보이지 않을 정도로 찔러대는 창, 그리고 창에서 솟아나오는 창강(槍罡). 엄청나다는 말 외에 달리 할 말이 없었다. 그의 손 힘은 끝이 없는지 계속해서 창을 찔러대고 있었다. 일정한 형식이 없는 마구잡이식의 찌르기였지만 순식간에 주위를 오 장이나 뒤덮고 있었다.

"크앗!!"

그의 기괴한 기합성과 함께 그의 찌르기는 더욱 격렬해졌다.

"맙소사……!!"

도운영과 관영호는 계속 뒤로 물러날 수밖에 없었다. 좌로든 우로든 피하려 해도 창강의 오 장을 뒤덮고 있어 불가능했지만 뒤로 물러나도 계속하여 다가오는 창강의 물결은 멈출 기미가 보이지 않았다. 다가오는 속도도 무시하지 못할 정도라 간혹 창강에 스치며 경상을 입는 두 사람이었다. 이 정도로 오랫동안 창강을 뿜어낼 수 있는 저자가 과연 사람인지 의심이 들 정도로 가공했다.

"개자식……!!"

도운영이 거친 욕과 함께 강하게 활의 시위를 먹이는 자세를 취하자 푸른 빛이 그의 몸에서 솟아올랐다. 하지만 피하는 속도가 느려진 덕에 창강에 노출되고 말았다.

콰콰쾅!!

도운영의 몸을 덮치던 창강은 갑자기 일어난 붉은 빛으로 인해 사라지게 되었다. 붉은 빛의 엄청난 여파에 도운영은 하마터면 자신의 내공이 흔들릴 뻔했지만 뛰어난 인내력으로 간신히 유지할 수 있었다.

'고맙군……!'

관영호는 자신의 '황' 조차도 사내의 공격을 잠시 멈추게 했을 뿐인 것에 놀랐다. 그의 공격은 마치 무식한 불사신을 연상시킬 정도로 직선적이었고 단순했지만, 도무지 막을 방법이 없을 정도로 강함 그 자체였다.

"핫!!"

도운영의 몸에서 그 자신의 몸만큼 큰 푸른색 활과 시위, 그리고 궁형강기가 생성되었다. 엄청난 힘이 그의 주위를 휘몰고 있었기에 대경한 관영호는 급히 뒤로 물러날 수밖에 없었다.

"극궁염라(極弓閻羅)!"

궁형강기는 쏘아졌다 생각된 순간 이미 공간을 뚫고 사내의 몸을 격중시킨 뒤였다.

파아앗!!

"크으윽!!"

푸른 빛이 그의 몸을 감싸 고통을 안겨주었지만 사내는 쓰러지지 않고 고통에 겨워 몸을 움찔거리고만 있었다.

"끈질긴 놈!! 극궁염라의 일부분을 맞고도 쓰러지지 않다니……!!"

그는 하늘을 향해 활 쏘는 자세를 취하더니 손이 보이지 않을 정도의 엄청난 빠르기로 활질을 했다. 관영호는 가만히 지켜보다 그의 활 실력이 천궁자도 한 수 뒤진다 생각될 정도로 대단한 것이라는 생각이 들었다.

"크아아!!"

이내 푸른 빛이 사방으로 산화하며 사내는 극궁염라의 힘에서 벗어났다. 그 순간 그의 머리 위로 아까와 같은 엄청난 크기의 궁형강기가 다시 몸을 감쌌고, 이어서 궁형강기는 손가락 크기만한 강기들로 분해되더니 비처럼 그에게 쏟아졌다.

"으아아아아!!"

사내의 얼굴은 크게 일그러져 있었고, 그의 입에서는 도무지 인간의 것이라고는 생각되지 않는 엄청난 비명이 터져 나왔다.

"크으흐흐……!"

사내의 눈에서는 정말 붉은 빛이 흘러나오고 있었고, 입에서는 끔찍하게도 붉은 연기가 스멀스멀 새어 나오고 있었다.

"저게 사람인가!!"

도운영이 경악하는 사이 사내는 자신의 손에 있는 창을 도운영을 향해 던졌다. 엄청난 회전이 주위의 공기마저 압축하고 있었고, 창 전체에 맺혀 있는 힘은 대기마저 밀어가고 있는 듯 중후했다.

"으!!"

그는 경악에 찬 눈빛으로 사내를 보았다. 많이 쓴 적도 없었지만 극궁염라를 맞고도 쓰러지지 않은 자는 저자가 처음이었다. 그 충격 때문인지, 아니면 그의 압도적인 무공과 생명력 때문인지 도운영은 자신을 향해 날아오는 불가항력의 창을 그저 바라볼 수밖에 없었다.

"피하시오!!"

관영호의 외침이 들리자 도운영은 순간 정신을 차릴 수 있었다. 일촉즉발의 상황임을 느낀 그는 순식간에 자신의 주위로 궁형강기의 막을 만들었다.

"핫!"

관영호가 손을 내밀자 주먹 크기만한 붉은 구체가 사내를 향해 날아갔다. 그의 최후의 힘 무한역도구가 시전된 것이다. 주위마저 파헤치며 엄청난 힘으로 날아간 그것은 허무하다 할 정도로 쉽게 사내를 맞출 수 있었다.

"크아앗!!"

사내의 신형은 마치 번개를 맞은 듯 허공에서 허공으로 펄쩍 뛰어오르며 온몸을 경련시켰다. 그 순간 무해창은 도운영의 강기 막과 부딪쳤다.

쿠쿠쿵!!

"으윽……!"

도운영은 강력한 충격에 피를 한 모금 뿜으며 뒤로 삼 장이나 물러섰지만 다행스럽게도 그 이상의 피해는 없었다. 관영호의 무한역도구에 적중되어 무해창에 들어가는 힘이 크게 줄어들어 버렸기 때문에 그 정도로 끝난 것이었다.

"크으!"

사내는 바닥에 쓰러졌지만 꿈틀거리면서 다시 몸을 일으키고 있었다. 관영호는 그 모습에 사내가 쉽게 쓰러질 것이라 생각하진 않았지만 막상 무한역도구에도 쓰러지지 않으니 할 말을 잃고 말았다.

'무의뿐인가? 아직 무한역도구와 무의를 접목시키지 못하거늘……'

도운영은 사내의 괴물 같은 모습에 조금 질려 버렸지만 이내 그에 대한 살의로 변해가고 있었다. 이런 사람을 살려두었다가는 정말 심각한 일이 벌어질 것임은 자명한 일이라 생각했기 때문이다.

"마지막 힘을 써야 할 때이군."

그는 서서히 자신의 몸 안에서 소용돌이치는 두 가지의 상이한 기운을 끌어올리기 시작했다. 둘 모두 푸른 기운이었지만 눈썰미가 있는 사람이라면 하나처럼 보이는 푸른 기운은 묘한 이질감으로 두 가지로 나누어져 있음을 알 수 있을 것이다.

"으아아아!!"

사내는 땅에 떨어져 있는 창을 내력으로 끌어당기고는 분노의 고함을 질러대다 도운영과 관영호의 몸에서 심상치 않은 기운이 솟아오르는 걸 느끼고는 기괴한 미소를 지었다.

"크크……."

그의 몸에서 아지랑이가 솟아오르듯 붉은 연기가 스멀스멀 피어올랐다. 세 사람의 몸에서 피어나는 엄청난 기운 때문인지 장내는 단순한 긴장감만이 아니라 땅이 은은히 흔들리고 있었다. 하늘로 치솟아오르는 가공할 기운은 밖에 있는 많은 사람들에게까지 충분히 퍼지고 있을 정도였다.

"저, 정말… 저 광인은 불사신인가요? 강력한 공격을 두 번이나 맞

있는데도 별 영향을 받은 것 같지 않으니······."

유아빈이 다른 사람들의 심정을 대변했다. 분명 싸움의 형세는 관영
호와 도운영이 우세였지만, 사내는 두 사람의 강력한 공격에도 그다지
충격을 받지 않고 더욱 힘이 넘치는 듯 발광하였으니 그들로서도 놀라
지 않을 수 없었다.

"저 사내, 정말 위험한 자다. 아까의 공포스러운 공격을 봐도······.
아직 이 싸움은 매우 불리해!"

"······."

단소변이 말에 그 누구도 아무런 대꾸를 하지 못했다.

"흠, 너무 끄는군. 어서 둘을 죽이고 다른 사람들을 죽여야 하거
늘······."

"하지만 이제 우두머리급의 고수는 저 둘만 남았지 않소."

"······."

유유객은 아무런 대꾸도 하지 않고 그저 의미를 알 수 없는 미소를
지을 뿐이었다.

"여차하면 내가 끝내지. 큭큭!"

그는 시선을 돌려 초인천의 내부를 살펴보았다. 우왕좌왕하는 사람
들의 소리가 그의 귀에는 아주 선명하게 들려왔다.

'죽음이 행복한 것이라는 것을··· 잊지 마라. 큭큭, 너희는 살기 위
해 살지만··· 난 죽기 위해 산다. 그것이 행복이니까.'

그는 시선을 다시 장내로 돌렸다.

"음?"

그의 눈빛이 번뜩였다. 사내가 또다시 그 끔찍한 무해를 펼치기 직

전이었기 때문이다.

"큭큭, 넌 음흉한 놈이다. 진짜 능력은 창이 아니라 지(指)라는 것을 나는 알고 있거든. 그 상태에서도 음흉함을 유지하느냐."

무해창이 죽음의 기운을 품은 채 그들을 향해 날아갔고, 그 순간 관영호의 장이 앞으로 내밀어졌다.

"……!!"

유유객이 그 광경에 잠깐 놀라는 사이 도운영이 시위를 메기는 자세를 하더니 단 한 번 시위를 당겨 쏘았다. 그러나 그의 몸 어디에서도 나가는 것은 없었지만, 그것이 무형시(無形矢)임을 아는 사람은 몇 없었다.

"…무의! 자네가 드디어 무의의 끝 자락을 잡았군!! 큭큭!"

그의 눈빛은 애매하여 기쁨 같기도 했고 안타까움 같기도 했다. 그의 주먹이 꽉 쥐어져 있는 것이 그의 심정이 상당히 복잡함을 간접적으로 보여주고 있었다.

"무의를 깨달아도 무공으로 접목시키지 못하는 사람이 있는 반면 자네는 그것을 무공으로 승화시켰으니 그에 대해선 자네에게 경의를 표하지."

그것은 광인에 대한 싸늘한 조소이기도 했다.

"하지만 너는 그것을 충분히 넘을 정도로 패도적인 무공을 지녔다. 만약 네가 무의 이상의 깨달음을 얻었다면 운명은 변했을지도 모른다. 멍청한 놈, 그래서 난 너를 우습게 볼 수밖에 없다. 큭큭!"

엄청난 혈광이 비춰지며 장내는 창에서 쏘아져 나오는 창형강기로 뒤덮였다. 전율스러운 장면. 사방 몇백 장이 한 사람의 힘에서 나온 강기로 뒤덮인다는 상상은 하기도 힘들뿐더러 했다면 그것은 공포스러운 장면임이 분명했다. 그러나 그 상상은 현실로 드러나고 있었다.

유유객은 땅바닥에 쓰러져 있던 수많은 시신들이 다시 한 번 창형강기에 의해 짓이겨지는 모습을 보며 눈살을 찌푸렸다.

"제길! 뭐야, 이건?"

그는 갑자기 솟아오르는 측은지심을 느끼고는 기분이 나빠져 버렸다.

—난 너를 알거든. 넌 그렇게 할 수 있는 사람이 아니다!

"개자식!!"

그의 입에서 누구를 향하는지 모를 욕이 갑자기 튀어나왔다. 간군학은 갑작스런 그의 욕설에 깜짝 놀라 장내를 바라보던 시선을 그를 향해 돌렸다.

"……."

유유객의 주먹이 가슴 언저리까지 올라와 있었다. 잠시 고개를 갸우뚱하던 간군학은 다시 장내로 시선을 돌렸다.

도운영이 쏘아낸 단 하나의 무형시는 빠르지도 느리지도 않게 날아가 창형강기와 부딪쳤고, 그것은 놀랍게도 창형강기가 이루고 있는 거대한 해일을 비단 폭 찢듯 지나는 진풍경을 보여주었다.

투웅!

"크악!"

무형시가 창형강기를 뚫는 속도가 눈에 띄게 느려지는 순간 도운영의 손에서 시위를 튕기는 소리가 주변을 울렸고, 광인은 비명을 지르며 입에서 피를 뿜어냈다. 덕분에 힘이 약해진 창형강기를 무형시는 다시 수월하게 찢으며 날아갔다. 하지만 도운영의 온몸에서 땀이 비 오듯 흘러내리며 입에서 피가 뭉클뭉클 흐르고 있는 것이 심각한 내상을 입었음을 알 수 있었다.

그때 관영호의 무의도 아무 소리 없이 주위를 뒤덮으며 자신을 향해 날아오던 창형강기를 차근차근 소멸시키며 사내를 위협해 갔다. 하지만 그는 자신의 무한의 힘에 한계가 왔음을 느낄 수 있었다. 빨리 회복될 수는 있었지만 그 시간은 광인이 죽기에도 충분한 시간이었다.

"크흐흐!!"

창형강기가 소멸되며 자신의 전신이 위험에 노출되자 광인은 양손을 올려 그들을 향해 각각 검지를 내밀었다. 그리고 그것으로 끝이었다. 광인을 짓누르던 가공할 두 힘이 씻은 듯이 사라져 버린 것이다.

두 사람은 그의 손가락이 자신들을 향하자 온몸이 수천 근은 나가는 거대한 철퇴에 부딪친 것 같은 느낌을 받았고, 이내 칠공에서 피를 쏟으며 빠른 속도로 하염없이 뒤로 날아갔다. 신음 소리조차도 없었다. 창졸간에 일어난 일이었다.

"……."

유유객은 자신의 친구가 끔찍한 모습으로 날아가는 것을 보고 순간 몸이 움찔거렸지만 더 이상 움직이지는 않았다.

"…후후! 좋아. 이제 초인천 내에 있는 사람을 죽여야겠지?"

그는 사내가 밖으로 날아가길 바랐지만 그의 바람대로 되지 않는 것도 있는 듯 사내는 창을 들고 두 사람에게로 날아가고 있었다.

"……."

부서진 정문에서 유아빈이 앞으로 달려가는 것과 그녀의 뒤를 이어

서문설이 따라가는 것이 보였다.

유유객의 다변하는 얼굴에서 변하지 않던 미소는 이미 사라지고 없었다. 그의 손이 부들부들 떨리는 것은 이제 누구라도 볼 수 있었다.

"큭큭큭……."

그의 입에서 기괴한 웃음소리가 새어 나왔고, 그에 이어 머뭇거리던 그의 손이 앞으로 내밀어졌다.

"크악!!"

갑자기 두 사람을 향해 마지막 일격을 먹이려는 사내는 머리를 부여잡고 고통에 찬 비명을 지르며 자리에 주저앉아 버렸다. 그 광경에 깜짝 놀란 간군학은 고개를 돌려 유유객을 보았다.

"…림주!"

"후후… 못 본 척해. 그리고 넌 저리 내려가 있어. 어서."

"음……."

간군학은 아무 말도 하지 않고 그를 잠시 바라본 후 자리에서 내려갔다. 왜 그런 말을 했는지 대충 느꼈기 때문이다. 막 내려가려는 그의 눈으로 쓰러졌던 사내가 일어나는 것이 보였다.

『그림자 호수』5권에 계속…

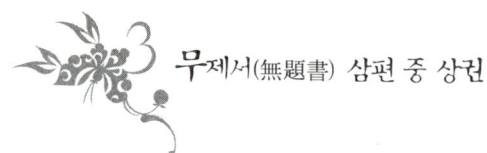 무제서(無題書) 삼편 중 상권

나는 은나라 상(相)이라는 땅에서 태어난 자로 성은 선(璇)이고
이름은 령무(靈巫)라 한다. 나의 집안은 유복했으며 부모는 매우 금슬이
좋아 괜찮은 집안 환경에서 편안하게 자랐다.

나는 내가 보통 사람이 아니란 것을 다섯 살 때 알게 되었다. 나의 이
미증유의 힘과 누구도 따라오지 못할 방대한 지식, 천하를 뒤덮을 지혜는
나 스스로를 두려워할 정도로 가공하여 말로는 표현하지 못할 정도였다.

내가 열다섯 살이 되었을 때 난 변장하고 무림으로 나갔다. 그 당시의
무림은 강자들의 천국이었다. 지금은 비교도 할 수 없을 정도로 강한 자들
이 넘쳐 나는 곳이었다.

나는 그들을 하나하나 물리치며 나의 힘에 대한 각성을 마칠 수 있었다.
그리고 이 힘을 초월경이라 정의하고 내가 영원히 죽지 않는 자임에 착안
하여 나의 힘을 생사초월이라 지칭하였다.

내가 스무 살이 되었을 때 아버지의 첩에게서 아들이 태어났는데 이름
은 유(遊)라 한다. 동생이 다섯 살이 되었을 즈음 그는 대단한 천재성을 보
았다. 그의 지식욕 또한 대단해 집안에 있던 모든 벗을 습득하고도 부족할
지경이었다. 그가 서른 살까지 우리는 같은 핏줄의 형제로서 매우 의 좋게
지내었다.

하지만 그 즈음 나는 인생의 모든 것을 알아버렸고 천기마저 꿰뚫을 수
있었으며 천 리 밖에서 무슨 일이 일어나고 있는지도 훤히 알아볼 수 있는
신에 가까운 능력을 지니게 되었다. 그러나 나는 인간일 수밖에 없다. 나

는 희로애락을 아는 자이다. 인생에서 허무함과 지겨움으로 몸부림치기 시작할 때가 그때였다.

나는 그 지루함을 달래보고자 의술에 조예가 깊고 마음이 유약한 유에게 생사초월의 힘을 부여했다. 그때부터 그는 자신의 기억을 대부분 상실했으며 나와 같은 혈연의 관계인 것을 모른 채 나에 대한 이유 모를 증오심을 품게 되었다. 스스로를 유유객이라 불렀으며 생사초월의 힘을 얻은 후 천재성을 십분 발휘한 그는 나조차도 잘 모르는 심오한 철학과 자연의 현상에 대한 객관적인 관찰도 하게 되었다.

결국 그는 그 자신만의 힘의 체계를 가지게 되었으나 나의 힘을 넘지 못하여 증오하는 날 죽일 수 없음을 알게 되자 나를 떠나고 말았다.

그후 나는 수많은 세월이 흐르는 동안 여러 사람을 생사초월의 힘으로 만들었으며 그들의 모습은 나에게는 많은 흥밋거리가 되어주었다. 나는 희로애락을 아는 '사람'이기 때문에 그들에게서 지루함을 벗어낼 무언가를 찾으려 했던 것이다.

그중 한 여인은 매우 특출한 능력을 보여주었다. 생사초월의 힘을 가진 후부터 그녀는 마치 기다렸다는 듯이 각양각색의 무공을 만들었으며 시공간을 뛰어넘는 무서운 능력까지 가지게 된 듯했다.

세월이 흐른 후 그녀는 생사초월의 지배자가 되기 위해 나에게 결투를 신청했다. 솔직히 그 당시 나는 이미 삶에 대한 미련이 없었으며 모든 것이 시들한 시절이었기에 그녀의 도전은 나에게 흥미를 주었고 또한 내심 날 이기기를 바랐다.

그녀는 강했다. 내가 능력을 심은 자들은 모두 나에게 도전했지만 모두 나에게 맥을 추지 못했으나 그녀만은 나와 동등까지는 아니더라도 그 누구도 보이지 못했던 놀라운 능력을 보이며 나를 압박했다. 그러나 결국 그녀는 나에게 처참하게 졌으며 나는 그녀에게 승리자의 위엄을 보이기 위해 그녀를 범하였다. 원래 거칠었던 그녀의 말투가 그 이후로 더욱 거칠어진 것을 보는 것도 나에게는 하나의 유희인지라 매우 재미있었다.

나에게서 도망친 그녀는 그후 어떻게 지내는지는 잘 알 수 없지만 나름 대로 잘 살아가고 있을 것이라 생각한다.

나의 이야기는 여기까지이다. 나 자신에 대한 내용은 그렇게 많지 않지 만 부분적인 내용으로 나에 대한 유추를 해주기를 바란다.

나와 같은 맥락의 힘들이 여럿 존재한다는 것을 미리 밝히며 이들 힘의 총칭을 초월경이라 나는 명명하겠다. 다음 장은 이 초월경의 힘에 대한 여 러 가지 이야기를 할 것이다. 우선 초월경은 나 같은 생사초월만이 있는 것이 아니라는 것을 미리 밝혀두며 시작하겠다.